Savannah

tome 1

Photo de couverture : © Shutterstock
Couverture : Marion Rosière

Pour la présente édition,
Collection dirigée par Franck Spengler
© 2022, Hugo Poche, Département de Hugo Publishing
34-36 rue La Pérouse
75116 – Paris
www.hugopublishing.fr

Collection New Romance® créée par Hugues de Saint Vincent,
dirigée par Arthur de Saint Vincent
Ouvrage dirigé par Sylvie Gand

ISBN : 9782755662894
Dépôt légal : novembre 2022
Imprimé en Espagne par CPI Blackprint

Nathalie Sulivane

Savannah

tome 1

Hugo Poche

NEW ROMANCE®

La délicatesse des gestes révèle
celle des sentiments.

Proverbe africain

en sommes parties lorsque j'avais deux ans parce que vous ne vous entendiez plus.

– Et ça ne te suffit pas ?

– Non. J'aimerais voir une photo aussi.

Elle soupire de nouveau, s'éloigne dans sa chambre et revient avec une image qu'elle me tend.

– Tu es plus grande aujourd'hui, tu as le droit de savoir. Voilà, pour toi.

Je découvre pour la première fois le visage de celui qui est mon père et son environnement. Le cliché a été pris en Tanzanie, je suppose. Nous nous tenons devant une immense cage qui emprisonne un lion.

– Il a quel âge sur l'image ? me renseigné-je en regardant ma mère.

– Presque quarante ans.

Son visage commence à être marqué, bronzé. Ses cheveux bruns semblent coupés court car ils ne dépassent pas de son chapeau, ou bien ils sont attachés. Il est plutôt grand, fin et musclé. Un immense sourire étire ses lèvres. Maman se tient à ses côtés, elle me porte dans ses bras. Une famille qui me paraît vivre dans la joie. Je dis bien « paraît » puisque maman m'a dit qu'ils ne s'entendaient plus.

– C'était quelques jours avant notre départ, explique ma mère. Tu peux la garder si tu veux.

– Vraiment ? Elle est pour moi ? demandé-je, les yeux pétillants comme si elle venait de m'offrir le plus beau cadeau du monde.

– Vraiment. Je ne sais pas quoi ajouter. Au début, il était heureux de ta naissance, puis ses projets professionnels ont quelque peu changé. Nous avions ouvert une sorte de réserve pour aider les animaux blessés. Tu te souviens que ton père est vétérinaire ?

– Oui.

– Au début de notre aventure, tout se passait bien. Puis un jour un homme lui a fait une proposition. Une opportunité à ne pas rater, d'après lui ! Il n'a pas pu refuser. J'ai préféré partir avec toi. Nous n'étions plus les bienvenues là-bas.

– C'était quoi, cette proposition ? demandé-je, hésitante.

– Écoute Jessy, répond-elle en se relevant, ce sont des histoires de grands. Tout ce que tu dois en retenir, c'est que cet homme est mauvais. Il ne t'apporterait rien de bon et tu es mieux sans lui.

Je déteste lorsqu'elle prend cet air autoritaire et qu'elle prononce de telles paroles. Elle met fin à la discussion en rejoignant la cuisine.

– Maman ? l'interpellé-je avant qu'elle ne s'éloigne totalement.

– Oui ma chérie.

– Merci.

Je ne suis pas de son avis. Je veux le rencontrer. Je veux savoir. Je m'empresse de retrouver ma chambre, m'enferme et m'installe à mon petit bureau, devant mon globe terrestre. J'appuie sur l'interrupteur pour l'allumer et regarde une nouvelle fois le chemin qui sépare la France de la Tanzanie.

Je tiens la photo qu'elle m'a donnée et examine une nouvelle fois ce père que je ne connais pas.

Il semble gentil, j'ai le même nez que lui. Pourtant ce secret que ma mère me cache lui pèse beaucoup et la rend malheureuse et en colère. Elle nous a protégées. Mais de quoi ?

Comment continuer ainsi lorsqu'on a huit ans, sans réellement savoir d'où on vient, sans savoir qui *il* est, sans avoir jamais connu ses racines ?

Un jour, je deviendrai vétérinaire et je m'envolerai pour la Tanzanie. Découvrir qui est ce père absent…

CHAPITRE 1

JESSY

Il m'a quittée.

Il en aime une autre, tout simplement.

Il ne m'aime plus, moi, après deux ans de relation.

Et il m'a annoncé ça avec tellement de désinvolture que j'en ai encore la gorge serrée. Estomaquée.

Lorsque j'ai rencontré Clément, pendant une soirée, le courant est immédiatement passé entre nous. Il était grand, fin mais musclé, brun, son regard bleu m'a happée. Il m'a abordée tout naturellement en me proposant un verre. Puis les minutes ont défilé, nous avons discuté de tout et de rien pour faire connaissance. Nous avons passé une nuit blanche sans nous en rendre compte. Sa compagnie me faisait du bien.

Je ne pensais pas réellement me lancer dans une relation, j'étais bien trop absorbée par mes études, mais je suis restée scotchée par ce mec qui m'attirait incroyablement.

Les rendez-vous se sont vite enchaînés, nos nuits torrides, également. Je trouvais Clément bien sur tous les points. Il était doux, attentionné, encourageant, gentil, présent pour moi, et se débrouillait plus que bien au lit.

Rapidement, au bout de six mois, j'ai commencé à laisser des affaires chez lui. J'y passais quasiment toutes mes nuits. C'est tout naturellement que ça s'est fait. J'ai tout de même gardé mon appartement. Pourquoi ? Je ne sais pas exactement. Peut-être parce qu'il ne m'a jamais demandé officiellement de vivre avec lui.

Aujourd'hui, je me retrouve devant ma valise, grande ouverte sur le lit, avec dix mille questions qui tournent en boucle dans ma tête.

Comment ?

Comment ça a pu nous arriver ? Pourquoi je n'ai rien vu venir ? Je ne l'attire plus ? Je ne lui plais plus ?

Cela revient à dire que ces derniers mois sont un mensonge. Un pur sketch où il a fait semblant ! Il jouait la comédie, me complimentait, couchait avec moi alors que certains jours ou mêmes nuits, il en rejoignait une autre. Je ne suis pas certaine que ce soit cette femme le problème, d'ailleurs, savoir qui elle est ne m'intéresse pas. Je crois que c'est plutôt la vérité pure qui blesse.

Il ne m'aime plus.

Voilà où j'en suis aujourd'hui.

Cet homme que j'estimais plus que tout, pour qui j'aurais pu donner ma vie, avec qui j'imaginais vivre, me marier, avoir des enfants… ne ressent plus rien pour moi.

Le deuxième homme qui a fait partie de ma vie m'a abandonnée. C'est ça, le véritable problème. Tout comme le premier.

Une bouffée de chaleur me submerge. Mes joues me brûlent, mon cœur s'emballe, ma respiration accélère. J'étouffe.

Une crise d'angoisse.

Elles sont terribles et sournoises. Elles peuvent disparaître en quelques minutes ou durer plusieurs heures.

Quand elles sont là, je ne réussis plus à me concentrer sur autre chose. Le fait qu'on ne m'aime plus reste ancré dans mon cerveau et tourne en boucle.

Un tsunami d'émotions déferle sur moi. Une crise de larmes ingérable m'emporte. Assise sur le matelas, j'essaye de retrouver un souffle régulier.

Sans y parvenir.

D'une main tremblante, j'attrape mon téléphone et appelle le docteur Monfort. Elle est ma thérapeute depuis l'adolescence. Être abandonnée par son père produit des dégâts irréparables et laisse des séquelles. C'est grâce à elle que j'ai pu faire confiance à Clément, sinon, je ne suis pas certaine que notre relation aurait duré deux ans.

C'est la première fois que je la dérange en dehors de nos séances, mais elle m'a assuré être toujours présente pour ses patients et m'a demandé de lui téléphoner à n'importe quelle heure si l'angoisse était trop envahissante. Elle décroche après plusieurs sonneries.

Je me présente, mes mots sont entrecoupés de larmes. Elle prend le temps de m'écouter, de me rassurer, de me répéter que ce n'est pas ma faute et que je ne peux pas forcer quelqu'un à m'aimer.

J'en ai conscience. Mais je me sens à nouveau vide et seule. Alors que nous avions très bien avancé sur mon travail sur moi-même, j'ai l'impression de reculer de plusieurs pas.

– Portez-vous un élastique autour de votre poignet ? me demande-t-elle.

Le fameux « élastique à positiver ».

Il suffit de l'avoir autour du poignet et de s'en servir dès qu'une pensée négative survient. Je dois dire à voix haute le mot « Stop » puis faire claquer l'élastique. Elle m'a expliqué que le cerveau associait cette sensation au mot et apaisait l'anxiété.

– Non, je n'en avais plus vraiment besoin.

– Trouvez-en un, ajoute-t-elle calmement.

Je me dirige vers la salle de bains, le téléphone toujours plaqué contre mon oreille, et en déniche un pour cheveux.

– Bien. Dès qu'une pensée négative arrive, faites comme nous l'avons répété ensemble, d'accord ?

Respirez. Tout ira bien. Je vous sens déjà un peu plus détendue.

Je ne réponds pas. L'abandon de mon père, puis celui de Clément, ricochent au plus profond de mon être. Je dis le mot magique puis attrape entre mes doigts l'élastique que je fais claquer.

– Bien. Nous avons rendez-vous lundi. D'ici là, courage.

– Je vous remercie, et pardonnez-moi de vous avoir dérangée à cette heure-ci.

– Je suis toujours là pour mes patients. N'hésitez pas. À lundi.

Elle raccroche. Je laisse tomber mon téléphone sur le lit alors que l'image de mon père se superpose avec celle de Clément devant mes yeux brouillés par les larmes.

Il ne m'aime plus et ne m'aimera plus jamais.

Stop.

Clac !

Tous les mêmes…

Stop.

Clac !

Je grimace légèrement et frotte ma peau endolorie par le pincement répété. J'y suis allée plus fort que la dernière fois. Mon poignet n'est plus habitué.

Il est temps pour moi de changer d'air et de faire ce que j'ai toujours voulu faire enfant.

CHAPITRE 2

JESSY

Enfin arrivée ! Après quatorze heures de vol, j'ai atterri à l'aéroport international du Kilimandjaro en Tanzanie. J'ai dû me dépêcher pour rejoindre l'avion qui va me rapprocher de mon but. Je n'ai donc pu qu'apercevoir cette ville. Depuis le ciel, je découvre à présent la magnifique savane qui s'offre à moi. Nous rallions une piste d'atterrissage dont j'ai oublié le nom tellement elle est petite. Je dois y retrouver le dirigeant de l'association qui a créé le centre de sauvegarde animalier où je vais pouvoir approfondir mes connaissances.

Nous voyageons à basse altitude. C'est fantastique ! Cette faune sauvage est incroyable. Un mélange ocre, jaune, orangé, vert offre un panel surprenant. Soudain, un troupeau de gnous se met à courir, sûrement apeuré par le bruit du coucou dans lequel je suis montée. Le front collé contre le petit hublot, je les regarde s'éloigner. Au même moment un groupe de flamants roses prend son envol. Ils étendent leurs longues ailes, rentrent leurs pattes sous leur corps et se déplacent habilement. J'ai imaginé toutes sortes de paysages en venant ici, à l'aide de reportages ou de livres, et aussi grâce à mes études, mais les voir en vrai… c'est magique !

Le pilote parle dans son casque ; je ne comprends rien de ce qu'il dit. J'imagine qu'il utilise la langue locale, le swahili. Au loin, j'aperçois une piste d'atterrissage. Enfin, piste… un long chemin de terre rouge bordé d'herbe ! Je prends peur, les quatre autres occupants de la carlingue ne semblent pas réellement sereins non plus. Ils viennent entre amis faire un safari. Depuis le départ, ils blaguent et parlent sans cesse, mais soudain le silence est plutôt de mise.

Note à moi-même : la prochaine fois, avant de répondre à une annonce, assure-toi du trajet et des risques qu'il comporte !

Mes doigts ne cessent de triturer le petit élastique qui entoure mon poignet. Je suis plus que nerveuse.

Je vérifie ma ceinture, elle est toujours bouclée. Puis je m'accroche à ce que je peux.

L'avion est secoué dans tous les sens, on va s'écraser. Mon heure a sonné !

Stop.

Clac !

Les roues entrent en contact avec le sol et, après quelques rebonds, l'appareil s'arrête. La bande d'amis s'amuse et applaudit, heureuse d'être saine et sauve. Le pilote sourit de toutes ses dents pendant que le copilote ouvre la porte. J'ai la joie de pouvoir enfin quitter cet engin, mais lorsque je descends, une chaleur écrasante s'abat sur moi. Je dois récupérer mes bagages.

Mes compagnons de vol me souhaitent un bon voyage avant que nos chemins ne se séparent. Je cherche désespérément la personne que je dois retrouver, sans succès, jusqu'à ce qu'un homme se présente à moi, grand, la peau noire comme le charbon, le regard sympathique. Je lui donnerais la quarantaine. Il m'a l'air plutôt timide.

– Bonjour, vous êtes mademoiselle Duval Jessy ? demande-t-il dans un mélange de langue locale et d'anglais.

– Oui.

– Je suis enchanté de vous rencontrer.

Il retire son chapeau typique d'un guide de safari et me tend la main en se penchant en avant.

– Vous êtes ? interrogé-je tout en le saluant dans un anglais que je parle couramment.

– Je m'appelle Samson. Je travaille avec M. Lawford. Il s'excuse, un imprévu l'a retenu. Il m'a demandé de venir vous chercher.

– Je vois. Je vous en remercie.

– Mademoiselle, bienvenue en Tanzanie, s'exclame-t-il dans un franc sourire.

Il ouvre grand ses bras comme pour me donner accès à l'immensité de la nature qui nous entoure. Il m'a l'air fort gentil et avenant.

– Merci Samson. Je suis heureuse d'être enfin arrivée.

– Votre voyage s'est bien passé ?

– Fatigant et hors du commun, réponds-je en faisant un signe de tête en direction du petit avion. Mais je suis certaine que ce sera vite oublié une fois sur place.

Samson attrape mes deux valises et me propose de les porter jusqu'à la voiture pendant que je passe mon sac sur mon dos. Il me conduit jusqu'à une Jeep décapotée sur laquelle le logo du centre de sauvegarde est inscrit.

– Voulez-vous un peu d'eau avant de prendre la route ? demande-t-il en me donnant une bouteille.

– Avec plaisir. Nous avons beaucoup de chemin avant d'arriver au centre ?

– Environ deux heures et demie.

Je manque m'étouffer avec ma gorgée d'eau. Je tousse à plusieurs reprises, avant que Samson s'inquiète de savoir si je vais bien.

Ajouter à la note à moi-même : revérifier ou se renseigner sur le nombre d'heures de trajet total !

J'en ai plus que marre. Je rêve d'une douche, d'un repas et d'une nuit de sommeil réparateur. Presque seize heures se sont écoulées depuis mon départ, c'est trop pour moi. Ma mère m'avait pourtant prévenue, en insistant sur le fait que je n'avais jamais fait autant d'heures de vol. Mais je suis de nature têtue et ce trajet ne me faisait pas peur.

Samson, en bon gentleman, range mes valises dans le coffre de la voiture. Je tends mon portable vers le ciel, tourne sur moi-même tout en cachant ma vue du soleil, mais je n'ai aucun réseau.

– Vous ne capterez pas grand-chose ici, il faudra patienter jusqu'au centre de sauvegarde.

– Oh, d'accord. Je voulais prévenir mes parents que j'ai atterri. Ça attendra.

– Tenez, ajoute-t-il, cadeau de bienvenue !

Il m'offre un chapeau en tissu de couleur marron beige à bords très larges avec un cordon à passer sous le cou, un peu dans le même style que le sien. Je fronce les sourcils tout en souriant et hésite un instant. Je ne suis pas certaine que celui-ci soit en adéquation avec ma tenue.

– Croyez-moi, vous en aurez besoin ! insiste Samson, amusé.

– Merci, réponds-je, touchée par ce simple geste.

– Prête à découvrir notre merveilleux pays ? demande-t-il alors que son sourire remonte jusqu'à ses oreilles.

– Plus que tout ! répliqué-je en enfilant mon chapeau.

– C'est parti !

On ne peut pas dire que les routes sont très confortables. Ce sont des pistes, mes fesses prennent cher. Heureusement, mon chauffeur semble maîtriser son environnement. J'ai pu attraper à temps mon appareil photo et mes lunettes de soleil dans une de mes valises, mais ma peau cuit sous ce soleil écrasant.

– Amatrice de photographie ? demande Samson.

– Oui. Depuis peu. Je me suis découvert cette passion et j'ai investi dans cet appareil. Mon voyage ici est l'occasion rêvée pour tout immortaliser ! De plus, ces clichés me serviront à archiver ma mission ici. Je pourrai ainsi détailler chaque sauvetage ou soin effectué. Pour moi, c'est important ; pour ne rien oublier.

– Vous avez raison.

– Alors Samson, vous travaillez depuis longtemps avec M. Lawford ?

– Depuis quelques années déjà. C'est moi qui me suis occupé de votre recrutement. Il manquait de temps.

– Oh. Merci de m'avoir donné cette chance.

– Il faut dire que vos motivations et vos connaissances ont fait la différence. Certains pensaient sûrement venir ici en vacances, ce qui n'est pas le cas. J'ai remarqué votre détermination, je crois que vous pourrez apporter quelque chose à notre centre.

– Je l'espère, tout comme vous pourrez m'aider à avancer également. Je souhaite me perfectionner dans ma spécialisation.

– Vous venez de France, alors ?

– Ma mère habite une petite ville au sud de Paris. J'ai fait mes études à Toulouse. Je n'ai jamais pu vraiment me poser. J'ai quitté mon pays, en cette fin mars, sous la pluie.

– Le climat va vous changer quelque peu.

– C'est sûr ! Vous êtes né en Tanzanie ?

– Oui. Je suis fils unique, mes parents sont morts il y a quelques années déjà. La savane, c'est mon domaine ! J'y baigne depuis tout petit.

– Ça s'entend à votre façon d'en parler, vous semblez passionné.

– En effet. Lorsque M. Lawford m'a proposé ce travail, je n'ai pas hésité une seconde !

– J'ai hâte de découvrir votre univers.

– Dois-je vous appeler « docteur vétérinaire » ?

– Non, réponds-je en éclatant de rire. « Jessy » suffira. Après avoir obtenu tous mes diplômes et m'être spécialisée en faune sauvage, j'ai eu envie de souffler un peu et de voir autre chose. Votre annonce pour trouver un vétérinaire pour un an est tombée à pic !

– Oui, nous avons besoin de renfort. Il y a à faire par ici. Je suis certain que vos connaissances seront utiles au centre. Attention, ça va secouer !

Après des heures de route et de papotages en tout genre, je n'ai malheureusement pas vu beaucoup de représentants de la faune locale, à part des gazelles au loin. J'apprécie l'accueil de Samson. Il me rassure en me disant de ne pas m'inquiéter. Ici, on vit au rythme des animaux et j'aurai bien le temps d'en rencontrer.

– Rappelez-vous, si vous avez besoin de quoi que ce soit, demandez-moi ! Parfois, le patron est pas mal occupé, il ne pourra pas toujours vous répondre.

– C'est noté.

– Nous arrivons !

Samson s'arrête devant un immense portail en bois. Au-dessus, sur une sorte de porche, est écrit le nom du centre de sauvegarde : « Savannah ». Il me ferait presque rêver. La propriété semble immense et est entourée de grillage.

Il fait signe à un autre type qui ouvre l'immense portail puis une grille. Je suis surprise de le voir armé d'un fusil qu'il porte à l'épaule.

– Nous entrons dans Savannah, soyez en permanence sur vos gardes, on ne sait jamais. Normalement, les animaux ne peuvent pas pénétrer à l'intérieur, nous surveillons. Il faut passer les deux portes pour aller librement dans le centre qui est entouré de grillage, mais nous sommes toujours méfiants.

– D'accord.

– Savannah se trouve entre deux réserves, le parc national de Tarangire et celui de Serengeti, où il est interdit d'habiter. Le centre a été construit un peu à l'écart.

Il roule tranquillement jusqu'à l'entrée d'une grande bâtisse. J'ai l'impression que cet endroit est en forme de rectangle. Sur la droite, je découvre une maison à étage en bois, magnifique, majestueuse, accompagnée, sur la gauche, de plusieurs habitations sur pilotis qui me font penser aux cabanes que l'on trouve en location insolite.

– Parfois nous accueillons des groupes de touristes avec leurs guides. Ils viennent faire des safaris et dorment une nuit ici, avec vue sur la plaine africaine. Ils se font plaisir et ça nous permet de financer quelques soins à nos patients. Nous essayons de les sensibiliser à la cause animale. Devant vous, la demeure du patron. Un côté est privé et un autre est dédié aux employés, mais nous partageons les parties communes. À gauche, derrière nous, c'est un laboratoire, et à côté, une réserve de nourriture et de médicaments pour les animaux.

– Et complètement à gauche, c'est quoi, ces grandes grilles ?

– Des cages pour garder les bêtes blessés et en convalescence. Nous les y soignons avant de les relâcher.

La partie la plus intéressante !

Il gare la Jeep devant l'entrée de la maison. Je descends, engourdie par ce voyage interminable, par l'humidité et cette chaleur. J'étire un à un tous mes membres et passe ma main sur mes fesses endolories avant de refermer la portière. Toutes ces heures d'avion et cette route à travers les paysages arides de la Tanzanie ont eu raison de mon jean mauve. Quelle est mon allure ? Quelle impression vais-je faire ? Mes vêtements me collent à la peau, je vais apparaître transpirante devant mon hôte.

Samson descend mes valises, je le remercie, puis il m'invite à avancer. Je m'arrête aussitôt, lorsque je découvre l'homme sur le perron. Debout, droit comme un I, il tient une tasse. Sa posture fait ressortir ses muscles saillants. La peau mate et bronzée, les cheveux courts et bruns, il a la mâchoire légèrement carrée.

Je reste un instant stupéfaite. Mes paumes deviennent moites, mon cœur accélère, je ne m'attendais pas à ça. M. Lawford n'est pas un vieil homme ? Du genre tignasse blanche, bedonnant, à lunettes, comme sur les photos que j'ai trouvées sur Internet ? Pourquoi c'est un trentenaire ultra-sexy qui se tient devant moi ?

Il avance un peu sans quitter une seconde mon regard, s'appuie à la balustrade de la magnifique terrasse et salue Samson d'un signe de tête.

– Tout s'est bien passé ? lui demande-t-il d'une voix rauque et assurée.

– Oui patron, rien à signaler.

Il pince les lèvres avant qu'une bête n'apparaisse à ses côtés. Pétrifiée, les mains tremblantes, je n'arrive plus à prononcer un mot. Je recule lentement de quelques pas, afin de ne pas attirer sa curiosité, pour me cacher derrière Samson.

– Vous devriez faire attention, bégayé-je, il y a un… un… là, à côté de vous !

CHAPITRE 3

WILSON

Accompagnée d'Amani, je faisais le tour de Savannah afin de vérifier que tout était en ordre.

Je suis né en Angleterre, mais la Tanzanie est mon pays. J'y suis arrivé à l'âge de deux ans, je n'ai aucun souvenir de ma terre d'origine et je n'y suis jamais retourné. Je n'en ressens pas le besoin.

Mes parents ont ouvert ce centre de sauvegarde animalier peu de temps après leur arrivée. Ma mère, vétérinaire, avait d'immenses projets. Quant à mon père, il était plutôt dans la gestion d'entreprise, mais il aurait suivi ma mère n'importe où. Il a quitté sa place de sous-directeur dans une boîte londonienne pour l'accompagner ici. Il n'a jamais regretté son choix, bien au contraire. Il a appris le métier et les rudiments de ce pays au fil des années. Les grands espaces, l'air, les paysages majestueux, les animaux, c'est ce qui leur convenait. Ils sont tombés amoureux de la Tanzanie lors de leur lune de miel et je ne peux que les comprendre.

L'idée de fonder une association pour la protection des espèces animales sauvages et la conservation de leur environnement leur a traversé l'esprit. Voici comment est né ce lieu. Savannah est l'endroit idéal pour vivre loin du stress de la ville. Pour rien au monde je ne quitterais ce pays.

Je ne suis jamais allé à l'école, mes parents me faisaient la classe entre une urgence médicale pour une antilope blessée et un éléphanteau à nourrir au biberon. Tout ce que j'ai appris, je le leur dois.

À ma majorité, ils m'ont proposé de continuer à travailler avec eux ou de voler de mes propres ailes en quittant Savannah. C'est tout naturellement que j'ai accepté de les suivre dans leur aventure. La liberté à perte de vue n'a pas de prix. Je n'imaginais pas les abandonner. Pour aller où, de toute façon ? Mais avant, je devais obtenir mon diplôme. Je suis allé étudier plusieurs années en Afrique du Sud pour devenir vétérinaire, tout en revenant à Savannah dès que mon emploi du temps me le permettait.

Mais la suite est moins glorieuse que l'avenir qui semblait tout tracé.

Un soir, je suis rentré d'une promenade dans la brousse, accompagné d'Amani, ma lionne. Inséparables, nous aurions pu passer des heures à admirer le coucher du soleil. Elle est la seule en qui j'aie confiance. En approchant du centre, j'ai entendu des cris. Amani était aux aguets, arrêtée, les oreilles tendues vers le ciel, le museau pointé en direction de Savannah. Ses yeux regardaient au loin lorsque j'ai aperçu de la fumée noire. Un feu de brousse s'était déclaré. J'ai couru aussi vite que je le pouvais pour rejoindre mes parents et leurs employés et sauver le centre. Mais lorsque je suis arrivé… il était trop tard. Une partie de Savannah était détruite, les employés, des habitants de la région, éteignaient les flammes avec les moyens du bord. La maison était encore en construction. Nous avions toujours vécu dans des sortes de huttes que ma mère avait très bien aménagées. Elle tenait à garder les traditions tanzaniennes intactes, mais les années passant, mes parents avaient commencé à vieillir et à avoir de plus en plus de personnel. L'idée de construire une maison en dur lui a un jour effleuré l'esprit. Elle pensait que nous y serions mieux installés avec les employés. Mon père lui a fait la surprise d'entamer le projet. Par chance, le chantier avait été épargné par les flammes, mais les huttes et une partie de l'endroit destiné aux soins, non.

Avec d'autres personnes, Samson essayait d'éteindre l'incendie, en vain. Mes parents sont restés piégés à l'intérieur de leur habitation. Je me suis retrouvé impuissant devant les flammes qui ont tout emporté sur leur passage. Ils sont partis ainsi, dans le lieu qui les a accueillis et qu'ils aimaient le plus au monde.

C'était il y a six ans, nous n'avons jamais su si ce feu qui a également emporté une partie de la savane était criminel.

Après un long deuil, je me suis remis petit à petit, avec l'aide de Samson et de mes amis. Les projets ont afflué de nouveau dans ma tête, avec l'envie de perpétuer les rêves de mes parents. Nous avons terminé la construction de la maison, réparé les enclos et les locaux pour accueillir les animaux.

Je me souviens de ce soir où j'examinais la situation financière de Savannah, attristé de voir que je n'arrivais pas à maintenir cet endroit à flot. Samson a eu l'idée de faire venir des vacanciers pour une nuit ou de courts séjours. J'ai investi mes dernières économies dans ce projet et je ne le regrette pas. Depuis un an et demi, il fait fureur et je pense le développer un peu avec un site internet, des lunes de miel, et pourquoi pas des safaris. Faire participer les voyageurs à nos actions auprès des animaux est une bonne idée pour financer notre travail.

La faune est de plus en plus frappée par le braconnage. J'ai besoin d'aide. Grâce à Samson et ses bonnes idées, nous avons, d'après lui, déniché la perle rare.

Une Française…

La pauvre, elle ne sait pas où elle a mis les pieds ! La Tanzanie va la changer, ça, c'est certain ! Et sa tenue… Elle a pensé participer à un défilé de mode ? J'espère au moins qu'elle sera performante dans son travail, mais quelque chose me dit qu'elle ne restera pas longtemps ici. Je lui donne deux semaines, maximum.

CHAPITRE 4

JESSY

Note à moi-même : arrêter de me mettre dans des situations compromettantes !

Mon regard reste figé sur l'animal. Ses yeux ronds comme des billes me donnent l'impression qu'elle rêve de me dévorer. Je saisis aussitôt l'élastique que je porte à mon poignet.

– Stop, murmuré-je.

Clac !

M. Lawford caresse sa tête avant de revenir à moi. Elle s'allonge docilement à ses pieds.

– Oh elle ? Ne vous en faites pas, s'exclame-t-il, un sourire moqueur au coin des lèvres. Vous ne risquez rien.

– Venez, avancez, m'encourage Samson.

Je le suis, hésitante, jusqu'en bas de l'escalier alors que la bête me regarde avec appétit aux pieds de son maître. Elle renifle l'air, comme pour sentir l'odeur de la nouvelle arrivante que je suis.

– Wilson Lawford, se présente-t-il dans un parfait français, la main tendue devant moi.

J'avance d'un pas, monte deux marches et serre rapidement sa paume tout en me présentant à mon tour. Mon geste ne semble pas avoir plu à celle qui lui tient compagnie.

– Vous parlez parfaitement le français, relevé-je appréciant de pouvoir échanger dans ma langue natale.

– Oui, même perdu au fond de la brousse, on peut être cultivé, répond-il sèchement.

Le ton qu'il emploie ne me plaît pas. Je grimace légèrement, une vague tension crispe chaque muscle de mon corps.

– Voici Amani, ma lionne, ajoute-t-il.

– Oh, je vois, dis-je, intimidée face à l'animal. Bonjour, Amani.

Quelle idiote ! Un petit rire moqueur s'échappe de la bouche de Wilson lorsque la lionne se lèche les babines. J'ai l'air d'une imbécile qui n'a jamais vu de lionne de sa vie et qui s'adresse à elle comme à un bébé. Bon, d'accord, les seules fois où j'en ai aperçu, c'était dans des parcs animaliers en France, puis durant mes études. J'ai même dû intervenir une fois avec mon professeur et un autre élève sur une lionne en captivité qui avait une malformation cardiaque. C'était fascinant ! Mais en liberté, dans un centre où il y a beaucoup de monde, jamais. Ce n'est tout de même pas anodin, ni une raison pour se moquer de moi.

Note à moi-même : réfléchir avant de parler, ça permettra de ne pas me sentir gênée au plus haut point !

Mon cœur s'emballe légèrement. Si je comprends bien, ce type a pour animal de compagnie une lionne. Je vais devoir cohabiter avec elle. Ce n'était pas stipulé dans l'annonce. Des frissons parcourent mon épiderme. Que va-t-il se passer si elle ne m'accepte pas ?

Elle est magnifique, malgré une trace de blessure sur le flanc droit. Son pelage est court, de couleur crème, les traits de son museau et de son nez sont parfaitement dessinés. Ses pupilles marron me fixent d'un regard hypnotisant.

– Samson, je te laisse faire visiter… comment vous appelez-vous, déjà ?

Ça promet ! Si en cinq minutes il n'a pas retenu mon identité, qu'en sera-t-il après ? Les sourcils froncés, je le toise ouvertement. Grand, svelte, musclé, la peau hâlée, il est plus appétissant que cet homme aux cheveux grisonnants trouvé sur Internet, je dois bien l'avouer.

Jessy, tu n'es pas venue ici pour ça... tu es en pleine thérapie, je te rappelle ! Ressaisis-toi !

Un raclement de gorge me sort de mes pensées. Wilson se redresse, le torse en avant, tout en me défiant du regard. Rouge écarlate à cause de la gêne occasionnée par mon regard insistant, je ne sais plus quoi dire.

– Vous occuperez le premier lodge, m'informe-t-il sans même attendre mon prénom, le repas sera servi à dix-neuf heures. À tout à l'heure.

Il balance des clés à Samson puis entre dans sa maison, accompagné de sa lionne.

Quel personnage… sympathique !

– Ne vous en faites pas, intervient Samson, le patron n'a jamais mangé personne.

– Il faut avouer que pour une première rencontre, il n'est pas très avenant, mais j'imagine que ça ira mieux ensuite.

– Oui. Il n'est pas méchant, il reste sur ses gardes lorsqu'il ne connaît pas les gens à qui il a affaire. Mais petit à petit, il va apprendre à vous apprécier.

– Je ne serai pas hébergée dans la maison ?

– Non, j'ai pensé que vous seriez mieux installée dans un des lodges. Suivez-moi.

Samson m'accompagne jusqu'au premier bâtiment qui semble être la partie laboratoire.

– Ici, nous nous occupons des animaux blessés, des différentes analyses et des soins.

Je suis impressionnée : tout le matériel me paraît neuf. Il y a une table d'auscultation dernier cri, un espace rempli d'instruments biologiques, deux microscopes, des tubes à essais, une pharmacie entière de médicaments.

Samson ouvre une porte qui laisse entrevoir une salle d'opération. La pièce est grande, carrelée et bien éclairée. Je me projette, apportant mon aide à Wilson.

– Je n'y crois pas, murmuré-je, épatée, sans savoir où donner de la tête.

– J'imagine que vous ne vous attendiez pas à trouver tout ce matériel au milieu de la plaine africaine.

– Pas vraiment, je l'avoue. Je pensais à de vieux bâtiments avec des moyens restreints.

– Pas du tout, M. Lawford tient à ce que nous ayons un endroit propre et fiable.

– Vous faites des radios ? demandé-je en passant la main sur un tableau lumineux au mur.

– Oui. Nous avons déjà eu des cas sérieux. Par exemple, nous avons sauvé un lion, il n'y a pas si longtemps. Après l'avoir endormi, nous l'avons transporté jusqu'ici. Sa patte cassée avait été prise dans un piège. Il est resté quelques semaines avec nous puis nous l'avons relâché. Depuis, il va bien.

Je le regarde en imaginant la scène. Soigner des animaux sauvages dans une clinique vétérinaire ou dans un zoo durant ses études c'est quelque chose, mais en situation réelle, dans leur habitat… l'envie de leur venir en aide est totalement différente. C'est encore plus galvanisant.

– Comment faites-vous pour soigner un éléphant, par exemple ?

– Pour les adultes, nous leur venons en aide sur place. Nous ne pouvons pas les amener ici. Pour les plus petits, on trouve toujours une solution pour les faire venir au centre.

– Ah oui, bien sûr.

– On continue ?

Je le suis juste à côté de grands enclos alignés. Loin les uns des autres, cachées par des branchages et feuillages, les différentes espèces ne peuvent pas réellement se côtoyer.

– Nous avons un guépard. Il a reçu une balle en plein thorax. Il doit rester avec nous encore quelques semaines, puis nous le relâcherons. Nous essayons au maximum de préserver son instinct sauvage. Si on approche les animaux pour les soigner ou pour les nourrir, en dehors de ces circonstances, nous nous tenons le plus souvent possible à bonne distance afin qu'ils ne s'habituent pas trop à nous.

– Je comprends.

J'admire un instant le félin qui s'agite dans la cage. Son pelage tacheté est magnifique, son regard est intense. Il se déplace avec grâce et délicatesse. Je suis touchée de voir un tel spécimen. Mes bras se hérissent de chair de poule, un sourire béat s'accroche à mon visage.

– Je vous présente notre grue royale, annonce Samson alors qu'il a fait quelques pas. C'est un mâle.

J'avance et découvre l'oiseau. Un magnifique échassier d'environ un mètre de haut se dresse devant nous. Il approche et picore le sol doucement à l'aide de son long bec. Sa tête de couleur noire et blanche avec une tache rouge est fine. Elle est surmontée d'une crête de plumes dorées qui trace un panache.

– Nous l'avons trouvé près d'un des lacs de la réserve. Son aile droite était cassée, il n'avait aucune chance de survie. Après l'avoir soigné, nous avons fait une tentative pour le relâcher, en vain. Il n'est pas tout jeune et il est toujours revenu à nos côtés.

Il soulève le couvercle d'un coffre en bois, prend une poignée de graines et la donne à l'animal.

Celui-ci nous observe avec attention avant de manger dans la main de Samson sans lui faire aucun mal.

– Malheureusement, il s'est trop attaché à nous. Nous ne pensons pas pouvoir lui rendre sa liberté un jour, ce serait l'offrir en pâture à tous les prédateurs.

Il passe doucement sa paume sur son cou sans qu'il bouge, je suis stupéfaite. Il est magnifique.

– Je vous montrerai comment le nourrir.

Nous avançons de quelques pas. L'enclos suivant, en arc de cercle, est entouré d'un muret.

– Voici la vedette du moment ! Tembo, qui veut dire, dans notre langue, « éléphanteau ». Le grillage n'est pas fait pour lui, il abîmerait tout. Cet espace convient, pour l'instant, à sa taille. Nous pouvons, à l'aide de la trappe que vous voyez en face, le faire rentrer pour la nuit dans un local conçu pour lui.

Je découvre un éléphanteau. Tout fou, il balance de la terre sèche dans les airs à l'aide de sa trompe puis il court vers nous, attendant un geste de la part de Samson.

– Sa mère a été tuée par des braconniers il y a environ un mois. Nous l'avons retrouvé près d'elle.

– C'est… atroce.

– Il a une malformation de naissance. Regardez sa patte avant droite, il boite.

– En effet. J'imagine que vous avez fait les examens nécessaires. Avez-vous trouvé une solution pour la soigner ?

– Pas encore. Le temps presse, il ne faudrait pas qu'il s'attache trop à nous.

– Tout à fait. J'ai vu plusieurs reportages sur le braconnage. Ce qu'ils font est horrible et injuste.

– Oui, l'ivoire est l'or blanc des braconniers. Ils tuent les animaux et arrachent leurs défenses ou leurs cornes. C'est un combat perpétuel que nous menons. Malheureusement, ici, la pauvreté est endémique. C'est une source de richesse inestimable pour eux. Les hommes qui leur achètent l'ivoire sont aussi fautifs qu'eux.

Je fronce les sourcils, écœurée d'entendre cette réalité et de m'apercevoir que rien ou presque rien n'est fait pour changer cette situation. Samson a raison, dans un sens. Si on venait en aide aux populations défavorisées, peut-être qu'il y aurait moins d'animaux tués.

– Il est encore en période de sevrage, nous le nourrissons au biberon.

– Sans rire ? m'exclamé-je, le sourire aux lèvres.

– Oui. Nous avons un lait de substitution. Il est gourmand, nous nous relayons souvent pour le lui donner.

Je reste sans voix. Le paysage est magnifique, le centre est spectaculaire, bien organisé, et je risque d'avoir la chance de nourrir un bébé éléphant ! Quoi de mieux ?

– Seul dans la savane, il était perdu. Soit nous arriverons à le réintroduire dans son groupe, soit il devra vivre à proximité du centre. Ça arrive rarement avec les animaux que nous soignons.

– Je comprends, le pauvre.

– Vous pouvez le caresser si vous le souhaitez, il apprécie beaucoup, surtout derrière les oreilles.

J'hésite un instant. Il est jeune, mais imposant. Je fais néanmoins confiance à Samson et tends ma main. Il faudra bien que je me lance, de toute manière.

– Vous voyez, il vous aime déjà ! se met à rire l'homme tout en me souriant.

– C'est génial, m'exclamé-je, des étoiles plein les yeux.

– Avez-vous déjà soigné un éléphant en France ?

– Je n'en ai pas eu l'occasion. J'ai pu en approcher de près dans un parc zoologique lors d'un stage organisé pour le groupe de la classe dont je faisais partie. Notre professeur avait passé un long moment à tout nous expliquer avec le vétérinaire du parc. C'était très intéressant.

– Vous aurez la chance de pouvoir participer ici. Je vous accompagne jusqu'à votre logement. Venez.

Nous repassons à la Jeep prendre mes valises et affaires personnelles restées au sol et dans la voiture. Pas de Wilson en vue, ni de lionne.

Nous arrivons dans l'espace de ce qu'ils appellent les lodges. Ils sont tous montés sur pilotis, placés en arc de cercle et faits de bois typiquement tanzanien, de l'acacia ou du baobab peut-être ; ils sont magnifiques.

– Vous avez une vue sur la plaine africaine, annonce-t-il une fois sur la terrasse. Les animaux sauvages ne peuvent pas venir jusqu'à vous comme vous le voyez, mais vous, vous pouvez les observer comme bon vous semble.

– C'est magique… murmuré-je.

J'avance et m'appuie contre le rebord. Devant moi, des étendues d'herbe hautes dansent avec le vent. Un groupe de gazelles gambade et des zèbres broutent un peu plus loin. À l'ombre d'un baobab, une girafe se repose en mâchant des feuilles. Je suis subjuguée par cet incroyable spectacle.

– Je vous avais promis que vous verriez des animaux. Je pourrai vous prêter une paire de jumelles si vous le souhaitez.

– Avec plaisir.

L'intérieur est tout aussi somptueux. Les quelques meubles sont en acajou. Le lit trône au milieu de la pièce, un petit frigo complète un coin repas et tout est joliment décoré. Des voilages et des bougies donnent une ambiance cosy.

– C’est Neema, la personne qui s’occupe du centre, qui a tout décoré. Dans le bâtiment, placé au centre des îlots, vous trouverez les sanitaires. Douches, lavabos, toilettes et même machine à laver, explique-t-il en déposant mes valises dans l’entrée avant de ressortir.

– C’est très moderne. Je peux vous poser une question, Samson ?

– Bien sûr.

– Savannah est magnifique, mais j’avais cru comprendre en lisant l’annonce à laquelle j’ai répondu qu’il existe depuis longtemps. Pourtant, tout me paraît récent.

Son regard s’assombrit. Accoudé à la balustrade, il baisse la tête un instant.

– Tout a été refait à neuf après l’incendie qui a ravagé Savannah, explique-t-il.

– Un incendie ?

– Les flammes ont tout dévasté sur leur passage. Le centre et une partie de la savane sont partis en fumée. M. Lawford a tenu à le reconstruire avec une touche de modernité.

Le grésillement d’un talkie-walkie me fait sursauter.

– Oui patron ? répond Samson.

– J’ai besoin de toi, lance celui-ci dans l’appareil.

– J’arrive.

Aucune forme de politesse… Ce Wilson ne semble pas très engageant.

– Je m’excuse mademoiselle, je dois y aller.

– Samson ? l'interpellé-je avant qu'il ne parte. Merci beaucoup pour votre accueil.

– De rien, vous verrez, vous allez vous plaire parmi nous.

Je m'empresse d'attraper mon téléphone portable et d'appeler ma mère. La pauvre doit être morte d'inquiétude. Samson m'a expliqué tout à l'heure que grâce aux antennes relais installées dans le pays, on pouvait avoir du réseau presque partout.

– Maman ?

– Ma chérie ! Comment vas-tu ? Tu as fait bon vol ?

– Tout va bien. Je m'excuse, je n'avais pas de réseau à l'atterrissage. Le voyage était long, mais il en valait la peine. C'est juste magnifique !

– Tu es bien installée ?

– Oui. On m'a présenté les personnes qui travaillent au centre, j'ai un lodge pour moi seule et devine quoi ? m'exclamé-je face au paysage. J'ai une vue imprenable sur la savane. C'est somptueux.

– Tu as rencontré le patron ?

Pour l'avoir rencontré, je l'ai bien vu ! Cet homme me paraît à la fois mystérieux, intrigant et… glacial. Mais très, peut-être trop, sexy. J'espère que notre relation professionnelle ne sera pas mise à rude épreuve.

– Oui, un personnage charmant, mens-je.

Hors de question que ma mère se fasse du souci à des milliers de kilomètres de moi.

– Je vais devoir te laisser. J'aimerais prendre une douche avant que le repas ne soit servi.

– D'accord. Je suis heureuse que tu sois bien installée. Essaie de me donner des nouvelles de temps en temps.

Elle n'évoque pas la deuxième raison de ma venue ici, préférant certainement ne pas me gâcher le plaisir de l'arrivée.

– Compte sur moi. Je t'aime maman. Je t'embrasse.

– Moi aussi je t'aime, ma chérie. À bientôt.

Je raccroche et en profite pour envoyer un rapide texto à mon amie, Emily.

Coucou ma poulette
Bien arrivée. Tout est extraordinaire
et magnifique !
Je t'appelle dans la semaine.
Bisous

J'ai rencontré Emily pendant nos études. Depuis nous sommes inséparables. Nous nous entendons à merveille, je ne pensais pas rencontrer une telle personne un jour. Elle est douce, attentionnée et passionnée par son métier ! Elle aurait aimé partager ce voyage avec moi, mais elle a trouvé un poste et a signé son contrat.

Je balance mon portable sur mon lit après avoir lu sa réponse remplie d'enthousiasme et d'excitation.

Avant de défaire mes valises, je m'octroie un petit moment de détente. Appuyée contre le chambranle de la porte, une bouteille d'eau fraîche trouvée dans le frigo dans la main, j'admire ce que la nature m'offre.

Ces animaux sauvages semblent se déplacer au rythme lent des quelques nuages qui parsèment le ciel. Les arbres projettent leur ombre sur les herbes. Ils donnent l'impression d'être sortis de nulle part, pourtant ils sont imposants et la vue, si vaste et si lointaine qu'elle en est vertigineuse. Je me suis imaginé des centaines de fois ma venue ici, mais je ne m'attendais pas à une telle beauté.

Ce qui m'arrive est simplement incroyable. Je sens que je vais aimer Savannah.

CHAPITRE 5

WILSON

Je n'ai pas participé au dîner hier, préférant passer un moment en solitaire avec ma lionne sur ma terrasse.

Depuis, je ressasse les sombres pensées qui encombrent ma vie depuis quelques années. Ces braconniers qui reviennent en masse et ce qu'ils font aux animaux me bouffe de l'intérieur. Je m'en rends malade. Mais à qui la faute ? Ne vaudrait-il pas mieux remonter à la source et démanteler la tête de ce réseau avant de s'en prendre aux autochtones ? Bien entendu, nous devons accueillir de plus en plus de spécimens. Seul vétérinaire sur place, je n'y arrivais plus. Voilà pourquoi nous avons cherché quelqu'un qui accepte de venir quelque temps. Je n'ai pas les moyens de proposer un gros salaire, mais j'ajoute le gîte et le couvert. Je pensais que nous accueillerions un étudiant en médecine vétérinaire. J'avais demandé à Samson de trouver un homme, en étendant les recherches à tous les pays, mais les dépôts de CV n'ont pas été concluants d'après lui. Il a déniché une petite Française. Le petit plus est qu'elle est déjà diplômée et spécialisée.

Les braconniers sèment la terreur dans la brousse et parmi les animaux. J'ai averti à plusieurs reprises les autorités locales, mais les choses bougent trop doucement.

Ils n'ont pas intérêt à approcher Savannah, sinon ils auront affaire à moi.

– Tu m'aideras à les repousser, dis-je à Amani, assise à côté de moi devant l'entrepôt.

La lionne émet une sorte de grognement, ses pupilles se fixent aux miennes lorsque je caresse le sommet de sa tête. Ce lien indéfectible entre nous se fait ressentir à chaque instant de notre existence. Elle ronronne doucement. Fidèle, elle pourrait donner sa vie pour moi, tout comme je pourrais donner la mienne pour elle. Malheureusement, je ne suis pas certain que ses cent trente kilos repoussent les braconniers. Je suis persuadé d'avoir des ennemis. Ce que je fais à Savannah ne plaît pas à tout le monde. C'est pourquoi, par peur qu'il lui arrive quelque chose de bien pire que ce qu'elle a déjà vécu, je fais en sorte qu'elle ne soit jamais seule.

Soudain, elle tourne la tête, attirée par des mouvements sur notre droite. Samson, accompagné de la nouvelle, m'adresse un signe de la main. Elle semble un peu perdue, j'espère qu'elle saura vite prendre ses marques et se diriger dans le centre.

– Qu’en penses-tu ? demandé-je à Amani.

Elle retrousse doucement ses babines avant de me regarder à nouveau.

– Hum, je suis bien d’accord avec toi. Je ne suis pas certain qu’elle soit faite pour la Tanzanie. Laissons-lui quand même une chance, d’accord ?

Aujourd’hui, sa tenue est un peu plus adaptée à la vie locale. Vêtue d’un pantalon kaki et d’une chemise à manches courtes, elle porte des chaussures de marche résistantes. Un léger sourire étire mes lèvres lorsque j’aperçois le chapeau sur sa tête. Présent typique de Samson aux touristes de passage.

Je referme la porte du local où nous entreposons la nourriture des animaux lorsque Neema m’interpelle. Elle fait partie du personnel et s’occupe de l’intendance du centre.

– Monsieur Lawford, le repas sera servi dans quelques minutes si vous souhaitez nous rejoindre.

– Merci Neema. J’arrive.

Je lui adresse un sourire enjoué. Neema est une jeune villageoise voisine. Renfermée et timide, elle a toujours peur de mal faire. J’essaie de lui redonner confiance en elle. Elle a vécu un drame familial et s’est retrouvée orpheline, sans aucune ressources.

Chaque membre de Savannah a une histoire. Venir en aide aux locaux est un des credo que s’étaient donnés mes parents. J’y tiens.

Je termine ce que j’avais à faire et gagne la salle à manger de la maison un quart d’heure plus tard, après m’être lavé les mains, Amani toujours sur mes talons. Je m'installe à table en face de la nouvelle et laisse Neema me servir ce qu'elle a cuisiné avant qu'elle ne reprenne sa place. J'ai une faim de loup. Je reste un instant ainsi, sans parler, à dévisager ma nouvelle recrue. J'aime analyser les personnes que je rencontre, mais ce coup-ci, mon analyse n'est pas très objective.

Ses cheveux sont relevés en une queue-de-cheval parfaitement peignée. Ses iris marron et intenses semblent vouloir faire passer un message à chaque fois qu'elle regarde quelqu'un. Son sourire montre une dentition parfaite lorsqu'elle remercie Samson qui lui tend le plat de petits pains typiques. Son décolleté attire mes yeux. Elle a détaché les deux boutons du haut, à cause de la chaleur certainement, ce qui laisse entrevoir sa peau et le début de la dentelle de son soutien-gorge.

Rapidement, elle porte la main à sa poitrine et rabat le tissu. Gêné, je baisse le regard sur mon assiette avant de me racler la gorge et de relever mes yeux sur elle.

– Dites-moi…

– Jessy, reprend la jeune femme pour terminer ma phrase.

– Jessy, avez-vous tout ce qu'il vous faut ?

– Oui. Je vous remercie, je suis bien installée. Samson a veillé à ce que je ne manque de rien.

– On peut toujours compter sur Samson, relevé-je en lui souriant. Êtes-vous réellement prête à poursuivre votre aventure ici ?

Ma question semble l'interpeller. Elle se redresse légèrement et me dévisage tout en reposant ses couverts.

– Bien sûr, répond-elle, sur la défensive. Je n'ai pas passé toutes ces dernières années dans des salles de cours, à travailler comme une malade pour me perfectionner sur la faune sauvage des régions chaudes, pour rien. Si je suis venue à vous, en Tanzanie, c'est que je suis prête !

– Bien.

Je m'accoude à la table et croise les doigts. Son regard intense me défie. À aucun moment elle ne détourne les yeux des miens. Elle a du caractère, j'aime ça chez les personnes que je rencontre. Je remarque néanmoins son tic nerveux. Elle ne cesse d'encercler son poignet et de glisser ses doigts sur une sorte de bracelet.

– Ici, la chaleur est accablante, il faut garder son sang-froid pour intervenir sur les animaux. Le danger est présent tout le temps et partout, aussi bien à Savannah qu'en dehors. Il faut être prudent à chaque instant.

– Essayez-vous de me faire peur, monsieur Lawford ? Il me semble pourtant avoir vu des gardes armés dans Savannah.

– Non, réponds-je dans un léger ricanement. J'insiste simplement sur certains points. Les animaux sauvages sont un danger, mais une partie des hommes, également. Ne sortez jamais seule de Savannah, faites-vous accompagner. C'est compris ?

– Message reçu.

Il manquerait plus qu'il arrive quelque chose à notre petite recrue. Nous serions bien embêtés.

– Ne vous en faites pas trop pour Amani. Elle n'est pas méchante lorsqu'elle apprécie les gens. Ici, elle aime tout le monde, expliqué-je alors qu'elle fixe l'animal. Si elle ne vous appréciait pas, elle n'aurait déjà fait qu'une bouchée de vous.

Le personnel présent autour de la table rit, mais pas elle, tandis que Neema nous présente des fruits pour le dessert.

– J'espère que ce n'est pas une mauvaise blague de votre part, réplique Jessy, agacée. Avouez que ce n'est pas commun d'avoir comme animal de compagnie une lionne !

Amani réagit immédiatement au mot qui la désigne et émet un léger son de gorge.

– Ne me dites pas qu'en plus, elle comprend chacune de mes paroles, s'amuse Jessy.

– Ne sous-estimez pas le pouvoir d'une lionne, relevé-je en plissant les paupières. Amani est très intelligente.

Je passe de nouveau ma main sur sa tête, là où elle apprécie que je la caresse, tandis qu'elle ferme les yeux pour profiter de l'instant.

– Vous avez du répondant, murmuré-je, j'aime ça.

– J'ai simplement du caractère. Celui que ma mère m'a transmis et, visiblement, elle a bien fait.

Vous accueillez ainsi tous les touristes ou toutes les personnes venant travailler avec vous ?

– Non. Vous êtes la première et…

– Monsieur Lawford ! Monsieur Lawford ! s'écrie Juma, un des gardes.

Il entre dans le salon, essoufflé, son talkie-walkie à la main.

– On vient de nous avertir qu'un éléphant a été retrouvé blessé, non loin du village qui se trouve à une dizaine de kilomètres d'ici. Il faut se dépêcher, il est entre la vie et la mort.

Mon poing atterrit sur la table, faisant sursauter tout le monde.

– Salauds de braconniers ! Ils ne vont pas laisser tranquilles ces pauvres animaux une seule journée !

La colère que je ressens à cet instant est perceptible, intense, tenace. Si je me retrouve face à l'un d'entre eux, je ne donne pas cher de sa peau.

– Samson, Jessy, avec moi. Prenez le nécessaire. Amani, reste ici et surveille le centre, dis-je à ma lionne afin qu'elle ne me suive pas, pour ne pas la mettre en danger.

Je file chercher un fusil dans le placard de ma chambre et je rejoins la Jeep pendant que Juma m'explique ce qu'il sait.

– Bien, je te remercie. Je te confie Savannah pendant mon absence.

Son simple signe de tête me suffit à lui faire une confiance aveugle. Avant l'incendie, il n'y avait aucune surveillance, ni ces grands portails que j'ai fait installer. Aujourd'hui, je me sens un peu plus en sécurité chez moi.

Samson et Jessy me rejoignent. Je remarque son sang-froid et sa rapidité.

– L'éléphant souffre, il a été décorné. Ces salauds ne l'ont pas tué. Ce sont des Massaïs qui l'ont trouvé. On va essayer de lui venir en aide.

Je jette un coup d'œil dans le rétroviseur tout en démarrant. Jessy m'adresse un hochement de tête pour me signifier qu'elle est prête. Une pointe de tristesse brille dans ses yeux. C'est une bonne chose, ça montre qu'elle n'est pas insensible à ce qu'il se passe dans notre pays ni à la cause animale. Elle semble aussi déterminée que nous à sauver ce pachyderme.

– À chaque fois, l'annonce se répand rapidement, répond-il, les Massaïs viennent voir ce qu'il se passe. Ils n'aiment pas qu'on s'en prenne à leurs animaux.

– Ils vivent dans le coin ?

– Oui, dans des petits villages isolés autour des réserves. Leur peuple est semi-nomade.

Devant nous, se dressent des hommes et quelques enfants, mais pas de femmes. Je découvre leurs tenues colorées, longues ou courtes, dont la couleur rouge ressort nettement, suivie par le bleu. Certains ont les épaules nues, d'autres non. Des bijoux brillants ou de perles ornent leur cou et leurs oreilles. Quelques-uns ont des coiffes, d'autres portent des bâtons. Je suis impressionnée par ce premier contact, et même intimidée. Ils ont une prestance qui ne laisserait personne de marbre.

– La nouvelle ! La trousse ! meugle Wilson.

Il me tape sur le système. Il va falloir qu'il cesse vite de me donner du « la nouvelle », sinon je risque de continuer à l'appeler par son nom de famille, histoire de l'énerver à mon tour.

Samson me la tend, il sort de l'arrière du véhicule une arme qu'il lui confie et en saisit une également.

– C'est un fusil à flèches tranquillisantes, explique Samson. On ne sait pas quel animal pourrait rôder autour de nous pendant le sauvetage. Un pour le patron, un pour moi.

– Nous avons de vrais fusils dans la voiture, ajoute Wilson, au cas où.

– Il faut donc sortir armé ?

– Toujours ! Vous n'aviez jamais vu ce matériel ? demande-t-il en plaçant un projectile dans l'orifice prévu à cet effet.

– Non, réponds-je en regardant de plus près.

– Je vous le montrerai en détail une fois revenu à Savannah.

Un Massaï approche, il échange avec lui en langue swahilie, je crois. Le dialogue est mouvementé, l'homme fait de grands gestes et parle rapidement. Il semble dépassé par la situation avec les animaux.

– C'est le chef du village voisin. Il n'est pas content, m'explique Samson alors que nous avançons. Ils ont peur pour leur bétail et pour les leurs ainsi que pour les animaux sauvages. Il demande de l'aide au patron.

Je ne pensais pas me retrouver confrontée au mal-être de la population. Un jeune garçon tient fermement la main de son père, je tente un sourire amical, mais il se cache derrière les jambes de l'ancien. J'aimerais connaître un peu mieux leur vie.

– Venez, poursuit Samson. Ne vous éloignez pas.

Je reste près de lui, circule au milieu de cette végétation et de ces hommes que je ne connais pas, un peu déconcertée.

Ils s'écartent, nous laissant le champ libre face au mammifère. Samson fait un rapide tour sur lui-même, l'œil dans le viseur, prêt à dégainer.

– Rien à signaler, chef !

– D'accord. Approchez, m'ordonne Wilson.

L'animal se présente à nous. Nous nous tenons à bonne distance. Il est tout simplement énorme. Couché, il semble avoir du mal à respirer. Lentement, j'avance de quelques pas lorsque l'éléphant, allongé sur le flanc, se débat.

– On ne va pas y passer des heures ! grogne-t-il, magnez-vous !

Je m'accroupis à côté de lui, pose la trousse de secours et découvre les dégâts. Le mammifère essaie de se relever à plusieurs reprises, il doit être effrayé par notre présence. Ses pattes brassent l'air et envoient de la terre sèche dans tous les sens. Il barrit, secoue la tête et tente une dernière fois de se redresser, en vain.

– Elle souffre, ajoute Wilson qui jette un coup d'œil dans le viseur de son fusil.

– C'est une femelle ? demandé-je, la gorge nouée, sans obtenir de réponse.

– Elle n'a pas de petit, indique Samson.

– Comment pouvez-vous en être sûr ? interrogé-je, curieuse.

– Oui, c'est une femelle, et il serait dans les parages si elle avait un petit, réplique Wilson. Il l'appellerait et elle ferait de même, or, ce ne sont pas des cris de ralliement qu'elle pousse, mais de souffrance.

– Je vois.

Je suis fascinée quelques instants par ses explications. Face au désastre et à la stature énorme de l'animal, je reste impuissante. Je n'imaginais pas ma première rencontre avec un pachyderme adulte en pleine nature ainsi. On lui a arraché son ivoire, elle saigne, elle est effrayée et elle ne veut certainement pas d'humains autour d'elle.

– Je vous explique comment nous allons procéder. Je vais tenter de l'endormir. Il faudra peut-être plusieurs flèches de tranquillisant. Les éléphants ont la peau très dure et ce sont de gros animaux. Une fois dans les vapes, nous pourrons nous approcher. Il y a une grosse mare de sang par terre, ils ont dû lui tirer dessus à plusieurs reprises sans réussir à la tuer. D'ici, on ne voit que partiellement ses blessures, mais nous ne pouvons plus rien pour elle.

– Alors, nous devons l'abattre ? Sans lui donner une chance ? demandé-je, les larmes aux yeux.

– Dans la savane, Annie, c'est ainsi que se passent les choses.

– C'est Jessy.

– Quoi ?

– Je m'appelle Jessy, pas Annie, répété-je, exaspérée. Ni autrement, ni *la nouvelle*, d'accord ? Ma mère m'a dotée d'un prénom, ce n'est pas pour rien.

Un rictus moqueur s'affiche aux coins de ses lèvres.

– Vous préférez peut-être rejoindre la Jeep par peur de ce qui va arriver à ce pauvre animal ? Je ne voudrais pas que vous fondiez en larmes devant moi, j'ai oublié mes mouchoirs.

Son ton sarcastique me prend de court. Je jette un rapide coup d'œil à Samson qui me conseille d'un mouvement de la tête de ne pas répondre, ce qui, bien évidemment, n'est pas mon genre.

– Bien sûr que non, je suis ici pour apprendre et pour vous aider. Soulageons cet animal ! Pendant que nous parlons, il souffre le martyre.

– Bien. Tenez-vous prêts, lorsque je vais tirer, il se peut qu'il essaye de se mettre debout. S'il y parvient, il pourrait avoir envie de fuir à cause de la peur. Et un éléphant blessé, croyez-moi, ça n'augure rien de bon !

Il crie un ordre en langue locale. Tous reculent, certains vont même se cacher derrière les véhicules. Je me demande un instant ce que je fiche ici, mon cœur bat à tout rompre, mes mains sont moites. J'ai une trouille bleue !

– Trois, deux, un… décompte-t-il.

La flèche entre en contact avec la peau de l'éléphante. Elle tente de bouger, sans succès. Un autre tranquillisant est envoyé, et au bout de quelques minutes, l'animal se détend enfin.

– On ne craint plus rien, annonce Wilson, elle est calme.

En effet, l'éléphante ne bouge plus. Tout le monde se relève, le regard braqué sur l'animal, se demandant si elle dort réellement.

– Prenez dans la trousse, pochette de droite, une seringue. Vous trouverez à gauche des fioles bleues.

Sans broncher, je m'exécute. Après avoir fouillé un moment, je brandis ce qu'il m'a réclamé. Un nouveau cercle s'est formé autour du mammifère.

– C'est atroce, murmure Samson.

J'approche doucement, j'aperçois l'emplacement de ses défenses. Arrachées, elles ont laissé des trous béants qui saignent. Comment peut-on faire ça à un être vivant qui n'a rien demandé ?

– Ils lui ont tiré plusieurs balles dans la poitrine, explique Samson.

– Oui, je dirais même qu'ils se sont amusés, ajoute Wilson, l'air dégoûté, une main sur le ventre de l'animal.

Tremblante, je lui donne ce qu'il m'a réclamé, alors que l'éléphante respire lentement.

– Ce produit est très puissant. Une injection et elle s'endormira doucement. Nous ne pouvons pas la soigner, malheureusement, ajoute-t-il, l'air peiné. Les balles sont mal logées, elle ne résisterait pas à une opération en pleine savane.

Sans répondre, je dévisage cet homme qui ne pratique pas cet acte pour la première fois, mais qui semble bouleversé. Le silence s'abat autour de nous, les villageois nous regardent, le visage grave ; ils ont compris. Un agent de la réserve voisine, d'après le nom du parc de Tarangire que je lis sur sa chemise, demande des renseignements à notre patron qui lui explique tout ce qu'il compte faire pendant que son interlocuteur note les informations sur une feuille.

– Cette éléphante n'est pas répertoriée, déclare l'agent.

– Le temps a manqué pour tous les classer.

– Comment ça ? m'intéressé-je.

– Pendant plusieurs mois, nous avons traversé la réserve et la savane à la recherche du nouvel animal qui ne figurait pas encore sur nos listes, précise Wilson. Nous avons tous collaboré. Certaines espèces sont dotées d'un émetteur autour du cou. C'est pour nous permettre de les suivre et de remonter jusqu'aux braconniers. Une campagne contre ce fléau a été mise en place. Les autorités tanzaniennes, avec l'aide internationale, souhaitent pucer les cornes des rhinocéros, les défenses des éléphants, etc. Ainsi, les trafiquants pourraient être plus facilement arrêtés. Ils encourent de grosses peines. Si nous ne mettons pas un frein à tout ça, l'éléphant sera exterminé d'ici quelques années.

Je reste un instant abasourdie. Tout tourbillonne dans ma tête. Je suis amoureuse des animaux sauvages, j'ai voulu en faire ma spécialité pour les aider et les soigner, pas pour les voir disparaître.

– Cette campagne doit commencer bientôt ? demandé-je avec aplomb.

– D'ici un mois peut-être.

– Dans ce cas, je vous suis. Je serai là jour et nuit s'il le faut ! On va les choper, les salopards qui font ça !

Wilson se redresse et me fixe, les yeux ronds, avant d'éclater de rire.

– Du calme, Wonder Woman ! Soulageons d'abord cette pauvre éléphante et après, nous pourrons papoter et prendre le thé en envisageant un éventuel plan contre les braconniers de Tanzanie.

Il me balance un clin d'œil provocateur avant de s'avancer vers l'animal. Samson, amusé, le suit. Les bras ballants, gênée par mon enthousiasme débordant, je les regarde lui administrer le produit.

– Là, tout va bien, murmure Wilson, tu n'en as plus pour longtemps.

Les villageois restent silencieux. Étonnée, je le vois, une main plaquée sur la joue du mammifère, les paupières closes, marmonner une sorte de prière à l'oreille de l'éléphante.

Samson revient vers moi et m'explique que c'est un rituel dans leur langue natale qu'il récite à chaque fois qu'il doit donner la mort à un animal.

– Il est connecté à eux, ajoute-t-il, depuis son enfance.

Je reste subjuguée par cette incantation. Sa voix grave et rauque berce l'éléphante qui, peu à peu, ferme les yeux, en confiance. Au bout de quelques minutes, Wilson attrape son stéthoscope et écoute le cœur du pachyderme. Il secoue la tête en regardant un des gardes de la réserve pour signifier qu'il est bien mort.

Lorsque tout est terminé, les hommes retrouvent la parole dans un brouhaha assourdissant. Wilson se redresse doucement. Son regard empli de tristesse et de rage traverse le mien, avant qu'il se retire dans la Jeep.

– Venez, m'indique Samson en attrapant la trousse de secours.

– Que vont-ils faire d'elle ? demandé-je devant la dépouille du pachyderme.

– Les autorités vont prendre le relais, évacuer son corps et mener leur enquête afin de savoir exactement ce qui s'est passé. Nous ne pouvons plus rien faire pour elle.

Secoués par ce qu'il vient de se passer, nous remontons à bord du véhicule. Un silence pesant s'empare de nous. Wilson jette de temps à autre un regard dans son rétroviseur. Cachée derrière mes lunettes de soleil, j'évite de trop attirer son attention et cache mes yeux humides.

Note à moi-même : la sensibilité excessive n'est pas bonne !

Clac !

Clac !

Clac !

Sans m'en rendre compte, je fais claquer l'élastique à plusieurs reprises sur ma peau. C'est le pincement de trop qui me fait arrêter.

Je profite du paysage pour me changer les idées. Je suppose que Wilson s'est un peu mis à nu devant moi lors de sa prière et je ne pense pas que ce soit le genre d'homme à apprécier qu'une femme le voie ainsi.

Soudain, la voiture ralentit et finit par s'arrêter. Wilson lance un regard à Samson sur notre droite.

– Bordel de merde… murmuré-je face à l'immensité des girafes qui se trouvent non loin de nous.

– Vous voyez mademoiselle, s'exclame Wilson, il y a des mauvais côtés dans tous les métiers, mais ceux-ci sont les plus fabuleux. La nature dans son jus, il n'y a que ça de vrai !

Nous restons à les admirer de longues minutes. Elles se déplacent avec lenteur et grâce. J'ai toujours été admirative de leurs taches colorées, elles forment une sorte de mosaïque sur leur peau. Elles leur servent surtout à réguler leur température et à se différencier les unes des autres car aucune girafe n'est identique. J'enregistre chaque aspect physique, chaque mouvement de ces reines de l'Afrique dans un coin de mon cerveau avant que nous reprenions le chemin du centre. Le ciel commence à se colorer d'une teinte différente, la soirée ne va pas tarder à lever son voile.

– Bien, relève Wilson une fois arrivé. Je dois l'avouer, vous avez fait preuve de sang-froid dans cette intervention. Beaucoup seraient retournés à la voiture, mais vous avez fait face sans flancher. C'est un très bon point pour vous. Que diriez-vous de donner le biberon à Tembo ?

– C'est vrai ? Je peux ? demandé-je, excitée comme une gamine devant ses cadeaux de Noël.

– Je crois que vous l'avez bien mérité. Avant le dîner, je vous montrerai en détail le fusil à flèches tranquillisantes.

– Merci beaucoup.

– Ne me remerciez pas à chaque fois que vous participerez à la vie du centre. Samson, je te laisse lui montrer la marche à suivre.

– Bien sûr, répond-il dans un immense sourire.

– À plus tard.

Amani approche ; si on omet la taille de ses pattes, son odeur de fauve et ses longues dents, elle a tout du comportement d'un chien. Elle s'arrête à côté de son maître, attendant une caresse ou le moindre signe de sa part. Il la flatte et la félicite d'avoir gardé le centre. La lionne se retourne puis plonge son regard dans le mien quelques secondes, avant de suivre celui en qui elle a une confiance aveugle.

– Je crois qu'Amani vous apprécie, remarque Samson qui a assisté à la scène.

– Vous croyez ? Je préfère ça plutôt qu'elle me dévore toute crue ! lancé-je dans un rire auquel il répond.

Je ne sais pas pourquoi, mais quelque chose me fait penser que je risque de m'attacher à Amani.

CHAPITRE 7

WILSON

Le repas de ce soir se déroulera une fois de plus sans moi. Ça n'inquiétera personne, ils ont l'habitude de mon absence. Armé d'un fusil, je pars en compagnie d'Amani marcher un peu en dehors du centre. Assis sur un haut rocher, nous contemplons le coucher du soleil. Elle est allongée à côté de moi et se lèche une de ses pattes avant. J'aime son calme olympien, sa présence m'apaise. Enfin, en temps normal. Car ce soir, mes nerfs sont à vif. L'image de l'éléphante morte sous mes yeux revient en boucle dans mon esprit. J'imagine la peur et la souffrance qu'elle a pu ressentir. J'imagine également ces connards en train de jubiler, ses défenses entre les mains. Ils me donnent envie de vomir et de commettre un acte irréparable. Ils méritent qu'on les traque, rien de plus.

– Hum, qu'en dis-tu, Amani ? Tu es d'accord avec moi ? Ces braconniers doivent finir derrière les barreaux.

Elle me regarde avant de jeter une dernière œillade au soleil qui disparaît totalement à l'horizon. Elle sait que c'est en général le signal pour retourner à Savannah.

– Rentrons.

J'ai été élevé ainsi, dans le respect de la nature, des animaux et des hommes. C'était une cause importante pour mes parents et je compte la perpétuer. Chaque espèce est indispensable pour l'écosystème, chaque être vivant peut apporter quelque chose à la Terre et il est hors de question de laisser gagner cette bande de braconniers.

La température a baissé. Je suis habitué à ces variations, mais j'imagine que ça doit être compliqué pour Jessy, et également fatigant.

– Tu l'aimes bien, Jessy ? demandé-je à ma lionne qui marche à mes côtés.

Elle me regarde rapidement avant de poursuivre son chemin, me laissant deviner sa réponse à travers ses pupilles rondes comme des billes.

– Dès que je l'ai vue, j'ai su que tu l'apprécierais. Elle semble à l'aise, on dirait qu'elle a vécu ici.

Nous passons les grilles de Savannah, je laisse Amani terminer son tour comme à son habitude. Je baisse la tête et salue à peine ceux que je rencontre. Je n'ai aucune envie de discuter, je préfère rejoindre ma chambre pour être seul.

Une fois dedans, je suis toujours aussi énervé.

Éléphant.

Fusil à fléchette.

Piqûre.

Prière.

Mort…

Je ne vois que ça, en boucle. Je suis obsédé par la situation actuelle. J'ai hâte que nous commencions cette campagne pour pucer les animaux.

Mes poings se serrent si fort que la peau qui recouvre mes os blanchit. Je frappe une première fois dans le mur alors que mes yeux se remplissent de larmes. D'un geste rapide, j'envoie valser tout ce qui se trouve sur ma commode avant de prendre conscience de ce que je viens de faire.

– Fais chier !

Je m'agenouille et saisis le cadre contenant la dernière photo de mes parents et moi. Le verre est cassé, mais l'image est intacte.

– Regarde ce qu'ils me font faire, maman, murmuré-je en ravalant un sanglot. Je te le promets, je les retrouverai. Tous. Un par un. Je vengerai tous ces animaux.

On frappe à la porte avant qu'elle ne s'entrouvre.

– Wilson, tout va bien ?

La voix fluette de Neema filtre depuis le seuil.

– Oui, Neema, tout va bien. Je suis désolé si je t'ai réveillée.

– Ce n'est pas grave. Laisse-moi t'aider, ajoute-t-elle en se baissant.

Le petit jeu de Neema m'exaspère parfois. Devant les autres, elle tient à m'appeler par mon nom de famille ou monsieur et se comporte en parfaite employée, mais en privé, lorsqu'il n'y a personne, elle me tutoie et utilise mon prénom.

– Non, s'il te plaît. Tu n'as pas à faire ça. Je m'en occuperai demain, dis-je sèchement.

Elle recule d'un pas, ses yeux reflètent la peur.

– Excuse-moi, je ne voulais pas t'effrayer. Ce n'est pas à toi de réparer mes erreurs. D'accord ?

– Tu es tourmenté depuis quelques jours, je l'ai remarqué et je déteste te voir si nerveux.

– C'est à cause des braconniers, soupiré-je en me relevant. Ils rôdent dans les parages, je n'aime pas ça.

– Savannah est bien sécurisé ?

– Oui. Vous ne craignez rien. Ni vous ni les animaux. Mais dehors, c'est un vrai carnage.

– Je suis désolée pour tout ça, répond-elle en laissant glisser sa robe de chambre en tissu léger.

Celle-ci atterrit sur le sol comme une plume. Neema se présente à moi, nue comme un ver. Sa peau délicate et parfaite luit sous la lune. Ses traits sont fins et ses courbes sont joliment dessinées.

Qu'est-ce qu'elle me fait, bordel ? À quoi joue-t-elle ?

– Putain ! Non, Neema ! Ne fais pas ça, s'il te plaît.

Je m'empresse de ramasser le tissu en évitant de la regarder, et de le lui passer sur les épaules pour couvrir sa nudité. Elle attache nerveusement le cordon à l'avant. Ses mains tremblent ainsi que sa voix lorsqu'elle me regarde à nouveau, totalement perdue.

– Je… je voulais juste te remercier pour tout ce que tu fais pour moi, ici.

– Mais, Neema, relevé-je en souriant, tu n'as pas à me remercier de cette façon. Lorsque je t'ai trouvée, tu avais tout juste vingt ans. Ce qui est arrivé à ton village et à tes parents est atroce. Être assassinés comme ils l'ont été, sans raison, sous tes yeux… Je ne peux pas imaginer ce que tu as ressenti. Je les aimais beaucoup, tu le sais. Eux aussi se battaient pour la cause animale, ils respectaient les bêtes. C'est tout naturellement que je t'ai proposé de venir travailler à Savannah. Je ne pouvais pas t'abandonner ainsi.

– Et je t'en remercie, Wilson.

– Mais s'il te plaît, tu n'as pas à me remercier avec une quelconque faveur sexuelle. Tu es mon amie, je te considère presque comme une petite sœur. Ne refais jamais ça.

– Je suis si navrée, murmure-t-elle en baissant la tête.

Neema ne sait plus où se mettre. Elle se confond en excuses et éclate en sanglots.

– Demain, c'est l'anniversaire de leur mort. J'ai toujours du mal à cette date. Je fais n'importe quoi.

– Je suis le mieux placé pour te comprendre, réponds-je en lui adressant un sourire de compassion.

Mes mains encadrent son visage. Tout comme moi, elle redoute les braconniers et elle veut qu'ils paient pour ce qu'ils font. Nous n'avons jamais su ce qui était arrivé à son village. Nous sommes persuadés que c'est à cause de la lutte que menaient ses parents qu'il a été détruit, et que les braconniers sont responsables. Par chance, elle s'était cachée sous terre grâce à une trappe que ses parents avaient fabriquée depuis peu. Peut-être se sentaient-ils menacés ?

– Ils ne me font pas peur, dis-je clairement en la regardant dans les yeux, nous n'en resterons pas là avec eux. Mais ici, à Savannah, il ne peut rien t'arriver. Tu es en sécurité. Et si, pour le moment, tu es effrayée à l'idée de sortir du centre, alors ne le fais pas. On peut aller chercher ce dont tu as besoin à l'extérieur pour toi.

Elle hoche de nouveau la tête en me remerciant.

– Je te le promets, tu ne crains rien.

Je dépose un baiser sur son front alors qu'elle m'offre un joli sourire.

– Ahhh, ça, c'est le sourire que j'attendais ! Tu te souviens lorsqu'on était plus petits et que mes parents rendaient visite aux tiens ? Tu devais avoir six ans et moi, seize. J'aimais m'occuper de toi pendant qu'ils bavardaient de leurs projets. J'adorais te montrer une tonne de choses. Tu aimais parler des animaux et de la nature.

– Oui, et je me rappelle qu'on faisait des blagues à nos parents ! Comme ce jour où un seau d'eau a atterri sur la tête de ton père ! pouffe-t-elle.

– On a ri pendant des heures !

– Il nous poursuivait avec sa grosse voix en criant : « Vous allez voir, petits garnements ! Je vais vous attraper ! » dit-elle en l'imitant.

– Ce sont de bons souvenirs, ajouté-je en me joignant à elle pour rire. Ce sont ceux-là qu'il faut garder Neema, pas les mauvais.

– Tu as raison.

– Entre nous, tu n'as pas envie de m'appeler à nouveau Wilson et me tutoyer tout le temps ?

– Je ne veux pas de traitement de faveur par rapport aux autres employés.

– Ce n'est pas un traitement de faveur, Neema. Nous sommes amis depuis longtemps. Réfléchis-y, s'il te plaît. Et puis, il serait bon de te trouver un petit ami convenable, non ? J'ai bien vu les regards en coin que tu lances à Juma, dis-je en lui donnant un léger coup de coude.

– Monsieur Lawford ! s'offusque-t-elle faussement en utilisant exprès mon nom de famille.

– Allez, il est tard, retourne te coucher et oublions ce qu'il s'est passé ce soir. Je ne t'en veux pas. Je comprends que tu puisses être parfois paumée, je le suis moi-même certains jours. Mais nous y arriverons, pour nos parents.

– D'accord, répond-elle en serrant ma main dans la sienne. Je m'excuse encore.

Elle rejoint le pas de la porte et s'arrête un instant avant de m'interpeller :

– Wilson ?

– Hum.

– Merci d'être là pour moi.

Pensif, je la laisse s'éloigner en lui adressant mon dernier sourire de la journée.

Ma haine, ma peur, ma culpabilité, tout s'envole le temps d'un instant grâce à mon amie et à ce petit moment où nous avons retrouvé notre complicité d'antan.

CHAPITRE 8

JESSY

Tembo vient de terminer son biberon alors que le soleil décline à l'horizon. Il semble heureux et rassasié. Je profite d'un moment privilégié avec lui pendant que Samson est parti ranger le matériel, pour le caresser.

– Oui, mon bonhomme, tu aimes les gratouilles en haut de la trompe, apparemment.

Il secoue la tête comme s'il m'avait compris.

Sa peau est rugueuse, il n'est pas spécialement agréable à toucher, mais la joie que ce simple contact lui procure me satisfait totalement.

– Je suis désolée pour ta mère. La mienne est en France, mais je n'ai jamais connu mon père. Enfin, si, un peu, jusqu'à mes deux ans, mais je ne m'en souviens pas. Une figure paternelle a manqué à mon épanouissement personnel. Ma mère n'a jamais réussi à refaire sa vie, j'ai dû faire sans. Je t'avoue que parfois, c'était lourd à porter, mais je compte bien le retrouver. Il est toujours vivant.

L'animal me regarde avec intensité.

– Je sais que je ne peux pas remplacer ta mère, Tembo, mais je ferai en sorte d'être présente pour toi durant mon séjour ici. Qu'en dis-tu ?

Il s'agite comme pour me faire comprendre qu'il est en joie d'entendre ma voix.

– L'état de ta patte ne s'améliore pas, apparemment. On va essayer de trouver une solution pour toi. Promis.

C'est à ce moment que j'entends les grilles s'ouvrir. Wilson, accompagné d'Amani, passe le seuil de Savannah. La lionne part sur la gauche tandis que le patron file tout droit à sa maison.

Sombre personnage…

– Rassure-moi, dis-moi qu'il n'est pas sans cœur et qu'il est sympathique certains jours ? demandé-je à l'éléphanteau.

– Il l'est, me surprend Samson. Il suffit d'apprendre à le connaître. Dans quelque temps, vous le verrez différemment.

– J'espère, réponds-je en me retournant pour le regarder. Je vous fais confiance sur ce point !

Samson choisit ce moment pour saisir ma main. Qu'est-ce qu'il lui prend ? Je suis perturbée quelques secondes par ce geste avant de me dégager.

– Samson, je euh…

J'hésite un instant sur la tournure de ma phrase. Comment ne pas vexer cet homme qui est pour l'instant mon seul allié ici ?

– Je préférerais qu'on devienne amis, dis-je clairement, en posant délicatement la paume sur son bras, juste amis.

J'insiste sur les mots que je prononce. Il fronce les sourcils. Ses pupilles noires fixent un moment les miennes puis il éclate de rire.

– Moi aussi, je souhaite que nous devenions amis, nous nous entendons très bien. Je m'excuse si j'ai été trop tactile envers vous, on me le dit souvent ! N'y voyez pas là le signe d'un quelconque désir, bien que vous soyez très jolie, mademoiselle Duval. Je pense qu'ici, les codes ne sont pas les mêmes que chez vous ! ajoute-t-il, amusé. C'est un geste amical pour nous en Tanzanie, rien de plus.

Je reste sans voix, me sentant légèrement… bête et abattue.

– Oh, murmuré-je en riant à mon tour. Mes excuses, j'ai mal interprété ce que j'ai vu et… bref, je suis fatiguée, je crois.

– C'est normal, vous n'êtes pas encore bien remise de votre voyage.

– Ça doit être ça.

– Regardez comme Tembo est heureux, il a apprécié le biberon que vous lui avez donné.

J'admire l'éléphanteau, repu, se roulant dans la terre dans un recoin de l'enclos. Puis je pense à l'éléphante que Wilson a dû abattre il y a quelques heures.

– Comment gérez-vous ce que nous avons fait cet après-midi ? Pour Wilson et vous, ça doit être compliqué.

– De passer après cette bande de charognards, oui. Ils nous laissent terminer le sale boulot. Mais l'éléphante est en paix à présent, elle ne souffre plus et c'est tout ce qui compte, même si c'est dur à accepter.

– Est-ce que ça arrive souvent ?

– Malheureusement, de plus en plus.

Nous regardons encore quelques instants ce petit éléphanteau, presque endormi, sans rien pouvoir faire pour pallier le manque de sa mère.

– Est-ce que notre journée est terminée ? demandé-je à Samson.

– Oui, elle l'est. Je vais m'occuper de rentrer Tembo pour la nuit.

– Dans ce cas, je vous abandonne. Je suis épuisée.

– Voulez-vous m'aider demain matin à nourrir les animaux et à nettoyer les cages ? Je vous préviens, réveil à l'aube pour un bon petit déjeuner avant d'attaquer le reste de la journée.

– Avec plaisir.

Je m'approche et dépose une bise sur sa joue.

– Chez moi, c'est comme ça que nous disons au revoir ou bonne nuit à quelqu'un.

Samson me sourit, je ne ressens aucune arrière-pensée lorsqu'il me regarde m'éloigner.

Je longe la maison avant de rejoindre mon lodge lorsqu'un bruit fracassant m'arrête dans mon élan. Wilson apparaît dans l'embrasure de sa fenêtre. Je me cache derrière un arbre et l'épie. Neema apparaît à son tour. Il semble tourmenté. Je ne vois pas tout d'où je suis et je fais attention à ne pas me faire prendre. Passer pour la curieuse de Savannah et me faire remarquer à peine arrivée, non merci. Lorsque je lève à nouveau les yeux en direction de la chambre de Wilson, ses mains sont délicatement posées sur les joues de Neema. Il semble lui parler et lui glisse un baiser sur le front. Elle est peut-être sa petite amie ?

Je n'ai pas vu d'autre femme ici. Il y a Samson qui semble être le bras droit de Wilson, Juma, un des gardes, Neema, qui s'occupe de l'intendance pour les employés et vacanciers. En dehors de ces quelques personnes, j'ai pu apercevoir deux gardes et deux hommes qui aident Samson à s'occuper des animaux. Si je ne me trompe pas, les employés sont au nombre de sept, plus Wilson, seul vétérinaire avant mon arrivée. Je comprends pourquoi ils sont débordés et ont eu besoin d'une aide extérieure. Il y a à faire à Savannah.

Je suis vite arrêtée dans mon instant voyeuriste. Une sorte de rugissement très discret attire mon attention. Amani se trouve du côté des cages du centre. Elle est encore loin, mais elle approche et je n'ai aucune envie de me trouver nez à nez avec elle.

Après m'être dépêchée de rejoindre mon lodge, je m'enferme et vérifie par deux fois que rien, plus précisément une lionne affamée, ne peut entrer.

Le lendemain matin, après une nuit réparatrice, j'admire le paysage un moment du haut de ma terrasse. Le soleil qui se lève. Les différentes couleurs qui apparaissent, les ombres des arbres qui s'animent sur le sol. La savane qui s'éveille. Les animaux qui reprennent possession de l'endroit et profitent du peu de fraîcheur matinale. Je suis subjuguée par ce spectacle fascinant et en profite pour faire quelques photos. Appareil à la main, j'appuie sur le déclencheur en pensant aux plus belles, que j'enverrai à Emily.

Après quelques minutes de tête-à-tête avec la nature, je me dirige vers les sanitaires avec mes affaires de toilette et une serviette. Pour le moment, je suis seule à m'en servir, mais je suis arrêtée dans mon élan par Amani qui apparaît devant moi. Elle se déplace avec lenteur tout en me dévisageant, se lèche les babines et s'assoit face à moi. Ma trousse de toilette tombe au sol. Mon cœur s'emballe, ma respiration s'accélère, mes mains deviennent moites. Je déglutis avec peine en me demandant ce qu'elle veut et surtout comment me sortir de ce pétrin.

Mon regard se dérobe. Je jette un coup d'œil à droite, à gauche. Personne. Que faire ? Hurler ? M'enfuir en courant ? Bordel de merde, personne ne la surveille ?

Je tente un pas de côté, mais le petit son qui provient de sa gorge ne me dit rien de bon.

Reste calme Jessy, tout va bien se passer.

Elle a l'habitude des hommes, elle n'est donc pas si sauvage que ça. De toute façon, je vais bien devoir m'adapter à sa présence ! Après un raclement de gorge, je prends la parole :

– Bonjour Amani, que fais-tu ici ? Ton maître n'est pas dans les parages ?

Putain, voilà que je parle à une lionne ! Je perds la tête. Le soleil tape dur, j'ai dû choper une insolation. C'est n'importe quoi !

– Allez, ma belle, je dois avancer, s'il te plaît. Laisse-moi passer. On ne te nourrit pas assez ici ?

J'essaie à nouveau de faire un pas, mais cette fois-ci le grognement qui résonne me fige. Je commence à paniquer, les yeux embués de larmes.

– Vous n'y arriverez pas comme ça, s'exclame soudain une voix masculine.

– Wilson… Monsieur Lawford !

Sauvée par le maître des lieux ! Moi qui me voyais déjà finir au fond de l'estomac de ce mammifère, c'est raté pour cette fois-ci. Tant pis pour elle, mais tant mieux pour moi !

– Comment allez-vous ?

Un rictus amusé creuse ses fossettes. Il était donc là depuis le début, appuyé sur un des poteaux du lodge sur pilotis, mais n'a pas levé le petit doigt !

– Elle ne vous laissera pas passer, tant que vous ne lui aurez pas dit bonjour.

– Quoi ? Mais je viens de le faire !

Il hausse les sourcils en désignant la lionne d'un signe de tête.

– Bonjour Amani, m'écrié-je, l'air idiote. Tu veux bien laisser la gentille nouvelle vétérinaire passer pour qu'elle puisse accomplir son job ?

Mes genoux tremblent tellement qu'ils pourraient jouer des castagnettes.

Wilson éclate de rire, avant d'avancer pour me rejoindre.

– Pas de cette façon. Elle attend une caresse.

– Que je mette… ma main… Hors de question ! lancé-je en le dévisageant.

– Elle vous aime bien. Si vous ne faites pas ce premier pas vers elle, je ne répondrai de rien de ce qu'il pourra se dérouler ensuite. En revanche, si vous vous pliez à l'exercice, vous en ferez votre plus grande alliée ! Elle a besoin de vous renifler, de s'imprégner de votre odeur. C'est normal, vous êtes chez elle, ici.

– C'est une blague ! Je m'étais pourtant levée de bonne humeur ! ronchonné-je.

– Venez. N'ayez pas peur, je vous accompagne.

Nous approchons. Wilson saisit ma main. La sienne est rugueuse et sèche. Malgré le moment le plus flippant de ma vie, des frissons parcourent mon épiderme lorsque sa peau rencontre la mienne. Je vais lui faire confiance et essayer de me familiariser avec l'animal. De toute façon, nous devons cohabiter, autant la croiser au détour d'une allée sans la craindre. J'avance d'un pas très hésitant. Wilson, impatient, tire brusquement mon bras jusqu'à Amani.

– C'est bon, doucement. Laissez-moi le temps d'assimiler ce qu'il va se passer ! m'énervé-je.

– Oui, ma belle, elle va te dire bonjour. Tout va bien.

Je tends une main tremblante alors que Wilson m'accompagne dans mon geste. Au moment où mes doigts effleurent les poils de la lionne, il me lâche pour me laisser seule avec elle. J'entre en contact avec sa tête, elle ferme un instant les paupières et dresse le nez en l'air pour sentir le poids de ma main. Son poil est assez rêche. Je me détends petit à petit, continue de la flatter lorsque son museau froid frôle ma jambe. Elle renifle mon odeur, l'enregistre certainement dans un coin de son cerveau avant de passer sa langue râpeuse sur ma cuisse.

– C'est sa façon à elle de vous indiquer qu'elle vous apprécie.

– Sympa, remarqué-je d'une voix chevrotante. J'ai cru qu'elle était en train de me goûter !

– Vous voyez, ce n'était pas si compliqué ?

– Si j'ai bien compris, je devrai faire ça tous les matins ?

– Oui, affirme Wilson. C'est son petit rituel. Elle fait le tour du centre pour saluer tous les employés ou visiteurs.

– Et personne n'en a peur ? Pas même les touristes ?

– Non. Je la présente à leur arrivée, explique-t-il en croisant les bras. Généralement, ils se tiennent loin. Ah, mais attendez, ai-je omis de faire les présentations à la seconde où vous avez passé les portes de Savannah ?

– Ah ah ! Très drôle, relevé-je en lui lançant un regard assassin.

Un peu rassurée, je continue de flatter l'animal tout en lui parlant alors que Samson apparaît.

– Bonjour. Je vois que vous l'avez apprivoisée, lance-t-il en me souriant.

– Oui.

Touchée, les larmes aux yeux, je me rends compte de ce que je suis en train de faire. Devenir amie avec une lionne… Qui l'aurait cru !

– Patron ? Je peux vous voir un instant ?

– Oui.

– Je vous attends à côté de l'enclos de Tembo.

– Très sympa de vous pavaner dès le matin en pyjama d'adolescente, mais nous avons du travail qui nous attend, souligne sèchement Wilson. Il faudra vous lever plus tôt à l'avenir !

Quoi ? Mon short et mon débardeur à l'effigie d'un lionceau Disney ne lui plaisent pas ? J'ai d'autres dessous en réserve, mais hier soir, j'avais besoin de me sentir comme chez moi. Dans mes habits préférés et réconfortants.

– Je passe me rafraîchir et vous rejoins à table.

Après m'être donné un rapide coup d'eau sur le visage, je regagne mon lodge pour m'habiller et découvre Amani dehors.

– Tu m'attendais ? lui demandé-je alors qu'elle me regarde, un peu rassurée. Allons les rejoindre.

Je retrouve l'habitation, accompagnée de la lionne. J'essaie tout de même de maintenir une distance raisonnable entre nous deux. Par sécurité. Vêtue d'un short, d'un tee-shirt et de mon chapeau devenu désormais mon préféré, j'ai badigeonné ma peau de crème solaire et ne quitte plus ma bouteille d'eau.

– Amani, je te cherchais ! s'exclame Wilson.

– Elle m'attendait, le rassuré-je en prenant place autour de la table.

Il me jette un regard en coin. Un sourire malicieux étire ses lèvres. Que croyait-il ? Que je ne m'habituerais pas rapidement à la vie ici ? Je sais m'adapter quand il le faut, je suis ainsi.

– Servez-vous, m'indique Wilson.

– Merci.

Les yeux pétillants devant les plats qui s'offrent à moi, je me sers avec appétit. Ça n'a rien à voir avec un petit déjeuner français, mais je ne suis pas très difficile.

– C'est bien la première fois qu'Amani s'attache aussi rapidement à quelqu'un, murmure Wilson.

Les coudes appuyés contre le bois de la table, il approche en me regardant fixement :

– À partir de maintenant, plus de dîners aux oubliettes, lance-t-il à mon intention alors que je mords goulûment dans une sorte de pain. Ici, vous avez besoin de force, nous avons ce qu'il faut. Donc chaque repas doit être pris si vous ne voulez pas tomber dans les pommes.

Comment sait-il que je n'ai pas mangé alors qu'il était lui-même absent ?

– J'étais juste…

– Pas de mais, c'est bien clair ?

– D'accord, mais à l'avenir, faites de même, répliqué-je, la bouche pleine.

Samson ricane à ma gauche, Neema le suit et c'est toute la tablée qui rit de ma réflexion, ce qui ne paraît pas déranger mon hôte qui sourit à son tour en évitant de croiser mon regard.

Lunatique. Il semble s'amuser à souffler le chaud et le froid. Ce type est aux antipodes des mecs que j'ai pu rencontrer jusqu'à présent. Il reste néanmoins… intéressant.

CHAPITRE 9

WILSON

Appuyé contre une des cages vides, j'admire, ou plutôt je regarde avec attention, notre nouvelle venue. On ne peut pas dire que Jessy n'ait pas été mise dans le bain dès son arrivée.

Vêtue d'un short court marron clair et d'un tee-shirt près du corps, elle a laissé ses cheveux bruns ondulés lâchés sous son chapeau. Son sourire et les rires qu'elle échange avec Samson sont une mélodie douce à mes oreilles. Il serait faux d'affirmer qu'elle ne réveille pas un certain désir endormi depuis longtemps en moi. La dernière fois que je me suis envoyé en l'air remonte à l'année, dernière lorsque ce groupe de touristes espagnols a fait une halte de plusieurs jours à Savannah. De fil en aiguille, après avoir appris à connaître ses membres, j'ai passé une nuit avec une des filles. Un plan cul, tout simplement. Elle n'en attendait pas plus. Je sais parfaitement que du haut de mes trente ans, je devrais me caser. Trouver la parfaite petite amie, sortir comme toute personne normalement constituée et me préparer un avenir stable. Partagé avec la personne aimée. Sauf qu'ici, au fond de la savane, ce n'est pas comme ailleurs. Trouver la perle rare ne se fait pas en claquant des doigts et je dois avouer que pour le moment, ce n'est pas ma préoccupation première.

Jessy est parmi nous depuis seulement quelques jours et je me retrouve à mater ses formes délicieuses derrière mes lunettes de soleil.

Pathétique…

Notre éléphanteau semble apprécier cette présence féminine, sans parler du personnel avec qui elle s'entend bien. Je l'ai même vue discuter avec Neema qui est difficile à approcher. Elle se méfie de tout et de tout le monde en permanence. Si elle a accordé du temps à Jessy, c'est qu'elle sent que ce n'est pas une mauvaise personne et ça me conforte dans l'idée que Samson a fait le bon choix.

Je n'ai jamais eu de déboires avec la gent féminine, mais elle n'est pas vraiment ma priorité. Je n'ai simplement trouvé aucune femme avec qui passer le reste de ma vie. J'ai eu une histoire qui a duré un peu plus d'un an. Elle s'appelait Lisamae et venait de la capitale, Dodoma. Mes parents l'avaient engagée pour s'occuper de l'administration du centre. À cette époque, ma mère était tombée malade et, pendant plusieurs mois, elle a dû déléguer une partie de son travail. Je me souviens encore de l'arrivée de

Lisamae. Je n'avais jamais vu une femme aussi belle. Sa peau était lisse et douce à caresser, ses cheveux dansaient dans son dos. Elle avait de la ténacité et une certaine tendresse dans la voix, deux caractéristiques opposées que j'appréciais. J'aimais sa manière de tenir tête au foutu caractère de ma mère et de passer des heures à parler nouvelles technologies avec mon père. Petit à petit, nous avons fait connaissance, jusqu'à partager une première nuit, puis une seconde… sans jamais rien nous promettre. Nous étions très complices et nous passions la plupart de notre temps libre ensemble. Malheureusement, je me suis vite aperçu que ce n'était pas une fille de la terre, comme je les appelle, mais plutôt de la ville. Lorsque sa mission est arrivée à terme et que ma mère s'est remise, elle a quitté Savannah pour voler de ses propres ailes en direction de l'Europe. Ça a été la plus belle parenthèse de ma vie avec une femme.

Les mêmes cheveux dansent devant moi aujourd'hui. Ils éveillent en moi des souvenirs agréables et aussi une certaine promesse à la vie. Celle que je ne terminerai pas seul. Après tout, nous ne sommes pas nés sur cette terre pour faire cavalier seul, mais pour partager une partie de notre existence avec quelqu'un d'aimant, de protecteur et de passionné.

Quelque chose me dit que cette Jessy va donner du fil à retordre à mes pensées et à ce qui se trouve dans mon short.

CHAPITRE 10

JESSY

Je profite d'un moment libre pour appeler ma meilleure amie. Assise sur mon lit, je tape son numéro.

– Enfin ! lance-t-elle en décrochant.

Venant d'elle, je ne le prends pas comme un reproche. Elle devait certainement s'inquiéter pour moi et la patience n'est pas son fort.

– Coucou Lyly. Comment vas-tu ?

– Comme une véto qui bosse vingt-quatre heures sur vingt-quatre et qui ne va pas tarder à devenir ennuyeuse en achetant un bon gros chat pour son appart. Bref, rien de bien excitant à l'horizon. Même côté mecs ! Le calme plat. Aucun n'a su me convaincre de m'amuser un peu avec lui. Et toi ? Tu as sûrement mieux à me raconter.

– C'est tout simplement magique ! J'aimerais que tu sois ici avec moi. Tout d'abord, le paysage est incroyable. Je vais t'envoyer d'autres photos régulièrement.

– Merci pour les premières, d'ailleurs.

– Je n'ai pas encore pu voir beaucoup d'animaux, mais le meilleur reste à venir, j'en suis certaine.

– Et les gens, ils sont comment là-bas ?

– Gentils. Ils m'ont accueillie à bras ouverts. Enfin, presque tous.

– C'est-à-dire.

– Le patron est… assez bizarre. Tu te souviens ? Je pensais avoir affaire à un vieil homme aux cheveux blancs ? Eh bien, il n'en est rien. C'est le fils qui a repris Savannah.

– Et il est comment ?

– Physiquement, plutôt pas mal, mais il a un caractère de chien et est assez froid.

– Zut. Mignon comment ?

Emily et les détails… Un beau mec et elle bave !

– Grand, musclé, svelte, la peau hâlée, il est brun aux cheveux courts et ses yeux noisette attirent l'attention. Ses lèvres sont assez charnues, il paraît passionné par son travail.

– Et toi, tu sembles l'avoir bien admiré, pour ne pas dire maté.

Je me laisse tomber sur le matelas et regarde fixement l'élastique autour de mon poignet.

– Je te rappelle que je ne suis pas venue ici pour ça.

– Je sais, mais tu peux lier l'utile à l'agréable. Ce n'est pas interdit, à ce que je sache.

– Non, mais souviens-toi ! Je suis émotive et émotionnellement instable en ce moment. Je dois prendre mon temps et y aller doucement.

– Je t'en prie, Jessy, tu sais combien je t'aime, mais cesse de t'accrocher à cette psy, tu veux bien ? Elle n'est pas avec toi et tu dois lui téléphoner seulement en cas de besoin absolu. Les mecs ne sont pas tous des connards et tout le monde n'abandonne pas tout le monde. Balance-moi cet élastique que tu es en train de triturer, fais tomber tes barrières à la con et fonce ! Si ce n'est qu'une nuit, eh bien ce sera qu'une nuit. Oublie ce connard de Clément, s'il te plaît. Tu es loin de tout ça, profites-en ! C'est le bon moment.

Cette fille me connaît par cœur. Je ne suis pourtant pas près d'arrêter cette « thérapie » de l'élastique. Elle me fait du bien et me remet les idées d'aplomb lorsque je le claque.

Emily est parfois un peu trop directe ou maladroite, je ne sais pas vraiment. Elle a du caractère et fonce sans se poser de questions. Si un mec souhaite passer une nuit avec elle, elle s'en contentera. Si c'est plus et qu'il lui plaît, c'est bien aussi, mais je ne l'ai à ce jour pas vue plus de quatre mois avec le même Apollon.

– Excuse-moi, je ne voulais pas dire tout ça, soupire-t-elle dans l'appareil. Ma meilleure amie me manque, il n'y a rien de transcendant qui se déroule dans ma vie actuellement et je veux le meilleur pour elle.

– Je sais. Laisse-moi juste faire les choses à ma manière et à mon rythme, d'accord ?

– Tu es une pro de toute façon, tu gères. Combien seraient partis ainsi, en pleine brousse, sans rien connaître de la Tanzanie pour découvrir une autre facette de leur métier ? Pas grand monde, mais toi, tu l'as fait et, simplement pour ça, je suis fière de toi.

– Merci ma Lyly. Et ton poste ? demandé-je, curieuse de savoir s'il lui plaît.

– Une chatte à stériliser et un chien qui avait la gastro. Pour avoir suivi la même spécialisation que toi, tu imagines bien que ça ne me réjouit pas autant que de voir un éléphant ! Mais ça paie le loyer, la bouffe, et me donne une première expérience professionnelle. J'ai la chance d'avoir trouvé un premier poste alors je ne vais pas cracher dans la soupe.

– Tu peux être fière de toi aussi.

– Jessy ?

– Zut, je dois te laisser on m'appelle. Attends.

Je me lève et découvre Samson dehors.

– J'arrive, dis-je en me dépêchant de mettre fin à ma conversation. Il faut que j'y aille. On se téléphone très vite ?

– Promis. Je t'aime Jessy, et n'oublie pas ta vieille amie à qui tu manques !

– Je ne risque pas de l'oublier. Je t'aime aussi.

Je raccroche, heureuse d'avoir pu lui parler.

Emily est une valeur sûre, elle ne m'abandonnera jamais.

CHAPITRE 11

JESSY

Dix jours plus tard

C'est avec émerveillement que je me réveille d'humeur plutôt joyeuse. Je suis en Tanzanie depuis dix jours seulement et j'ai l'impression d'avoir toujours vécu ici. Les longs récits de ma mère, les nombreux reportages visionnés et les photos que je regardais sur Internet y ont sans doute contribué. Les deux premiers jours, j'ai légèrement souffert de la chaleur, mais rien de bien grave. Je me suis installée sans difficulté, j'ai encore quelques réticences à croiser Amani dans le centre, mais la vie ici est tout bonnement incroyable.

Appuyée contre la rambarde de la terrasse, je regarde le soleil se lever à l'horizon et la nature qui s'éveille. Au loin, un groupe de nuages apparaît. Une légère brise fait danser les feuilles des quelques arbres que je peux apercevoir. Les herbes hautes ondulent, formant une vague verte et ocre. J'en profite pour prendre quelques photos avec mon téléphone et les envoie à ma mère, accompagnées d'un petit bonjour. Il est environ six heures trente ici, j'espère ne pas la réveiller à cause de l'heure de décalage qui nous sépare.

J'ai progressé depuis mon arrivée ; je suis levée et prête avant tout le monde. Le petit déjeuner est servi dans une heure, ce qui me laisse le temps de profiter du lieu et de faire un peu d'exercice.

Je chausse mes baskets après m'être habillée d'un legging et d'un top, et file à travers le centre. Je m'échauffe en douceur, puis pars à petites foulées.

Savannah prend lentement vie pendant que je continue mes tours. Les gardes changent, Samson m'adresse un signe de la main du haut de sa fenêtre, et même Tembo commence à s'agiter. Une bonne odeur émane de la cuisine, ce qui signifie que Neema est déjà derrière les fourneaux. Mon estomac se réveille à son tour.

Il faut l'avouer, faire son footing matinal au milieu d'animaux sauvages dans un tel environnement est donné à peu de personnes.

Un 4 × 4 sort du centre de sauvegarde. J'ai entendu dire que des rondes étaient exécutées à proximité de Savannah. Wilson soupçonne qu'il y a de plus en plus de braconniers. Ce n'est pas toujours rassurant, je tente de me concentrer sur mon travail de vétérinaire. Je ne me sens pas spécialement en danger ici.

Je salue quelques personnes que je croise au passage. Ma respiration est régulée. Après vingt minutes de course, je pense à faire une pause, mais au détour d'une allée, je tombe nez à nez avec Amani. Je ralentis pour m'arrêter devant elle. Elle avance de quelques pas et me regarde droit dans les yeux. Depuis deux jours, elle est souvent sur mon passage. Je ne sais pas quoi penser du fait d'avoir un animal sauvage comme animal de compagnie. Je suppose que Wilson a une bonne raison, mais il aurait peut-être dû signaler sa présence sur l'annonce, avec une mention particulière : « Lionne en liberté ».

– Bonjour ma belle, dis-je en passant la main sur sa tête. Tu vas bien ce matin ?

Un léger ronronnement sort de sa gorge, preuve que notre rencontre matinale lui plaît.

Je poursuis mon chemin et elle, le sien, un sourire radieux aux lèvres, pour rejoindre l'espace devant les lodges. Je fais quelques étirements, la chaleur est déjà intense. Les bras en l'air, les jambes écartées, je tente de toucher le ciel avant de me pencher en avant lorsque quelqu'un se racle la gorge derrière moi. Je tourne légèrement la tête pour voir celui qui cherche à attirer mon attention.

– Bonjour, Jessy, s'écrie Wilson, un seau à la main.

D'humeur taquine, j'ai envie de m'amuser et pour la première fois, je vais l'appeler par son prénom.

– Bonjour, Wilson, réponds-je en le regardant. Vous allez bien ?

– Euh… oui, réplique-t-il, les yeux rivés sur mes fesses. Il y a une fuite d'eau dans une des douches. Je vais rapidement la réparer avant de commencer la journée.

– D'accord. Je pourrai quand même en utiliser une ?

– Sans souci. Celle qui est en panne sera de nouveau en fonction ou fermée à clé.

– Très bien. À tout à l'heure pour le petit déjeuner !

Je retourne à mes étirements, l'abandonnant, stoïque, les bras ballants. Un léger ricanement s'échappe de mes lèvres. J'ai bien remarqué le regard qu'il promenait sur mon corps et le trouble qui l'a secoué en me voyant. Je ne le laisse peut-être pas indifférent ?

Note à moi-même : ne pas arrêter le sport si tu veux avoir des hommes à tes pieds !

Oui, mais pas ceux qui sont du genre à t'abandonner.

Stop.

Clac !

Putain de mauvaises pensées à la con qui reviennent sans cesse !

Jessy aurait-elle réussi à inverser la tendance et à déstabiliser le chef des lieux ?

En fin de soirée, je termine de donner les derniers repas aux animaux présents. Le ciel chargé n'annonce rien de bon. J'entends qu'on ouvre les grilles du centre lorsque je ferme la porte du local à clé. Un premier éclair déchire le ciel puis une pluie droite et dense percute le sol de plein fouet, soulevant la poussière encore sèche.

Génial ! Je dois traverser la cour afin de regagner la maison pour le dîner. Je n'en ai pas pour très longtemps en me dépêchant, mais le peu de secondes qu'il me faudra me garantit une douche en bonne et due forme.

Pas le choix. Je m'élance. Je cours à toute allure lorsque quelqu'un me rejoint et place une veste au-dessus de ma tête pour me protéger, m'accompagnant jusqu'à la terrasse couverte de la maison.

– Quel orage ! lance un homme en riant.

– Comme vous dites !

Il se décale légèrement, je secoue mes cheveux afin de faire tomber les gouttes d'eau qui ont trempé mon crâne. Un inconnu d'environ cinquante-cinq ans, à la peau blanche, se trouve à mes côtés.

– Bonjour. John, dit-il en me tendant la main pour se présenter.

Sur le coup, je fronce légèrement les sourcils, surprise de ne pas l'avoir vu depuis mon arrivée, surprise qu'il arrive au centre à cette heure-ci, surprise de me retrouver ainsi face à face avec lui.

Si on le laisse venir, c'est qu'on sait qui il est et qu'il en a la permission.

Sa paume empoigne fermement la mienne. Ses pupilles entrent en contact avec les miennes. Son sourire faussement joyeux ne m'inspire aucune confiance.

Je reste un instant figée, paralysée. Ses traits ont quelque peu changé, mais il ressemble exactement à la photo.

Toute la joie qui m'animait aujourd'hui s'envole.

Je le reconnais instantanément.

Il est la deuxième raison de ma venue ici.

Cet homme est mon père.

CHAPITRE 12

JESSY

Sans voix, je détaille le visage de l'homme qui se trouve devant moi. Je ne l'ai jamais vu, ou j'étais trop petite pour m'en souvenir. L'avoir ici, face à moi, sans y avoir été préparée, me fait une drôle d'impression.

Ses traits ont vieilli, ses joues sont creusées, je peux même apercevoir une cicatrice sur sa joue. Ses cheveux grisonnants sont mi-longs.

Bien entendu, il ne me reconnaît pas. La dernière fois qu'il m'a vue, j'avais tout juste deux ans et ma mère ne lui a plus jamais donné de nouvelles. Ni d'elle ni de moi.

– Excusez-moi, je ne voulais pas vous effrayer, reprend-il en me souriant. Il pleuvait et je vous ai vue ainsi, sous l'eau…

– Il n'y a pas de souci, dis-je en tendant la main. Jessy.

Il ne réagit même pas à mon prénom ; prénom que ma mère a choisi. Lui me donnait en langue swahilie un surnom dont je ne me rappelle pas.

– Vous êtes nouvelle ici ? demande-t-il.

– Je viens prêter main-forte à M. Lawford, je suis vétérinaire.

– Ah, je vois.

– John ! s'exclame Wilson qui intervient au même moment.

Son visage est impassible, froid et distant. Quelque chose me dit que leur entente est loin d'être parfaite.

– Wilson.

– Tout va bien, Jessy ? Vous êtes toute pâle ? s'inquiète-t-il.

– Oui, merci. Je me suis laissée surprendre par l'orage et ce monsieur est venu à la rescousse. Je vous en remercie, d'ailleurs.

– Il n'y a pas de quoi, répond John avec un signe de tête.

– Que fais-tu à Savannah ? demande Wilson, prenant une posture impressionnante en croisant les bras.

Son regard le fusille. Wilson lui montre qui est le patron ici. Fier, tel un coq, il bombe le torse. Si la situation ne me chamboulait pas autant, ce serait presque risible.

– Régler une affaire avec toi.

– Une affaire ?

– Oui.

– Allons dans mon bureau. Jessy, les autres vous attendent pour le repas.

Wilson ne me laisse pas le temps de répondre et entraîne John à sa suite, très sûr de lui. Il m'adresse un nouveau signe de tête avant qu'ils ne disparaissent tous deux à l'intérieur de la maison.

Totalement perdue, je laisse les pensées se bousculer dans ma tête et surtout dans mon cœur. Il souffre depuis déjà quelques années. Depuis que je sais la vérité sur l'absence de ce père, un simple géniteur, pour nous avoir abandonnées ainsi. Je voudrais lui mettre la situation sous le nez : moi, sa fille, qu'il a rayée de sa vie, moi qui suis bel et bien vivante. Je ne savais pas où chercher et voilà qu'après quelques jours ici, il se présente à moi.

Surprise !

Stop.

Clac !

J'inspire et expire lentement en faisant claquer à plusieurs reprises le petit élastique qui entoure mon poignet. Appuyée à la balustrade, je tourne le dos à cette maison et à ceux qui l'occupent. Je prends quelques secondes pour retrouver mes esprits, pourtant, elles ne suffisent pas. Mon cœur bat si fort qu'il résonne dans mes tympans, mes mains deviennent moites et l'impression qu'un poids énorme recouvre mes épaules m'accable.

Il m'a l'air à la fois gentil et louche. Je n'arrive pas à expliquer l'impression qu'il m'a faite.

– Jessy ?

Samson m'interpelle. Je m'empresse d'essuyer la larme solitaire qui a roulé sur ma joue et affiche un sourire forcé. Cet homme ne mérite pas que je pleure pour lui, pas après ce qu'il a fait à ma mère. Je devais me retrouver, tôt ou tard, en face de lui, lui cracher au visage ce que je pensais en espérant soulager un peu mon âme et passer à autre chose. Quelque chose me dit que ce ne sera pas si facile… Cet homme pue le mensonge et la malhonnêteté à plein nez.

– Samson ! m'exclamé-je en me retournant.

– Tout va bien ? On dirait que vous avez vu un fantôme.

Presque…

– Ce n'est rien. L'orage ! Je suis trempée.

– Le repas est servi, si vous souhaitez vous joindre à nous.

– D'accord, merci. J'arr…

Je n'ai pas le temps de terminer ma phrase qu'un bruit fracassant se fait entendre. Wilson sort de la maison. Il a empoigné John par le col de sa chemise kaki et le somme de quitter ce lieu.

– Ne remets plus jamais les pieds à Savannah ! hurle-t-il en le balançant à terre. Tu m'as bien entendu ? Plus jamais !

Sous la pluie, dans la terre transformée en boue, John le regarde en souriant tandis que Wilson le pointe d'un doigt menaçant.

– Tu n'as pas compris les règles du jeu, petit. Un jour, je l'aurai. Quoi que tu tentes de faire contre moi, tu n'y arriveras pas !

Wilson fonce sur lui. Samson le rattrape au vol, le retenant avant qu'il fasse une bêtise. Les poings serrés de Wilson ne me disent rien qui vaille. C'est bien plus qu'une dispute, c'est de la haine qu'il voue à cet homme.

Les gardes de Savannah interviennent, le relèvent et commencent à le raccompagner à son 4 × 4 lorsque John se retourne et s'adresse à moi :

– Au plaisir de vous revoir, Jessy. Vous me semblez plus accueillante que votre patron. Venez donc visiter mon camp qui se trouve à environ quinze kilomètres à l'ouest.

Il pose sa main sur son chapeau, me fait un signe de tête et monte dans sa voiture pour quitter Savannah lorsqu'Amani apparaît. Elle court et saute sur le capot du véhicule tout en poussant un rugissement.

Son cri résonne à travers les gouttes de pluie. Je reste sans voix, plantée sur la terrasse, sans comprendre ce qu'il se passe.

– Il faut la rappeler, patron, dit Samson calmement alors que l'animal commence à attaquer les essuie-glaces.

– *Amani njoo hapa*[1] ! hurle Wilson.

---

1. « Amani, viens ici ! » en swahili.

La lionne descend, passe doucement le long de la voiture tout en regardant John, sans doute pour l'intimider, puis nous rejoint.

– C'est bien, la rassure Wilson en caressant sa tête alors qu'elle s'assoit à côté de lui.

John redémarre, fait un signe de la main par la fenêtre puis quitte Savannah. Un brin provocateur, en plus !

– Tout va bien, patron ? s'inquiète Samson.

– Fais passer le mot : cet homme est interdit de séjour à Savannah à l'avenir ! Ne m'attendez pas pour dîner, ordonne-t-il en s'engouffrant sous la pluie.

Il m'adresse un regard noir alors que je tente de l'aborder. Je ne dois pas l'approcher pour le moment. Mais bon sang, je n'ai rien fait de mal !

– Samson, que vient-il de se passer ? demandé-je sans comprendre.

– Ces deux familles ne se sont jamais entendues. Ne vous approchez pas de cet homme, il est mauvais.

– Il dirige un centre animalier, lui aussi ? Comment s'appelle-t-il ?

Je feins l'ignorance. Je connais une partie des choses, ma mère me les a racontées, mais je n'ai aucune idée du nom de ce lieu.

– Il se prénomme Wild Tooth. Mais il n'y a rien d'intéressant là-bas. Restez à votre place, vous vous en porterez mieux, ajoute-t-il en entrant dans la maison.

C’est la première fois depuis que je suis ici que Samson adopte un air que je ne lui connais pas. Lui, d’ordinaire joyeux, affiche un visage grave qui ne me rassure pas.

Des frissons parcourent mon épiderme ; je resserre les bras autour de moi, comme pour me réchauffer, la boule au ventre d’avoir assisté à ça.

Wild Tooth ? Ça veut dire « Dent Sauvage » ? C’est quoi, ce délire ?

Pourquoi mon père est-il fâché avec Wilson ?

CHAPITRE 13

WILSON

Sale con !

Je traverse Savannah à grands pas décidés, laissant derrière moi ma fidèle amie, Samson et Jessy. Un nouvel éclair déchire le ciel, me faisant à peine sursauter. Une pluie torrentielle s'abat sur moi, mais je m'en contrefiche. C'est le cadet de mes soucis. Je n'ai pas apprécié la façon dont il s'est adressé à Jessy et, connaissant sa curiosité, je me dis qu'elle va vouloir découvrir son camp et ce qu'il y fait.

Ce type me sort par les yeux. Lorsque nous sommes arrivés ici, nos deux familles s'entendaient bien. Mes parents, sa femme et lui avaient pour vocation d'aider les habitants et partageaient la passion des dispensaires pour animaux. Puis, petit à petit, il s'est laissé glisser sur une mauvaise pente et a changé. Il n'avait plus les mêmes envies, les mêmes idées que nous. Nous ne les voyions plus.

Un jour, sa femme a disparu, lui est resté ici. Il est devenu mauvais, seul, enfermé dans ses idées à la con. Mes parents ont tenté à plusieurs reprises de faire fermer Wild Tooth, sans succès. J'ai pris le relais, mais je me suis heurté à des murs. Les autorités font la sourde oreille, seules les associations pour les droits des animaux essaient de m'aider, mais les portes restent closes. Je le soupçonne de verser des pots-de-vin.

Il se déplace rarement jusqu'ici et je ne mets pas les pieds chez lui. Je le rencontre très peu. Sa visite m'a surpris.

De quel droit vient-il ici pour me demander à quel prix je lui vendrais Amani ?

Ce type est malade, malsain, fier, et sa cupidité lui jouera des tours. Il est prêt à tout pour gagner quelques billets ! Même à vendre son âme et à revenir sur les raisons pour lesquelles il défendait haut et fort les valeurs de Wild Tooth à ses débuts.

Je garderai un œil sur Jessy. Il est hors de question qu'elle mette un pied là-bas. Tout d'abord pour sa sécurité, mais aussi parce que ce qu'elle découvrira lui fera un choc si immense qu'elle ne croira plus en l'homme.

– Fais chier !

Je hurle à travers le bruit des gouttes de pluie. Je déteste ce type ! S'il touche à Amani, je promets de le tuer. Je ne l'ai pas sortie de ses griffes pour qu'elle y retourne ! C'est hors de question !

Mes doigts agrippent une des grilles que je secoue avec force. Mes pieds la heurtent si fort qu'elle commence à se décrocher. Une haine féroce s'empare de moi, je pourrais tout détruire sur mon passage.

C'est en tombant, genoux à terre, que je fonds en larmes. Penser à mes parents dans un tel instant me fend le cœur. Il était leur ami, il est devenu un être ignoble. Un ennemi. Ce que nous faisons ici, à Savannah, a toujours été d'une extrême importance pour ma famille et moi. Ce que John fait est à l'opposé de nos valeurs. Je ne le laisserai pas détruire ce que nous avons. Un jour, il paiera.

– Je suis désolé, maman. Je n'ai pas réussi à l'arrêter.

Tête baissée, j'entends un léger bruit à côté de moi. Amani m'a rejoint. Elle a certainement ressenti la tension palpable qui traverse Savannah. De plus, elle doit avoir encore John en mémoire et sa venue ici a dû lui rappeler de mauvais souvenirs.

– Je sais, ma belle. Il a eu ta mère, dis-je en passant les mains de chaque côté de sa tête, mais je peux te jurer qu'il ne t'aura pas. Jamais !

Je dépose délicatement mon front sur le sien. Elle ferme les paupières, je fais de même et la connexion qui existe entre cet animal et moi grandit encore.

CHAPITRE 14

JESSY

Trop chamboulée d'avoir vu mon père apparaître ainsi, je touche à peine à l'assiette qui se trouve devant moi, .

Je m'excuse auprès de Neema et des autres, en précisant que son plat est très bon, mais que je suis trop fatiguée pour rester parmi eux.

D'un pas précipité, je regagne mon lodge. Il m'a semblé entendre quelqu'un hurler, mais je n'en suis pas certaine. Je m'enferme et allume une bougie tout en me séchant avec une serviette de toilette.

Je n'ai jamais vraiment eu peur des orages, mais celui-ci est impressionnant. Le bruit de la pluie qui tombe me berce et ne dérange pas mon sommeil, en général.

Agenouillée par terre, je fouille rapidement dans mes affaires pour en sortir une photo jaunie. On peut y voir ma mère qui me porte dans ses bras. J'étais toute petite, je devais avoir deux ans. Et mon père se trouve à côté de nous, un fusil en bandoulière. Nous nous tenons devant une cage où est enfermé un lion. Il affiche un sourire heureux ; quant à ma mère, elle arbore plutôt un air triste, une mine déconfite. Elle me serre contre elle comme pour me protéger. Au début, lorsque je regardais cette image, j'y voyais une famille normale, aimante, qui semblait joyeuse. Puis, au fil des années, à force de la détailler, de me la décrire dans ma tête, j'y ai décelé une vérité tout autre. Une vérité déplaisante, dérangeante. Jusqu'à ce que ma mère m'explique les grandes lignes.

Vingt et une heures ; il n'est pas encore trop tard pour lui téléphoner. Je saisis mon téléphone puis reste assise par terre, le dos appuyé contre mon lit.

– Bonjour, ma chérie, tout va bien ?

On s'était mises d'accord. Pas d'appel tous les jours, mais au moins deux fois par semaine. J'ai téléphoné hier soir.

– Bonjour maman… Je l'ai vu, annoncé-je sans détour.

Le silence qui me répond me serre la gorge.

– Dis quelque chose, s'il te plaît, murmuré-je, peinée de devoir la replonger dans des souvenirs douloureux.

– Je ne sais pas quoi te répondre. Tu n'es pas allée à Wild Tooth au moins ?

Elle m'a fait promettre de ne pas m'y rendre. Bien entendu, j'ai croisé mes doigts dans mon dos à ce moment-là ! Ne sachant pas si je tiendrais cette promesse, j'ai préféré assurer le coup.

– Non. Il est venu à Savannah. Tu es certaine de n'avoir jamais entendu parler de ce centre de sauvegarde ? Parce que Savannah existe depuis longtemps et, si j'ai bien compris, Wild Tooth n'est pas si loin.

– Non, je te l'ai déjà dit. Je sortais peu de Wild Tooth à l'époque. Il y avait bien trop à faire.

– D'accord, je te crois. Wilson, mon patron, ne s'entend pas du tout avec John. Je ne sais pas encore pourquoi, ni ce qu'il trafique, mais je trouverai. Ce soir, j'ai assisté à une dispute des plus glaçantes. Si Wilson avait pu le frapper à coups de poing, il l'aurait fait.

– Qu'est-ce qui l'en a empêché ? demande-t-elle.

– Un de ses proches employés. Tu avais raison, cet homme a beaucoup trop de fierté. Il est provocateur et sûr de lui. Rien de bon n'émane de son être.

Je m'attends à un sermon de plus de la part de ma mère. Elle ne voulait pas que je vienne ici. Elle me l'a répété à plusieurs reprises. J'ai menti en lui disant que je venais surtout pour mon travail et pour me perfectionner. À vrai dire, dans ma tête, ce n'était qu'une partie de la vérité. Quel enfant ne souhaiterait pas connaître son père alors qu'on lui offre sur un plateau le lieu où il peut se trouver ?

Être vétérinaire était pour moi une vraie vocation, mais le retrouver également. Lier les deux était une occasion en or ! J'ai dû attendre de décrocher mon diplôme et de pouvoir m'envoler pour la Tanzanie. Je ne le regrette pas. Il me faut le fin mot de l'histoire. Je dois savoir pourquoi ma mère le déteste autant ! La seule information que j'aie obtenue d'elle, c'est qu'il nous a mises à la porte et qu'il l'a chassée comme une malpropre. Depuis, elle n'arrive à reconstruire aucune histoire avec un homme. Mais elle me cache autre chose, cette pièce manquante à mon puzzle, que je me donne pour mission de retrouver.

– Écoute, Jessy, tu sais ce que j'en pense. Concentre-toi sur ton travail et sur ce qu'il peut t'apporter, pas sur ton père. Tiens-toi loin de lui, tu ne t'en porteras que mieux.

– Je ne peux pas faire comme s'il n'existait pas, maman.

– Ce n'est pas ce que je te demande.

– Tu sais que je ne le considère pas comme mon père, mais seulement comme mon géniteur. Nous nous en sommes très bien sorties toutes les deux et je ne te remercierai jamais assez de ce que tu as fait pour moi. Mais comprends-moi. Je dois connaître le fin mot de l'histoire.

– Promets-moi simplement de ne pas aller là-bas, d'accord ?

Une fois de plus, je mens en croisant les doigts, même si c'est un peu puéril.

– Du nouveau depuis hier ?

Nous restons encore une bonne demi-heure au téléphone avant de terminer notre conversation.

Je ne peux m'empêcher de lui vendre les mérites des paysages tanzaniens et elle apprécie que je lui rappelle tous ces magnifiques souvenirs.

Lorsque nous raccrochons, je finis de me sécher et je passe un pyjama pour la nuit. L'orage gronde toujours dehors et la pluie n'a pas cessé. Il y en a certainement pour jusqu'à demain matin. Il fait moite, les quelques gorgées d'eau que je bois me rafraîchissent. J'attache mes cheveux en chignon et pianote rapidement un message sur mon portable à destination d'Emily.

Dispo pour bavarder
avec ta meilleure amie ?

Aussitôt elle me répond qu'elle est à cent pour cent disponible. Nous restons de longues minutes à parler de choses et d'autres. Elle me répète que nos conversations, nos rires et nos bons moments lui manquent. Je raccroche en lui promettant de la rappeler très prochainement.

J'attrape mon petit ordinateur portable et me connecte à l'intranet de Savannah avec les indications que m'a données Samson. Le sommeil risque d'être long à venir après cette soirée, autant mettre ce temps à profit. Par chance, le réseau n'a pas été coupé. Aussi, je me lance dans des recherches.

Aujourd'hui, j'ai pu observer Tembo et regarder de plus près sa patte ainsi que ses radios. Nous ne pouvons pas le laisser comme ça, sinon son espérance de vie sera réellement réduite. Je suis certaine qu'une solution existe. M'est revenu en tête le souvenir d'un zoo en Amérique, qui a opéré une éléphante. Nous avions étudié le cas en cours et je suis sûre de pouvoir trouver des informations pour l'aider.

CHAPITRE 15

WILSON

Ma colère s'est un peu dissipée, tout comme l'orage. Il a cessé de pleuvoir et le soleil rayonne à nouveau. Je dévisage Jessy qui est en train de nourrir le guépard que nous avons recueilli, Samson et moi. Elle doit être perdue après ce qu'il s'est passé hier soir. Elle me paraissait confuse ce matin, au petit déjeuner. Pas un seul regard dans ma direction. Jessy a mangé, la tête baissée dans son assiette.

Je m'approche, les salue de nouveau puis étudie l'animal.

– Nous allons bientôt pouvoir le relâcher, remarqué-je en voyant sa blessure presque guérie.

– Oui, patron, dit Samson.

– Le début de semaine prochaine me semble bien. Sa blessure est cicatrisée. Son cœur n'a pas été touché, expliqué-je à Jessy pendant que l'animal se dresse devant nous. Il est en pleine forme. Il est temps qu'il retrouve l'état sauvage.

Elle ne répond pas et avance pour remplir son abreuvoir à l'aide d'un tuyau qu'elle passe entre la grille.

– Jessy ? l'interpellé-je en la suivant. Je tenais à m'excuser pour la dispute à laquelle vous avez assisté hier soir. Je ne souhaitais pas vous mêler à tout ceci. D'habitude, John ne vient pas jusqu'ici.

– Je comprends, dit-elle en hochant la tête. Ce sont vos affaires, pas les miennes. Mais plus de regard méprisant à l'avenir. Vous faites peur lorsque vous êtes ainsi.

J'éclate de rire avant de me reprendre, constatant qu'elle ne plaisante pas du tout. Ses yeux s'ancrent aux miens. Ce qu'ils reflètent traverse tout mon corps. Un mélange de crainte et d'envie d'apprendre à me connaître mieux. Peut-être pourrais-je faire un pas vers elle afin d'alléger son séjour ici, qu'il soit moins pesant pour elle ?

– J'ai bien compris que je devais me méfier de John. Je l'ai vu à la seconde où il s'est présenté. J'ai ce don pour sentir si une personne est bonne ou mauvaise. Alors, ne vous en faites pas, je suis assez grande pour savoir si je dois l'approcher.

– Comme vous voudrez.

Elle éteint l'arrivée d'eau lorsque l'abreuvoir est rempli puis retire le tuyau. Le guépard se faufile le long des grilles, toujours méfiant, et se jette sur l'eau.

– Il est magnifique, murmure-t-elle.

– Oui. Et victime de je ne sais quel taré qui s'est amusé à lui tirer dessus.

– Je découvre cette partie moins glorieuse du pays.

– Pourtant, cet aspect a toujours existé. C'est simplement qu'avant, on en parlait moins. Jessy ?

– Hum, répond-elle, le regard dirigé vers l'animal.

– Vous allez passer plusieurs mois en notre compagnie, dis-je sérieusement, peut-être pourrions-nous nous tutoyer ? Je n'ai pas encore eu l'occasion d'en savoir un peu plus sur vous. Que diriez-vous de partager votre repas de ce soir avec moi afin que nous nous connaissions mieux ?

Elle se retourne, croise les bras et éclate de rire à son tour. *Qu'ai-je dit de si drôle ?*

– D'accord pour le tutoiement, je pense en effet que ce sera plus facile pour nous. Mais pour le reste… je ne suis pas venue ici pour décrocher un rencard, répond-elle, amusée, mais pour perfectionner mes connaissances de la faune sauvage.

– Je pense m'être mal exprimé, répliqué-je en souriant. C'est un dîner pour apprendre à connaître la nouvelle vétérinaire que j'ai engagée, pas un rendez-vous galant.

– Oh… je… je suis désolée, j'ai cru que…

– Que je te faisais du rentre-dedans ? dis-je, terminant sa phrase.

Ses joues rouges de honte me font rire. J'avance d'un pas afin de me retrouver plus près d'elle. J'ai bien remarqué la façon dont elle se trémoussait devant moi lors de ses séances de sport. Elle le fait exprès, j'en suis persuadé, alors c'est à mon tour de m'amuser un peu.

– J'aurais été beaucoup plus direct, crois-moi. Je te propose simplement de dîner au calme pour m'expliquer d'où tu viens et pourquoi tu as accepté ce poste.

– De… d'accord, répond-elle en me fixant dans les yeux. Je veux bien dîner avec vous… avec toi.

– Bien. Continuons à…

Je n'ai pas le temps de terminer ma phrase, nous sommes interrompus.

– Patron, m'interpelle un des gardes, nous avons eu un appel.

Je déteste ce genre de phrase. Elle veut dire que les autorités ont contacté Savannah après avoir trouvé un animal blessé.

– Il s'agit d'une lionne. Il semblerait qu'elle se soit fait encorner par un buffle. Elle se trouve à une dizaine de kilomètres sur la piste avec le reste de son groupe.

– Signalez-leur qu'on arrive et qu'on laisse nos talkies allumés.

– Bien, patron.

– Samson ! l'interpellé-je alors qu'il nous rejoint, nous devons nous rendre auprès d'une lionne blessée. Il y a eu du grabuge. Je peux compter sur vous deux ?

– Bien sûr ! J'étais impatiente de mettre en pratique mes connaissances, répond Jessy.

– Je te rassure, ce n'est pas toujours comme ça ici. J'aurais préféré que ce soit plus calme pour ton arrivée, mais nous devons nous adapter. Samson, occupe-toi des armes, je prends le fusil à fléchettes tranquillisantes.

– D'accord.

J'attrape le sac de secours pour les urgences que je prépare et vérifie toutes les semaines.

– La lionne est blessée à cause d'un buffle ? demande Jessy, interloquée.

– Oui. Il semble qu'il ne s'est pas laissé attaquer. Il s'est défendu, elle a pris un coup de corne. Ça arrive parfois, nous devons intervenir rapidement.

En peu de temps, nous sommes à bord de la Jeep. J'ordonne à Amani de patienter et demande au reste de l'équipe de surveiller les environs.

En moins de vingt minutes, nous sommes sur les lieux. Deux 4 × 4 des services de la réserve entourent à bonne distance un groupe de cinq lionnes. L'un des hommes m'explique la situation.

– Le haut de sa patte arrière gauche est sévèrement endommagé, remarqué-je alors que Jessy regarde dans des jumelles que je lui tends.

– Oui. Les tissus et sa peau sont touchés. La plaie est béante. Il va falloir recoudre en espérant que rien de plus important ne soit abîmé.

Je la dévisage un instant, impressionné par le sérieux qui filtre dans sa voix.

– C'est Nuru, la fille de Sally, m'indique Samson.

– Tous les animaux ont des noms ? demande Jessy, surprise.

– Non. Mais ce groupe de femelles qui vit non loin de Savannah, oui. Nous les suivons depuis leur arrivée ici.

Nous nous approchons lentement avec la voiture. Samson me donne le fusil à fléchettes et je vise pour l'endormir. À l'aide des véhicules, le reste de l'équipe éloigne les autres lionnes et les tient à bonne distance tandis que notre malade s'écroule au sol.

– C'est bon, nous pouvons approcher.

Nous arrivons à ses côtés. Samson s'assure qu'elle dort pendant que nous enfilons des gants afin de travailler.

– Ce n'est pas très joli, dit Jessy. Sa blessure est large de plusieurs centimètres.

– En effet.

Elle s'agenouille près d'elle et examine la lésion.

– Les tissus mous sont touchés ainsi que la peau, mais le reste n'est pas atteint.

– C'est une bonne chose. Commençons par nettoyer la plaie avec une solution saline.

Je lui tends le flacon pour voir comment elle travaille. Elle hésite puis se résigne à le prendre.

– Quoi ? Ce n'est pas comme ça qu'on t'a appris à travailler en France ?

– Pas de souci, je m'adapte, répond-elle en esquivant ma question.

Nous nettoyons la plaie au maximum. Dans son malheur, cette lionne a eu de la chance. Aucun organe vital n'est touché. Elle aura simplement une belle cicatrice. Jessy attrape un kit de suture. Je lui propose de s'en charger. Elle s'applique tout en se dépêchant, elle sait que le temps nous est compté. Samson m'assure que la lionne dort toujours à poings fermés.

– Voilà, s'écrie Jessy après de longues minutes de besogne. Comme neuve !

– Pas mal, répliqué-je en regardant son travail. Je vaporise un spray antibiotique à effet immédiat.

– Ah oui, le fameux spray bleu ? On nous l'a montré lors d'un cours.

– Celui-là même. Injecte-lui les antibiotiques à effet durable, s'il te plaît. Pendant ce temps, je vais lui faire une prise de sang pour un simple suivi.

Elle s'exécute lorsque je les lui tends, sans broncher. Samson m'informe que la lionne commence à s'éveiller, alors je lui demande de ranger le matériel.

– Une dernière chose, nous allons appliquer cet onguent avant de partir. Il permet d'accélérer le processus de guérison. Tu connais ?

– Je sais ce que c'est, mais je ne pensais pas qu'on l'utilisait en pleine savane sur les animaux. Il est composé de quoi ?

– Principalement d'argile.

J'en mets une épaisse couche sur la blessure de la lionne avant que nous ne remontions dans la Jeep. Elle donne les premiers signes de réveil. Il était temps ! Nous aurions pu l'endormir à nouveau, mais nous avions terminé. Ce n'était pas la peine.

Après quelques minutes pendant lesquelles l'animal reprend ses esprits, elle se redresse fébrilement et rejoint le reste de son groupe qui l'accueille comme si cet incident ne s'était jamais produit.

Jessy arbore un sourire victorieux.

– Ça, c'est ce que j'appelle une intervention réussie ! s'exclame-t-elle en me tendant sa main dans laquelle je tape.

– On peut dire ça. Il faut garder en mémoire que ça ne se passe pas toujours de cette façon, mais pour aujourd'hui, retenons ce bon moment.

CHAPITRE 16

JESSY

Sous la douche, je souris toute seule, heureuse que nous ayons pu sauver la lionne cet après-midi et qu'elle puisse avoir de beaux jours devant elle. Après l'épisode de l'éléphant et l'intrusion de John, cela me réchauffe le cœur et me fait plaisir en tant que vétérinaire.

Je sors pour regagner mon lodge et me préparer pour le dîner que Wilson a souhaité organiser. Il m'a indiqué que je devais le rejoindre à l'arrière de la maison.

J'hésite un instant. Dois-je m'habiller comme je le fais tous les jours ? Un short et un tee-shirt ? Ou dois-je porter quelque chose de plus classe ? La chaleur est toujours présente et je préfère passer un vêtement de léger.

J'opte pour une robe fleurie et des nu-pieds. Mes cheveux sont encore humides, je les relève dans un chignon décoiffé. Un voile de gloss rose est étalé sur mes lèvres, mais je ne souhaite pas trop me maquiller. Premièrement, je n'en ai pas envie. Il ne faudrait pas que Wilson se fasse des idées. Et deuxièmement, même en France, je préfère rester naturelle. Ma mère m'a toujours répété que j'étais belle ainsi et que je n'avais pas besoin d'artifices.

Une fois satisfaite, je retrouve l'extérieur et m'attarde un instant sur le paysage majestueux qui s'offre à moi tous les jours. Je pense que je ne pourrais jamais m'en lasser, même si je devais vivre ici plusieurs années.

En contournant les bâtiments, je rejoins l'arrière de la maison et découvre une terrasse abritée qui longe l'habitation. Un superbe salon de jardin en bois traditionnel parfaitement sculpté, peut-être de l'acacia, trône au milieu de ce petit espace. Bel ouvrage !

Debout, les mains posées sur la rambarde en bois, Wilson admire le magnifique paysage. Lui non plus ne paraît pas s'ennuyer de ce que la nature lui offre. Le regard perdu au loin, il semble à des années-lumière d'ici.

– Wilson, dis-je doucement pour m'annoncer.

– Jessy ! Désolé, je ne t'avais pas vu. Viens.

Je monte les quatre marches qui me séparent de la terrasse et le rejoins. Son sourire est un peu charmeur et je dois avouer que sa tenue lui va à merveille. Sa tunique blanche fait penser à une chemise. Elle flotte dans la légère brise du soir et dessine ses muscles. Si je regarde d'un peu plus près, je peux apercevoir son pantalon, également de coton blanc, tomber sur le bas de ses hanches. Le coiffé-décoiffé de ses cheveux, comme d'habitude, lui va toujours aussi bien. Je remarque qu'il est pieds nus. L'ensemble est un plaisir pour les yeux. Cet homme paraît tout droit sorti d'un magazine ! Il est tout simplement séduisant.

Une perfection physique que je n'ai jamais rencontrée chez aucun de mes ex. Certes, ils étaient tout de même mignons, mais l'enveloppe corporelle ne suffit pas à me faire craquer. Je n'étais pas vraiment regardante jusqu'à présent. Jusqu'à mon arrivée à Savannah. Jusqu'à Wilson.

– Tu es magnifique. Cette robe te va à merveille.

– Merci, tu n'es pas mal non plus.

Le rouge qui me monte aux joues doit être perceptible. Il tend sa main pour que je la prenne et dépose un baiser sur la mienne en guise de salut. N'est-on pas censés parler travail et faire connaissance ?

– Installe-toi, je t'en prie.

Il tire une chaise près de la table sur laquelle le couvert est dressé. Je m'assois, il prend place en face de moi. Aussitôt, Neema apparaît et pose devant nous deux petites bouteilles de verre fraîches. Étonnée de la voir ici, auprès de Wilson, je suis un peu gênée.

– Ça ira, Neema, tu peux rejoindre les autres si tu veux. On se débrouillera.

– D'accord. Bon appétit.

Elle s'éclipse, Wilson ouvre les bouteilles et verse le liquide dans les verres avant de m'en donner un. Je peux lire sur une des bouteilles « Castle Lager, degré d'alcool 5 % ».

– Je crois qu'il faut trinquer chez toi, en France ?

– Euh oui, dis-je en faisant tinter mon verre contre le sien. Qu'est-ce que c'est ?

– De la bière locale, fabriquée ici, en Afrique. Elle est légère et parfaite après une telle journée.

– Merci, dis-je en avalant une gorgée.

En effet, son goût n'est pas très relevé. Elle n'est pas amère et parfaite pour se désaltérer.

– Elle est très bonne. Amani n'est pas dans les parages ?

– Elle apparaîtra à un moment ou à un autre. Elle aime faire son petit tour le soir dans le centre. Tu sembles plus à l'aise avec elle.

– En effet. Elle ne me fait plus peur. J'apprends à la connaître.

– Et tu ne seras pas déçue, crois-moi ! Ce soir, Neema a cuisiné des plats locaux, tu vas pouvoir en goûter quelques-uns.

– Ça, c'est une bonne idée ! J'ai hâte.

Mon ventre crie famine depuis déjà presque une heure.

– Alors, raconte-moi un peu ton histoire, commence-t-il.

Son regard sombre s'arrime au mien. Il est à la fois perçant, sincère et authentique. Un vrai livre ouvert.

Je commence mon discours et j'ai l'impression de parler pendant des heures. Wilson fait une pause pour aller chercher un premier plat à la cuisine.

– Ce sont des samoussas au bœuf ou aux légumes et à côté, des petits pains au riz appelés *Mkate wa Kumi mina*. Poursuis, tu en étais à ta mère.

– Oui, dis-je tout en me servant. Elle est assistante vétérinaire. Encore quelques années de travail et elle sera à la retraite.

– La passion des animaux est de famille, apparemment.

– Elle n'a pas pu décrocher son diplôme de vétérinaire. Puis je suis arrivée très tôt alors elle a préféré passer moins de temps dans ses études.

– Je vois, répond-il en terminant un samoussa.

Il lèche goulûment ses doigts, je ne peux m'empêcher de fixer sa bouche si pulpeuse et si…

– Et ton père ? me coupe-t-il dans mes pensées.

– Oh… euh… il est mort lorsque j'étais petite. Je ne m'en souviens pas.

Mensonge.

Je grimace à l'idée de devoir déjà mentir. Mais je ne me vois pas annoncer à mon patron que mon père est l'homme qu'il déteste le plus au monde !

– Désolé, je ne voulais pas te peiner. Ça nous fait un point commun.

– Samson m'a expliqué pour l'incendie.

– Mes parents ont péri ce soir-là. Je crois qu'on ne se remet jamais de la perte d'un être cher. Tout ça, dit-il en ouvrant grands ses bras, ce sont eux qui l'ont bâti et personne ne me le reprendra. Leur bataille est la mienne désormais et je compte bien la gagner.

Mon sourire n'est pas très franc. Est-ce une bonne chose de vivre dans les souvenirs et dans les rêves des autres ?

– Hum, s'exclame-t-il en enfournant un second samoussa. Un pur délice aux légumes ! Neema est la meilleure cuisinière que je connaisse. Tu dois goûter.

Il en attrape un puis se penche en avant et m'invite à le croquer. J'hésite un court instant. Ce geste va à l'encontre de toutes les barrières que je m'étais fixées dernièrement. J'approche et mords dedans délicatement. Je mâche légèrement avant de prendre le reste de l'aliment. Mes lèvres effleurent ses doigts, quelque chose se réveille au creux de mon ventre. Cette chose que j'ai pu ressentir quelquefois depuis mon arrivée ici. Ce pincement délicieux endormi depuis un long moment.

Bordel !

Sous la table, je triture légèrement mon élastique, prise d'anxiété à l'idée d'éprouver à nouveau quelque chose pour un homme, mais surtout, de souffrir, une fois de plus.

– Tu es plutôt jolie quand tu rougis, murmure-t-il. Enfin, tu es jolie tout le temps de toute manière.

– Merci. Tu as raison, c'est un vrai régal ! relevé-je pour changer de sujet. Aussi bien pour les yeux que pour les papilles.

– Le samoussa ou moi ? me taquine-t-il.

– Peut-être un peu des deux.

Je n'ose pas croire que j'ai répondu ça. Wilson rit de bon cœur.

T'es à côté de la plaque, Jessy ! Tu fais tout le contraire de ce que tu as dit.

Sommes-nous en train de flirter ? Parce que si tel est le cas, mon cœur s'emballe et bat la chamade, sans parler de cette boule qui se forme au fond de ma gorge et m'empêche de dire un seul mot.

Il m'adresse de nouveau ce même sourire qu'à mon arrivée plus tôt dans la soirée. Celui qui exprime combien il m'apprécie et celui qui veut faire passer le message qu'il est en mode séduction, ce qui n'est pas pour me déplaire.

Nous continuons notre repas en dégustant le biryani, un plat composé de poulet, mouton, épices, œufs et riz. La discussion dévie sur mes études en France. Il m'explique qu'il a fait les siennes à Rotaria, en Afrique du Sud. Nous comparons nos deux parcours. Puis il me demande pourquoi j'ai voulu venir en Tanzanie.

Une fois de plus, je ne peux pas lui dire toute la vérité, alors je joue sur mon diplôme, ma spécialité et l'envie de découvrir cet univers.

– Tu as choisi l'endroit le plus beau sur terre, murmure-t-il, repu.

En guise de dessert, Neema a préparé des *mandazis*, des beignets de coco ainsi que des coupelles de fruits.

– Neema est la perle rare. Tu as décroché le gros lot !

– Oui, elle s'occupe parfaitement de l'intendance de Savannah et elle est une cuisinière hors pair ! Ne le lui dis pas, mais je l'ai surprise en train de fricoter avec Juma aujourd'hui. Ces deux-là s'accorderaient à la perfection ! rit-il.

– Mais… Neema et toi, vous n'êtes pas…

– Quoi ? demande-t-il en posant son verre d'eau. Neema et moi ?

– Vous n'êtes pas en couple ?

Wilson éclate de rire.

– Je ne sais pas ce qui t'a fait penser ça, mais en aucun cas nous ne sommes ensemble.

– Zut, désolée. J'ai cru que…

– Neema est une amie d'enfance malgré notre écart d'âge. Nos parents étaient de bons amis et lorsque les siens sont décédés, je lui ai proposé de venir travailler ici. Elle a accepté.

– Mais alors pourquoi elle te vouvoie ?

– Une idée stupide de sa part. Une histoire de différence entre les autres employés et elle. Je ne cherche plus à comprendre pourquoi elle s'est mis ça en tête !

– En tout cas, elle est très gentille, je l'aime bien.

– Tu peux avoir confiance en elle, assure-t-il en nous servant le dessert.

– Doucement, je n'ai plus très faim. Tout était très bon en tout cas, je ne manquerai pas de féliciter Neema.

– Elle aime les compliments.

– Pourquoi avoir bâti des lodges ? demandé-je en enfournant un beignet de coco.

– C'est simplement une question financière. Savannah est une association, nous vivons de dons. Ils ont baissé ces dernières années alors j'ai investi le reste de mes économies dedans afin de faire un apport pour l'association.

– Je vois, mais je suis ici depuis presque deux semaines et aucun d'eux n'est rempli. Tu devrais en faire un peu plus la publicité, si tu veux mon avis.

– Je ne suis pas vraiment doué en informatique et personne à Savannah ne peut m'aider.

– Je pourrais, moi ! J'arrive à me débrouiller.

– Pourquoi pas ? Toute aide est bonne à prendre. En tout cas, je suis content de partager ce repas avec toi ce soir. Je ne voulais pas que tu aies l'image d'un type renfermé et pas sympa du tout. J'ai appris à me méfier, c'est tout, mais je ne suis pas méchant.

– C'est exactement ce que m'a dit Samson, ricané-je. Tu peux avoir confiance en moi et je saurai te le prouver.

– J'espère bien. En attendant, suis-moi, j'aimerais te faire écouter quelque chose.

CHAPITRE 17

WILSON

Elle me suit dans un recoin du centre, plus calme, où il y a moins de bruit. Je l'invite à s'asseoir sur un arbre dont le tronc est tombé au sol. Nous avons choisi de l'y laisser afin de former un banc.

– Regarde, dis-je en montrant le ciel, et écoute.

Dans le plus beau des silences, elle relève la tête et découvre le ciel étoilé. Le spectacle est tout simplement magique et je ne me lasse pas d'y jeter un coup d'œil tous les soirs.

– Waouh… C'est tellement merveilleux, murmure-t-elle.

– Ferme les paupières un instant et tends l'oreille.

Elle s'exécute. Grâce aux lumières de Savannah, je peux la détailler. Un visage fin, un front dégagé, un nez droit mais pas imposant, des petites fossettes discrètes et cette bouche, voluptueuse, charnue, qui laisse imaginer le plus beau des baisers.

Elle détache soigneusement le chignon qu'elle a fait puis pose les mains sur le tronc d'arbre. Ses cheveux longs descendent dans son dos. Elle laisse entrevoir son cou nu.

Cette femme est magnifique.

Un soupir s'échappe d'entre ses lèvres. Pas un soupir d'ennui, mais un soupir d'aise qui montre combien elle est heureuse d'être ici.

Des frissons hérissent mon épiderme, une boule se forme au fond de ma gorge. Jessy ne me laisse carrément pas indifférent. C'est bien le contraire, à en croire la bosse qui déforme mon pantalon.

– C'était quoi ça ? s'inquiète-t-elle en sursautant.

Elle me sort de ma contemplation. Je reste attentif un bref instant avant de lui expliquer que c'est une hyène.

– Elles font réellement ce bruit qui ressemble à un rire, alors ? demande-t-elle, incrédule.

– Oui. De vraies teignes, elles feraient n'importe quoi pour un morceau de viande. Écoute.

Jessy se tait et tend l'oreille.

– C'est le souffle d'un buffle de l'autre côté des barrières.

– Bon sang, il est juste là ?

– Tu ne crains rien.

– Je reconnais que parfois, ce n'est pas très rassurant.

– Chaque bruit a une cause. Tu entends ce frottement lointain qui résonne ? C'est un éléphant qui frotte sa trompe sur le sol sec.

– Sans rire ? Comment sais-tu tout ça ? réplique-t-elle, amusée. Je pensais que quelqu'un déplaçait quelque chose dans notre dos.

– Une enfance en pleine savane, ça aide, expliqué-je en lui adressant un clin d'œil. Ça, en revanche, c'est le bruit d'une lionne affamée !

Amani apparaît, arrachant un cri de stupeur à Jessy.

– Punaise ! Ne refais jamais ça, Amani ! la gronde-t-elle en la caressant. Tu m'as fait peur.

Mignonne à souhait...

– Je vais aller lui servir son repas, tu nous accompagnes ?

– Merci, mais... je suis fatiguée, annonce Jessy en se levant. Je vais plutôt aller me coucher.

– Comme tu veux. La journée a été longue, dis-je en me relevant à mon tour. Repose-toi bien pour être en forme demain.

– Je te remercie pour cette soirée. C'était très agréable et c'était une bonne idée de faire plus ample connaissance. Merci également pour ton accueil ici. Je suis vraiment contente d'être parmi vous.

– C'est avec plaisir. À demain.

– Bonne nuit.

Elle se tourne et s'évanouit dans la nuit tandis qu'Amani me donne un coup de tête dans la jambe.

– Je sais. Je ne devrais pas ressentir quelque chose pour elle, mais il faut bien avouer qu'elle est très attirante.

Amani émet un grognement, signe qu'elle meurt de faim.

– Allons-y, à ton tour de passer à table !

CHAPITRE 18

WILSON

Une semaine plus tard

Je suis assis tranquillement à la table de ma terrasse lorsque je suis interrompu par Jessy.

– Wilson ? Je ne te dérange pas ?

– Jamais. Viens, assieds-toi, je m'occupais de la paperasse.

– Rien de trop ennuyeux ?

– Un peu. Ça n'a jamais été mon fort, mais je n'ai pas d'autre option que de me plier à l'exercice. En quoi puis-je t'aider ?

– Je t'ai fait une promesse concernant le site internet de Savannah. J'ai pris quelques photos au lever du soleil, dit-elle en posant son appareil accompagné d'un câble sur la table. Il faut renouveler les clichés que tu as postés. Je suis allée faire un tour dessus et entre nous, le site pourrait être mille fois mieux et mettre réellement Savannah en avant.

– Insinues-tu que je suis très mauvais en communication ? la taquiné-je.

– Un petit peu, répond-elle en joignant son pouce et son index.

– Tu peux le dire, je suis carrément nul ! J'accepte volontiers ton aide, mais ne perds pas ton temps à tout m'expliquer. Je ne retiendrai rien, ricané-je. Ce n'est pas mon truc.

– D'accord. Est-ce que j'ai carte blanche ? Je te montrerai tout avant que ça ne soit en ligne.

– Marché conclu. Attends, je me connecte au site, lui dis-je en tapotant sur mon ordinateur, et il est à toi.

Je lui tends l'appareil et l'invite à s'installer confortablement.

– Nous avons deux heures avant le dîner. Je vais prévenir Samson qu'il ne t'attende pas.

– Merci.

Aussitôt, elle se met au travail. Elle branche son appareil photo à mon ordinateur et pianote comme si elle avait fait ça toute sa vie !

Je reviens, accompagné d'un jus de fruits frais que Neema a préparé pour tout le monde. Jessy apprécie avec cette chaleur.

Je reprends là où j'en étais tout en la dévisageant. Elle se tient droite, concentrée, un léger sourire aux lèvres. Je jette rapidement un coup d'œil ; ses photographies sont vraiment belles ! Elle y ajoute sa touche personnelle tout en les mettant en valeur, c'est très beau.

– Quoi ? demande-t-elle en tournant la tête. Quelque chose ne va pas ?

– Pas du tout, bien au contraire, murmuré-je. Tu es une femme magnifique Jessy. Peu importe ce que tu fais, la situation dans laquelle tu te trouves, tu restes superbe.

– Merci, c'est gentil, répond-elle, un sourire en coin.

– Regarde, pour la page d'accueil, j'ai pensé à mettre en avant Amani. Elle est un atout majeur pour Savannah.

Je tique légèrement, surtout après la proposition de John et la menace qui pèse sur elle.

– Je ne sais pas si c'est une bonne idée. Je ne voudrais pas en faire une bête de foire, tu vois ?

– Je comprends. Et si, au lieu d'inscrire dans mon texte : « Approchez notre lionne Amani », j'écrivais : « Découvrez notre lionne Amani, la gardienne de Savannah » ?

– Je préfère.

– Allons-y pour ça, confirme-t-elle en pianotant sur le clavier.

– Les tarifs des lodges n'ont pas changé, c'est toujours les mêmes.

– D'accord.

– Peut-être faudrait-il proposer une nuit inoubliable pour les jeunes mariés ? Je trouvais l'approche de Samson plutôt intéressante.

– Tu as raison. Couples et jeunes mariés, ainsi, les personnes qui font un tour sur le site n'ont pas l'impression que c'est réservé qu'à une catégorie de visiteurs, ajoute-t-elle.

– En effet.

– Il faudra réfléchir à quelque chose de spécial pour les mariés. Tu imagines ? lance-t-elle, les yeux pétillants. Ça doit être extraordinaire de partager une nuit ici avec celle ou celui que tu aimes le plus au monde !

– Tu es pour le mariage ? demandé-je de but en blanc… Excuse-moi, j'ai été trop direct, ça ne me regarde pas.

– Non, pas du tout, ce n'est pas un sujet tabou pour moi. Je suis plutôt pour. Et toi ?

– Pour également, réponds-je en lui adressant un clin d'œil.

– C'est cool.

C'est cool, effectivement…

Qu'est-ce qu'il m'a pris de lui adresser un clin d'œil ? *Sans déconner, tu ne pouvais pas trouver autre chose, Wilson ?*

Je n'ai jamais été très doué pour la drague, ce qui m'amène souvent à des situations comme celle-ci, où je fais et dis n'importe quoi.

Elle semble un peu embarrassée, mais n'insiste pas.

Plus tard, Neema nous surprend en plein travail.

– Désolée, je ne voulais pas vous faire peur. Le repas est prêt.

– Merci, nous arrivons.

– Monsieur Lawford ? m'interpelle-t-elle.

– Je t'en prie, appelle-moi Wilson, Neema. S'il te plaît.

Elle jette un coup d'œil en direction de Jessy qui a à peine entendu ce qu'elle m'a dit et approche.

– Wilson, est-ce que je pourrais avoir une de mes soirées la semaine prochaine ? Comme nous en avions parlé ?

– Oh, ta fameuse soirée ? relevé-je, tout sourire, en pensant à Juma.

Elle hoche la tête, les lèvres légèrement pincées. Décidément, j'ai l'impression de mettre mal à l'aise toute la gent féminine de Savannah !

– Bien entendu. Tu m'indiqueras la date, je m'occuperai du repas.

– Est-ce que je peux cuisiner ce soir-là ? demande soudain Jessy en se levant. J'aimerais préparer un repas français pour vous remercier de votre accueil.

– Pourquoi pas ? Je t'aiderai, lancé-je en nous imaginant déjà. Tu me diras ce qu'il te faut, nous verrons de quoi nous disposons.

– Merci Wilson, dit en souriant Neema, et merci Jessy.

Les deux femmes échangent un regard complice. Avaient-elles comploté ce plan ? Il y a des chances ! Je les ai surprises à rire l'autre jour, lorsque Jessy a voulu aider Neema.

– Nous arrivons dans deux minutes, indiqué-je à cette dernière, qui s'engouffre de nouveau dans la maison.

Jessy me montre rapidement les retouches qu'elle a faites sur le site. Après deux petites modifications, je lui donne mon feu vert.

– Tiens-toi prêt ! Les réservations vont pleuvoir ! La semaine prochaine, je m'attaque aux réseaux sociaux. Tu dois absolument y parler de Savannah et alimenter ton compte de temps en temps.

– Tu en es certaine ?

– Oui, crois-moi ! Je t'aiderai et te noterai tout ce qu'il y a à savoir. Tu verras, c'est assez simple.

– Bien.

Je me penche de nouveau sur la carte étalée au bout de la table que m'a fournie Samson plus tôt dans la journée.

– C'est quoi cette carte de la Tanzanie ? demande Jessy en me rejoignant.

– Tu vois les croix rouges un peu partout ? Samson a répertorié tous les cas de braconnage depuis un an.

– Un an ! Mais il y en a une multitude ! s'exclame-t-elle, bouche bée.

– Oui. C'est de pire en pire chaque année.

– C'est terrible.

– Et parfois près de Savannah, ce qui ne me plaît pas du tout.

– Tu peux compter sur moi pour te soutenir contre ce fléau, annonce clairement Jessy, une main posée sur mon épaule.

Je tourne légèrement la tête et me retrouve à quelques centimètres de son visage. Sa respiration s'accélère. Son souffle chaud agace ma peau.

Mes yeux entrent en contact avec les siens. Intenses. Profonds. Intimidants. Attirants. Mon regard dévie vers sa bouche entrouverte ; mes pensées se bousculent.

– Jessy, je…

Nous prenant par surprise, Amani saute sur la terrasse. Elle avance de quelques pas, réclame une caresse que Jessy lui donne et me regarde avant de se lécher les babines.

– Je crois qu’elle a faim, ricane Jessy.

– Je crois aussi.

Que se serait-il passé si Amani n’avait pas fait irruption ici ?

Jessy est ici pour le travail, rien d’autre. Je dois calmer mes ardeurs et me focaliser sur nos missions.

CHAPITRE 19

JESSY

Le lendemain matin, je suis prête et attends les ordres à côté de l'enclos du guépard. C'est le jour où il retrouve sa liberté. Wilson nous a tous conviés autour de lui. En chef de centre, il est impressionnant, sérieux et incroyablement craquant.

– Bien, vous connaissez la marche à suivre lorsqu'on relâche un animal ? Jessy, nous allons faire une trentaine de kilomètres à l'ouest afin de le délivrer non loin du parc de Serengeti. Nous nous déplaçons à trois voitures ; dans l'une, le guépard est détenu dans une cage ; dans les deux autres, nous l'accompagnons et garantissons la sécurité de tous. Nous ne pouvons pas être concentrés sur lui et sur la faune qui nous entoure en même temps.

– D'accord. Je te suis, de toute manière.

Wilson prépare un peu de matériel médical. Si j'ai bien compris, il ne sort jamais sans. Des employés de Savannah nous escortent, deux hommes par véhicule.

Nous approchons de la cage. Après un rapide coup d'œil à la blessure du guépard, nous décidons de le transférer dans la cage de voyage.

– Je suis content, il s'est bien remis, assure Wilson à Samson.

– Oui, patron.

– Jessy, observe et regarde. Il y aura certainement un autre animal à relâcher durant ton séjour ici.

À quatre, ils approchent la cage de l'enclos. Le système est ingénieux, ils n'ouvriront pas la porte principale, mais une trappe sur le côté dont la taille correspond à celle de ladite cage.

Wilson ouvre les deux trappes et tente d'appâter l'animal avec un peu de nourriture. Au début, le félin est réticent. Il nous observe, fixe du regard la personne qui l'a le plus nourri durant son séjour ici, Samson, et se demande s'il doit y aller. J'imagine qu'il n'a pas pu résister à l'appel du morceau de viande, car quelques minutes plus tard, il s'élance pour l'attraper et essaie de ressortir. La porte se referme aussitôt derrière lui et Wilson prend soin de la boucler à clé.

– Là, mon beau. On ne te veut pas de mal, tu vas pouvoir retrouver la savane, murmure-t-il comme pour le rassurer.

Mais l'animal s'énerve et s'agite dans la cage. Il donne des coups de patte et feule.

– Allons-y.

Les hommes chargent la cage, qui ressemble plus à une caisse en bois, dans un des 4 × 4. Je monte à l'arrière avec Wilson. Samson prend le volant.

– Nous n'en avons pas pour très longtemps. Assurons-nous qu'il fasse un bon trajet. Reste attentive à ce qu'il y a autour de toi, dit-il.

Une voiture passe devant nous, ouvrant la marche, puis une seconde nous suit.

– Comment ça se déroule ensuite pour lui ?

– Eh bien, il risque de se retrouver seul. Les guépards mâles vivent parfois à plusieurs, mais uniquement s'ils sont issus de la même portée. Cependant, des cas ont été observés où des individus rejoignent un groupe déjà formé. Espérons pour lui que ça se passe ainsi. Sinon, il s'en sortira très bien. Nous avons fait en sorte de ne pas trop l'approcher durant son séjour à Savannah. Il n'a pas pu s'habituer aussi rapidement à l'homme. Son instinct de chasseur va vite revenir, et de toute façon nous pourrons suivre sa piste et nous assurer qu'il va bien.

– Tu sembles apprécier ce moment, remarqué-je.

– Oui. C'est le but de Savannah. Les relâcher et les sauver, répond-il dans un immense sourire.

Nous sommes secoués lorsque nous passons dans un nid-de-poule. Je me retiens à ce que je peux, mais je me rapproche aussi dangereusement de Wilson. J'aime cette lueur qui anime ses yeux et cette joie qui étire ses lèvres. Je déteste pourtant ce que je commence à ressentir pour lui.

– Désolé ! s'écrie Samson en riant.

Soudain, il me montre du doigt un groupe de gazelles. Je reste émerveillée par ces animaux qui semblent si fragiles sur leurs fines pattes, mais également férocement malines et agiles.

– C'est quoi là-bas ? demandé-je après quelques minutes de voiture alors que nous ralentissons.

– Wild Tooth, répond-il en fronçant les sourcils.

– Oh. Je pensais que c'était un peu plus loin de Savannah.

– Malheureusement, non. Nous ne passerons pas devant, mais la piste s'étend à proximité et il n'y en a pas d'autre. Lorsque je me retrouve ici, je tente d'oublier que ce lieu existe et que cet être ignoble y vit.

– Je ne veux pas me mêler de ce qui ne me regarde pas, mais un jour il faudra m'expliquer pourquoi tu voues une haine sans nom à cet homme, et ce qu'il trafique.

– Rien de bon ne sort de Wild Tooth, affirme-t-il, le visage grave, alors que nous nous en éloignons.

Je n'insiste pas et profite du paysage. Quelques arbres verts tranchent sur l'ocre et l'orangé. Les herbes sont tantôt hautes, tantôt rases. Le soleil brille déjà fort dans le ciel.

– Accroche-toi, m'indique Wilson, nous devons traverser un cours d'eau.

Les voitures s'engagent les unes derrière les autres. Ce n'est pas profond du tout, les cailloux sur lesquels nous passons roulent sous les roues et nous secouent à nouveau. J'aurais presque envie de rire ! Si on m'avait dit il y a un an que je vivrais une telle aventure… je n'y aurais pas cru.

– Nous sommes presque arrivés, m'indique Wilson.

– Je suis subjuguée par la beauté du paysage. C'est incroyable. Tu as de la chance de pouvoir admirer ceci tous les jours depuis que tu es enfant.

– Oui, je me considère réellement comme chanceux. Tu aimerais en voir plus, je suppose ?

– Tu n'imagines pas à quel point.

– Je vais organiser ça alors, répond-il en tapant le côté de la Jeep de la paume.

C'est signe que nous sommes arrivés à destination. Les voitures s'arrêtent. Wilson se relève pour descendre.

– Que veux-tu dire par là ? demandé-je en le suivant.

– Tu verras.

Il n'en révèle pas plus. Une fois à terre, il agrippe mes hanches et m'aide à retrouver la terre ferme. Je m'accroche à ses épaules, nos corps l'un contre l'autre. Je sens la force qui émane de ses bras et je comprends à ce moment précis qu'il ne me laisse vraiment pas indifférente.

– Qu'allons-nous faire à présent ?

– J'ai choisi cet endroit pour ses arbres. Il sera libre d'y grimper ou de rejoindre le parc. Il y a un peu d'ombre, de l'eau pas loin, et des proies faciles. Nous allons simplement descendre la cage et l'ouvrir.

Simplement ? Amusée, je souris en secouant la tête. Tout cela a l'air si facile pour lui ! Je me demande combien d'animaux ont été relâchés avant ce guépard.

Une fois la grosse caisse en bois à terre, tout le monde recule. Le félin s'énerve à nouveau. Il doit sentir la liberté approcher. Les odeurs de la nature ravivent son côté sauvage.

– Venez Jessy, m'indique Samson.

Il m'aide à remonter à l'arrière du 4 × 4 et attrape le fusil à flèches tranquillisantes tandis que les accompagnants se faufilent à l'intérieur des autres véhicules ou derrière ceux-ci.

– Le patron va grimper sur la cage et ouvrir la trappe pour le faire sortir. Normalement, il se précipitera dehors et s'évaporera dans la nature. Ça, ajoute-t-il en montrant le fusil, c'est au cas où il ferait demi-tour et s'en prendrait à un de nous.

– C'est déjà arrivé ?

– Pas à ma connaissance, répond-il en souriant.

Tant mieux. Je serais bien embêtée de voir un homme se faire bouffer. Tout est sublime, mais je n'oublie pas que nous sommes entourés d'animaux sauvages, et de celui-ci, particulièrement.

J'attrape mon portable et commence à faire quelques photos lorsque Wilson grimpe sur la caisse en bois.

– Oui mon beau, tu vas sortir, ne t'inquiète pas. Tout le monde est OK ?

Les autres lui font un geste pour signaler que tout est bon. Il tire la trappe et l'ôte presque entièrement.

– Soyez prête, ça va être rapide, me dit Samson.

En effet. Ne sentant pas de danger imminent, l'animal s'aventure au bord de la cage et file sans un regard en arrière à travers les herbes hautes.

Wilson, debout, regarde au loin puis lance un cri de victoire. Nous l'imitons avant de le rejoindre.

– C'était tout simplement magique ! m'emporté-je en tombant dans ses bras pour le serrer contre moi. Euh… désolée. C'est l'émotion et le bonheur de voir cet animal de nouveau en liberté.

J'essaie de m'éloigner, mais Wilson entoure mes hanches de ses bras et me retient.

– Il n'y a pas de mal. Je devrais toujours prévoir une présence féminine lorsque nous relâchons nos protégés. Ce n'est pas désagréable, se moque-t-il en riant.

Je lui assène une petite tape sur le haut de la clavicule pour qu'il relâche enfin son emprise. Rapidement, les autres hommes de Savannah approchent et lui serrent la main. Tout le monde est heureux, ça fait plaisir à voir, et le regard intense que Wilson m'adresse lorsque Samson le prend dans ses bras réchauffe mon cœur.

CHAPITRE 20

JESSY

Du bruit me réveille en pleine nuit. Je me lève et découvre quelqu'un, debout, dans l'encadrement de ma porte. Il entre, referme derrière lui et avance.

Wilson se tient devant moi, nu comme un ver.

Mon cœur s'emballe, mes mains deviennent moites. Son regard s'arrime au mien et, sans prononcer une seule parole, il fait quelques pas dans ma direction. Il me donne l'impression d'être un félin face à sa proie. Sa large paume encadre ma joue, son souffle chaud effleure mes lèvres avant que sa bouche ne frôle la mienne. Son baiser est dans un premier temps doux, précieux, lent, puis rapidement, sa langue caresse la mienne et il devient plus entreprenant, dur, envahissant. Un gémissement s'échappe de mes lèvres tandis qu'un grondement bestial sort de sa bouche.

– J'attendais ce moment depuis quelques jours déjà, murmure-t-il.

Malgré mes réticences et la multitude de questions qui affluent dans mon cerveau, je le laisse faire.

Il dépose une myriade de baisers mouillés le long de mon cou puis de ma clavicule. Ses dents agrippent la bretelle de ma chemise de nuit et la font descendre le long de mon épaule. Il fait de même avec la seconde et laisse glisser mon vêtement sur le sol.

Mon Dieu !

Ce geste est si sexy.

Sauvage.

À son image.

Ses mains glissent sur mon corps, il embrasse ma poitrine pendant que j'agrippe ses cheveux. Un délicieux pincement crispe le creux de mon ventre lorsqu'il suçote et aspire un de mes tétons. Mon souffle s'accélère.

– Moi aussi j'attendais de goûter à tes lèvres depuis longtemps, chuchoté-je.

Son regard rencontre le mien, brûlant, intense.

– Je n'ai pas envie de goûter seulement ta bouche, Jessy, dit-il, sûr de lui.

Le ton suave qu'il emploie réveille en moi une envie incandescente. Je ferme les paupières, un léger cri de surprise résonne dans le lodge.

Bordel ! Je ne m'attendais tellement pas à ce qu'il ressente la même chose que moi.

Je gigote pour calmer mes ardeurs, Wilson devine ce que j'attends et retire avec douceur ma petite culotte pour l'abandonner un peu plus loin avec ma chemise de nuit.

Sa bouche découvre mon ventre, ses mains malaxent mes fesses sans relâche.

– Ta peau est si délicate, Jessy, lâche-t-il avant de descendre le long de mes cuisses.

Je me penche en avant et l'invite à se relever pour m'embrasser. J'en veux plus maintenant, on verra plus tard pour les petits extras. Peut-être ai-je interrompu quelque chose qu'il comptait entreprendre, mais tant pis. L'impatience a eu raison de moi, je devais sentir son corps contre moi. Ses bras m'entourent, sa poitrine s'écrase contre la mienne. Sa chaleur m'enveloppe et m'emporte dans un endroit où je suis bien. Son membre érigé caresse une de mes jambes et mon bas-ventre.

– Sens-tu l'effet que tu me fais, Jessy ?

Ses mains englobent de nouveau mon visage, une de ses paumes s'aventure dans mon dos. Ma peau frôle la sienne, mes seins entrent en contact avec ses muscles ; je le découvre à mon tour. Il recule légèrement, l'intérieur de mes genoux touche le rebord du lit, et il nous fait basculer avec précaution sur le matelas.

– J'ai tout prévu, dit-il en faisant apparaître un sachet argenté qu'il s'empresse d'ouvrir pour enfiler le préservatif.

Allongé de tout son long au-dessus de moi, il promène les doigts dans mon intimité moite. Il fouille, triture, jusqu'à entrer son majeur en moi.

Un cri de surprise et de plaisir m'échappe. Il entame des va-et-vient, mes jambes entourent ses hanches, je ne peux m'empêcher de l'embrasser à nouveau. Il se retire et approche son sexe du mien. La lueur qui traverse son regard à ce moment est indescriptible. Alors qu'il…

Bip Bip Bip Bip Bip

Assise dans mon lit, je tente de retrouver mes esprits et de faire descendre ma fréquence cardiaque. J'appuie sur le bouton de l'alarme de mon téléphone pour l'éteindre et tombe à la renverse sur mon matelas en le maudissant. Je comprends mieux pourquoi le préservatif est apparu comme par magie.

Putain de rêve érotique !

Sous la douche, j'essaie d'effacer les souvenirs de ce moment partagé dans mes songes avec Wilson. La température de mon corps est un peu redescendue, mais mes pensées… Elles se sont envolées au pays de la luxure, là où j'imagine la suite et la fin de ce rêve sans réussir à me détacher de l'image du corps magnifiquement sculpté de Wilson.

Ce type me fait bien plus d'effet que je ne le croyais pour s'insinuer dans mon crâne aussi pendant la nuit.

Lorsque je me suis enfin calmée, me concentrant sur les tâches qui m'attendent pour la journée, je sors, enroulée dans ma serviette de toilette. Mes cheveux retombent sur mes épaules et dégoulinent.

Comme une idiote, j'ai oublié mes vêtements dans ma chambre !

– Bonjour, Jessy ! me salue Wilson que je croise en sortant.

C'est foutu. Toutes mes bonnes résolutions s'envolent à l'instant où il prononce ces quelques mots et je rejoins cet endroit fabuleux où mon imagination me donne délicieusement du fil à retordre.

CHAPITRE 21

WILSON

Qu'est-ce qu'elle fabrique au milieu du centre à moitié à poil ? Sa peau si délicatement découverte… est un vrai appel à l'indécence !

Elle semblait un peu gênée de m'avoir croisé ainsi.

Je m'empresse de rejoindre Samson et un autre de mes employés. Un des grillages qui entourent Savannah est abîmé, nous devons le réparer.

Cela me rappelle cette fois où mon père a dit à ma mère que nous devions sécuriser Savannah, pour le bien de tous. Mon Dieu ! Une dispute sans précédent avait éclaté. Ma mère avait un foutu caractère.

Nous prenions notre repas un soir lorsqu'un employé s'est adressé à ma mère. J'étais revenu quelques jours en Tanzanie, faisant une pause vacances dans mes études.

– Madame, dit-il en regardant ma mère, un troupeau d'éléphants approche dangereusement de Savannah.

– Faites comme d'habitude, répond-elle. Rondes toute la nuit et la journée, intervenez seulement si c'est nécessaire, en les effrayant.

– Bien madame.

Sans discuter plus longtemps, il sort de notre cabane et s'éloigne.

– Chérie, commence mon père, je sais que tu ne souhaites pas faire de Savannah un parc fermé, mais nous devons…

– Charles ! Tu ne vas pas revenir sur ce sujet ! lance-t-elle en tapant sur la table.

– Tu dois être raisonnable, il faut nous protéger.

– Mais, nous ne craignons rien ici !

– Si ! Ces animaux sont sauvages, continue mon père en haussant le ton. Sans parler des différents trafiquants. Nous ne sommes pas appréciés dans la région, je te rappelle.

– Merci, je suis au courant. Je n'ai pas envie d'être enfermée et de donner l'impression aux diverses communautés qu'elles ne peuvent pas nous approcher.

– Ils savent que notre porte, si je puis dire, leur est grande ouverte. Arrête ton baratin !

– Mon baratin ? répète ma mère. Mon baratin ! Tu exagères vraiment ! C'était mon idée de bâtir Savannah. Tu m'as suivie et je t'ai demandé de m'aider dans mes projets. Tu n'as pas refusé, à ce que je sache !

C'est reparti ! Comme d'habitude, ma mère va reprocher à mon père d'avoir accepté l'aventure sans respecter ses choix et mon père va lui renvoyer la balle en lui disant qu'elle l'a mis devant le fait accompli.

– On en revient encore aux mêmes choses ? C'est pour notre protection ! On doit faire en sorte que notre famille ainsi que tous les employés se sentent bien. Sinon, ils finiront par partir !

– Tais-toi, pas devant le petit, ronchonne ma mère.

– Maman, grogné-je, je n'ai plus huit ans ! J'en ai vingt-trois. Arrête de me prendre pour un gamin. J'ai mon mot à dire ?

– Non ! hurlent mes parents en chœur.

– Vous exagérez vraiment. À quoi je vous sers ? Maman, ravale un peu ta fierté. Un troupeau d'éléphants pourrait dévaster Savannah si personne n'arrive à les arrêter. Je sais combien tu tiens à conserver cet endroit sauvage, dans son jus comme tu le répètes, mais tu dois aussi penser à nous tous.

Elle pousse un soupir bruyant avant de caler son dos au fond de son siège.

– Je sais, se résigne-t-elle en posant sa main sur mon bras. Je vais y réfléchir.

Résultat ?

Elle ne l'a jamais fait. Moi si. Après l'incendie, il le fallait.

CHAPITRE 22

JESSY

Je sors mon téléphone portable de ma poche, il faut absolument que j'en découvre plus sur John et ce qu'il fabrique. Je commence à taper le nom de Wild Tooth sur mon clavier tout en retournant dans mon passé.

Ma mère a préféré me tenir loin de lui depuis ma plus tendre enfance sans pour autant me cacher toute la vérité.

Au début, nous avons été hébergées chez mes grands-parents. Ils avaient une grande propriété, un jardin, un chien, et nous ont volontiers accueillies. Il faut dire qu'ils ne m'avaient encore jamais rencontrée alors ils étaient heureux de pouvoir passer des moments privilégiés avec leur unique petite fille. Ma mère a ensuite trouvé un travail, puis une maison à louer, mais je suis toujours restée proche d'eux. Aujourd'hui, ma grand-mère n'est plus parmi nous et mon grand-père que j'affectionnais tant est en maison de retraite. Il perd la tête et ses souvenirs…

J'ai évolué au sein de ma famille. Un foyer aimant, attentionné, normal, mais sans figure paternelle. Au début, je ne m'en rendais pas compte et il ne me manquait pas. Ma mère m'a expliqué les grandes lignes de notre histoire à mon entrée à l'école primaire. C'est vers huit ans, lorsque j'étais au CE2, où les enfants ne sont pas tendres les uns envers les autres, que ce manque s'est fait ressentir. Les élèves se moquaient de moi en me disant que mon père était mort, que j'étais orpheline, des choses blessantes à cet âge.

J'avais beau leur expliquer qu'il vivait dans un pays différent du nôtre, qu'il était trop pris par son travail pour venir me voir, personne ne me croyait. Un jour, une course d'orientation a été organisée par l'école. C'étaient des binômes enfant-père. J'étais la seule de la classe à ne pas pouvoir m'inscrire dans un premier temps… Car ma mère a demandé à un de ses amis de m'accompagner. Il a joué le jeu. Je ne peux rien lui reprocher. Il a été parfait. Mais ce n'était tout de même pas mon père.

J'ai longtemps pensé que mon père était un héros. Je l'imaginais sauvant les animaux, aidant la population. Une sorte d'Indiana Jones habillé en chemise marron et affublé d'un large chapeau. Je pensais qu'il défendait le droit des espèces, de la faune, des gens du camp qu'il avait fondé.

Quand j'ai grandi, ma mère m'a expliqué qu'il n'était pas ce genre de personne, pas même quelqu'un de bien. On ne pouvait pas avoir confiance en lui. Nous avions dû fuir la Tanzanie. Pourquoi ? Je ne sais pas. Elle n'arrive pas à m'en parler, à m'en dire plus. Ce passage de sa vie la blesse profondément, alors je n'ai pas insisté, me persuadant que je deviendrais vétérinaire et que je viendrais un jour ici pour le retrouver, pour découvrir ma vraie histoire.

Mais le premier contact n'a pas été celui que j'attendais. Au fond, je ne sais pas ce que j'espérais. Aurais-je aimé qu'il me reconnaisse ? Qu'il y ait un lien si fort entre nous qu'il comprenne aussitôt que j'étais sa fille ? Que ma mère se soit trompée et qu'il soit d'une gentillesse incroyable ? Ou au contraire, aurais-je souhaité voir de mes propres yeux l'être qu'il est ? Peut-être aurais-je préféré qu'il me repousse pour ne pas être tourmentée.

Je ne sais pas.

Une chose est sûre, je dois découvrir ce qu'il fait à Wild Tooth. J'en ai assez que tout le monde me mente ou me cache la vérité. Je veux également connaître ce qu'il s'est passé avec ma mère et pourquoi nous avons dû quitter précipitamment ce magnifique pays.

Le site internet de Wild Tooth ne m'apporte rien. Il y a peu de photos, les explications sont aléatoires. Sont seulement évoqués les soins apportés aux animaux, particulièrement aux félins. Un lien pour joindre une personne est donné. Je *screene* la page ;

je déciderai plus tard si j'essaie d'entrer en contact avec elle ou non. Je pourrais très bien me faire passer pour quelqu'un d'autre. Une journaliste peut-être. Je verrai quelle idée me vient en tête.

Je poursuis mes recherches sur les images. Elles défilent sous mes yeux fatigués. Il y a des photos des parcs et réserves de Tanzanie, mais rien de concret. Je déteste ne rien trouver ! C'est louche et ma curiosité reste insatisfaite.

Mon téléphone bipe, me faisant sursauter. J'hallucine lorsque je lis le message.

Tu me manques bébé.
Je crois que je suis toujours
amoureux de toi. Pourrait-on se voir ?

Clément… Mon ex.

J'inspire, chuchote le mot *stop* et attrape mon élastique.

Clac !

Ce petit con n'a pas oublié mon numéro après tout ce temps ! Comme je n'ai pas oublié ce qu'il m'a dit ce soir-là. C'était il y a presque un an, dix mois pour être exacte. Nous devions fêter nos deux ans. J'ai bêtement pensé qu'il aimerait peut-être qu'on soit fiancés. Après tout, je commençais à lui parler de vivre ensemble, d'acheter un appartement ou une maison et d'avancer dans notre vie à deux. Ma mère l'appréciait moyennement, je ne saurais expliquer pourquoi, elle a toujours été sur ses gardes avec lui. Elle me disait que parfois il mentait et que je devais me préserver de tout ça. Elle avait raison, semble-t-il…

À la place d'une demande en mariage ?

J'ai eu droit à une part d'honnêteté tardive. Il m'a avoué être amoureux d'une autre femme, rencontrée sur son lieu de travail, et qu'il la fréquentait depuis trois mois ! Je suis tombée de haut, moi qui étais amoureuse. Lui ne m'aimait plus, tout simplement. J'ai tourné la page avec difficulté et je n'ai vu personne depuis. Ma confiance envers les hommes est quelque peu… altérée.

L'abandon me fait peur plus que tout aujourd'hui.

Je soupire lourdement sans lui répondre et transfère le message à mon amie. Aussitôt, mon téléphone sonne.

– Il a osé ? couine Emily à l'autre bout de la ligne.

– Oui.

– Après tout ce temps ?

– Il faut croire.

– Quel connard ! Je ne m'attendais vraiment pas à ça !

– Moi non plus. Bonjour, ma Lyly, comment vas-tu ?

– Pardon, je me suis emportée, ricane-t-elle. Bonjour ma Tanzanienne préférée. Ça va, et toi ?

– Mis à part le message de ce crétin, tout se passe bien.

– Crétin ? Tu es trop polie. Je le traiterais de tous les noms, moi !

Ce que je faisais, mais dans ma tête ou lorsque j'étais seule. Maintenant, il n'occupe plus la majeure partie de mes pensées. Enfin, c'était le cas jusqu'à aujourd'hui.

– Que comptes-tu faire ?

– Ne pas répondre te paraît la meilleure des solutions ?

– Oui. S'il se montre trop insistant, bloque son numéro.

– Il semble l'avoir changé, en plus. J'imagine que sa pimbêche l'a laissé tomber. C'est bien fait pour lui !

– Il n'a que ce qu'il mérite, cet enfoiré. Je lui souhaite tout le bonheur d'une vie de célibataire !

Emily est la seule personne à réussir à me faire rire dans ces circonstances. Elle a toujours été plus directe que moi, son franc-parler est un atout pour moi. Elle m'a beaucoup soutenue après notre séparation. J'ai même squatté son canapé durant un mois : impossible de dormir dans mon appartement. Elle a pris soin de moi, me préparait à manger, regardait des films à l'eau de rose devant lesquels nous pleurions en binôme, me faisait faire du sport même lorsque je ne quittais pas mon pyjama et me faisait rire quand j'étais au plus bas. Elle est comme une sœur pour moi.

– Comment se passe ton nouveau job ? demandé-je, curieuse de connaître son avis.

– Plutôt bien. Mes collègues sont sympas, mais je ne suis pas douée comme toi pour soigner des animaux domestiques. Certes, sauver la vie d'un chien, comme je l'ai fait aujourd'hui, c'est plutôt chouette, mais ce n'est pas ce qui me fait vibrer le plus. Je t'envie.

– Je sais. Je pourrais en toucher deux mots au patron de Savannah si tu le souhaites. Peut-être pourrais-tu venir à ton tour découvrir la Tanzanie.

– Pourquoi pas ? Mais s'il ne peut pas me rémunérer, c'est mort. J'ai besoin d'un salaire. Et il est toujours… aussi froid ?

– Je commence à l'apprivoiser, réponds-je en souriant bêtement.

– Ah ! Jessy sort les griffes !

J'éclate de rire lorsqu'elle imite le cri du tigre.

– Il commence à être sympathique et j'apprends à l'apprécier. On verra ce qu'il se passe par la suite.

Mieux vaut ne pas lui dire toute la vérité maintenant. Elle va se faire des films et me croire en couple avec lui.

– Hum, toi, tu me caches quelque chose !

– Qu'est-ce que tu vas encore t'imaginer ?

– Je te connais par cœur ! Tu me raconteras ça la prochaine fois ? Je dois me coucher, demain je me lève tôt.

– D'accord. Merci de m'avoir appelée.

– Les amies sont faites pour ça. À très vite.

– Bisous, dis-je avant de raccrocher.

J'abandonne mon téléphone sur le matelas avant de tomber en arrière. Mes pensées s'égarent alors que je fixe le plafond en lambris. Je fais un rêve, un rêve où un homme attirant me rend heureuse. Un rêve avec Wilson qui ne m'a pas laissée indifférente.

Un homme qui ne m'abandonnerait pas.

CHAPITRE 23

JESSY

– Tu es prête ? me demande Wilson au pied du 4 × 4.

Hier soir, il m'a dit de me lever à l'aube, de prendre un sac à dos, mon appareil photo et mon chapeau.

J'ai cogité une bonne partie de la soirée avant de pouvoir m'endormir. Je me suis levée très tôt et j'ai avalé rapidement quelque chose.

– Oui, mais tu souhaites m'emmener où ?

– Surprise ! s'exclame-t-il en m'adressant un sourire ravageur.

Aïe, je suis touchée en plein cœur. Malgré les souvenirs déplaisants de ce que j'ai vécu avec Clément, j'apprécie de plus en plus la compagnie de Wilson. Et ce sourire qui illumine son visage ne me laisse pas indifférente. Loin de là !

– Tu as pris ton appareil photo ?

– Oui et une batterie de rechange ! Tout est rechargé à bloc.

– Super, répond-il. Amani, tu restes ici. Surveille bien le centre pour moi s'il te plaît.

Wilson caresse sa tête et elle s'assoit un peu plus loin en attendant notre départ. Il prend un fusil, charge à son tour un sac à dos et ce qui ressemble à une glacière puis nous partons vers une destination inconnue.

– J'ai pu prendre connaissance de la météo, il semble que nous soyons tranquilles deux jours avec ce temps. Il va faire chaud, environ vingt-six degrés.

– Nous sommes en pleine saison des pluies ?

– Oui, avril et mai sont les mois où les orages comme l'autre soir peuvent survenir. Parfois, il pleut tellement que les pistes sont impraticables. C'est pour ça que nous surveillons de près les caprices de la météo. Des orages peuvent être violents, des pluies diluviennes, durer plusieurs jours, mais il peut faire très beau aussi. La saison sèche reprendra en juin.

– D'accord.

Cela explique la verdure qui s'épanouit depuis quelques jours suite aux pluies que nous avons essuyées.

Je pense que nous roulons environ une heure. J'ai l'impression que ce trajet dure seulement quelques minutes. Je discute de tout et de rien avec Wilson. Il s'arrête à deux reprises pour admirer des gnous et un groupe d'impalas. Superbes, ils ressemblent beaucoup aux gazelles. Les mâles ont de longues cornes en forme de S tandis que les femelles en sont dépourvues. Je prends quelques photos, mais décide d'économiser ma batterie pour la suite. Quelque chose me dit que cette journée me réserve quelques surprises.

– Nous y voilà ! m'annonce Wilson.

Il se gare ; lorsque je descends du véhicule, je peux découvrir une sorte d'arche d'entrée. Elle est faite de pierre de chaque côté et d'un toit en bois. À mes pieds, il y a des dalles de béton placées en mosaïque. Sur la pancarte est inscrit :

You are now entering
Lake Manyara National Park
Welcome Karibu

Vous entrez dans le parc national du lac Manyara. Bienvenue, je traduis. J'imagine que *karibu* est un mot en langue locale.

– Je n'y crois pas ! Un safari ? demandé-je à Wilson, folle de joie.

– Nous avons la journée ! Je suis désolé, avec Savannah, je ne peux pas te proposer plus, mais j'ai fait appel à un guide afin de pouvoir en profiter aussi.

– Une journée de repos ?

– Oui, répond-il, amusé. Ça faisait très longtemps que je n'en avais pas eu.

Il approche de l'homme qui le serre dans ses bras. Il échange quelques banalités avec lui avant de se retourner vers moi.

– Jessy, je te présente Swedi qui va nous accompagner durant cette journée. Swedi, voici Jessy.

Par chance, il semble parler un peu l'anglais. Avenant, plutôt bel homme, il me salue en déposant un baiser sur ma main.

– Allons chercher nos affaires, Swedi va nous conduire dans un 4 × 4 à touristes.

– Un 4 × 4 à touristes ? répété-je en éclatant de rire.

– Oui, on les appelle comme ça ici. Ils sont conçus pour pouvoir regarder partout.

Je découvre le véhicule. À l'avant, il y a une sorte de cabine avec deux places, pour le conducteur et un accompagnant. Elle est tout de même ouverte sur l'arrière. Derrière, il y a un toit en toile pour nous protéger du soleil ou de la pluie et des sièges en forme de banc avec une allée au milieu.

– Je comprends mieux pour le touriste ! dis-je en me moquant. Rien à voir avec les Jeep de Savannah.

– N'oubliez pas que nous sommes sur le territoire des animaux sauvages, explique Swedi en attrapant un fusil qu'il prépare pour le placer à côté de lui. Le danger peut survenir à n'importe quel moment. Si un animal se trouve trop près, ne paniquez pas et restez calme.

– Ne t'inquiète pas, Swedi, nous serons prudents, le rassure Wilson en montant à l'arrière tout en me tendant la main pour m'aider à grimper. Et si un fauve est trop tenté par ta peau sucrée, tu n'auras qu'à te blottir dans mes bras.

C'est moi ou... il me drague ?

Je ne réponds pas, et je lui adresse un sourire magnifique puis m'installe à côté de lui. Lunettes de soleil baissées, j'attrape mon appareil photo et me prépare pour la journée la plus fabuleuse de ma vie !

– Prête ?

– Je sens que je vais me régaler !

– Tu n'as pas idée. C'est la meilleure saison pour le faire. Ce parc n'est pas le plus connu de Tanzanie, pourtant il offre un panorama à couper le souffle. En ce moment, les animaux se rassemblent beaucoup aux abords du lac. Les zèbres, par exemple, ne peuvent pas brouter dans les herbes hautes alors ils se rapprochent de l'eau dans les prairies.

– Il y a beaucoup d'espèces qui viennent par ici ? me renseigné-je en badigeonnant mon corps de crème solaire.

Le soleil tape déjà fort à neuf heures trente du matin. Je ne regrette pas mon short et mon débardeur, ni d'avoir suivi les conseils de Wilson en me munissant d'un chapeau.

– Tu n'imagines pas à quel point ! Tu sais, ici, les parcs ne sont pas entourés par des grillages. Tout est ouvert. N'importe qui peut y entrer, même s'il est recommandé de prendre un guide. Tout comme les animaux, les gens vont et viennent à leur guise. Tu vas en prendre plein les yeux !

J'ai hâte de raconter ça à Emily.

– C'est parti ! lance Swedi en démarrant sur les chapeaux de roues.

CHAPITRE 24

JESSY

Nous roulons depuis presque vingt minutes sans avoir aperçu le moindre animal. L'impatience et l'inquiétude d'être déçue me gagnent. Je me lève et rejoins Swedi. À genoux sur le sol de la voiture, j'appuie les bras sur le haut du dossier afin d'être à sa hauteur.

– Alors Swedi, dites-m'en un peu plus sur ce parc, s'il vous plaît.

– Vous êtes impatiente, lance-t-il en ricanant. Comme vous l'a expliqué Wilson, ce n'est pas le parc le plus populaire, pourtant il est superbe. Actuellement, il y a deux autres véhicules dans le parc, avec quelques touristes. C'est pour moi la meilleure période pour venir y découvrir les animaux. Cet endroit est encore très sauvage.

– J'en suis heureuse. J'imaginais un paysage désertique, malgré la saison des pluies, avec des herbes à perte de vue et non une forêt.

– En effet, c’est l’aspect sympathique du parc national du lac Manyara. Il est très boisé. Il y a le lac, mais l’extrême nord est couvert par une forêt tropicale dense. Ici, plus au sud, la forêt est clairsemée. Vous verrez, autour du lac, il y a des marécages et de grandes prairies.

Je bois ses paroles, avide d’en apprendre un peu plus sur ce que peut m’apporter ce pays. Swedi freine, Wilson me dit de regarder droit devant.

– J’y crois pas !

Je me redresse, jette un coup d’œil autour de nous et découvre une bande de singes. Très nombreux.

– Les babouins et les singes bleus aiment vivre tranquillement dans cet endroit du parc, explique Swedi en s’arrêtant. Gardez bien vos affaires près de vous. La semaine dernière, un petit malin est venu chaparder le sac d’une touriste.

Il ne manquerait plus que ça…

J’attrape mon appareil photo et mitraille ce groupe de babouins. Il est constitué d’un nombre incroyable d’individus, peut-être cent. Il y en a partout. Les cris qu’ils poussent sont impressionnants.

Wilson, appuyé sur le cadre en ferraille du véhicule, regarde le spectacle avec moi. Il ne semble pas plus impressionné que ça. J’imagine que ce n’est pas la première fois qu’il vient ici. De plus, il a toujours vécu entouré d’animaux. Je ne suis pas certaine qu’il soit impressionnable.

Derrière ses lunettes de soleil, je devine tout de même un homme passionné par son environnement et heureux de le partager avec moi.

Dix minutes plus tard, nous repartons. Swedi me promet que nous les reverrons en repassant par ici dans la soirée.

– Il n'y a qu'une route ?

– Oui, me répond-il. C'est notre aller-retour. Le parc s'étire tout en longueur. D'un côté, il y a le lac et de l'autre, une faille du rift, due à l'activité sismologique et volcanique.

– En effet, j'ai lu un article sur le sujet.

– Tu t'es renseignée avant de venir en Tanzanie ? me demande Wilson.

– Bien sûr. Ça fait plusieurs années que je me documente. Votre pays me passionne.

– Nous arrivons dans la zone de broussaille et de forêt plus clairsemée. Ouvrez l'œil, Jessy !

– J'espère réellement apercevoir ce que je souhaite découvrir de mes propres yeux depuis des années ! ajoute Wilson en regardant à droite puis à gauche.

– C'est-à-dire ? demandé-je alors que Swedi ralentit considérablement.

– J'aimerais admirer quelque chose que je cherche depuis longtemps, sans y parvenir, répète-t-il.

– La dernière fois que Wilson est venu, nous sommes restés presque une matinée entière dans ce secteur sans rien trouver, se moque gentiment Swedi.

– Si tu me disais ce que nous cherchons, peut-être que je pourrais t'aider ?

– Les sœurs d'Amani. Au sens figuré, bien entendu.

Nous sommes donc dans le secteur des lions et des lionnes. J'agrippe un peu plus fort mon appareil photo et jette un coup d'œil dans tous les sens.

Au bout de seulement quelques minutes, je repère un lion couché au sol au loin.

– Swedi, stop ! Là ! dis-je en pointant du doigt à ma droite.

– Bien vu, relève le guide.

– Il est magnifique !

J'enclenche le bouton de mon appareil, et lorsque je dézoome, je découvre ce que Wilson cherche depuis si longtemps.

Sa main se pose sur mon épaule qu'il serre.

– Wilson, là… murmure Swedi.

Deux lionnes sont installées dans les arbres, couchées. L'une d'elles se lèche la patte et l'autre nous regarde.

– Les lions peuvent grimper aux arbres ? m'étonné-je.

– Oui, et les lionnes également, répond Wilson, fasciné. Cet endroit est également surnommé « le parc où les lions grimpent aux arbres ».

– On en a déduit qu'ils font ça pour éviter les mouches, mais j'ai pu remarquer qu'ils y montent à n'importe quelle saison.

– Malgré ton âge, enfin je veux dire, le nombre d'années depuis lequel tu vis ici, tu n'en avais jamais vu ?

– Non. Il faut avoir la chance de tomber dessus. C'est extraordinaire, ajoute Wilson.

Il a retiré ses lunettes de soleil pour mieux s'imprégner de ce qu'il voit. Le regard légèrement tourné dans sa direction, je suis aussi subjuguée par lui que par les félins. Sa prestance ? Sa tenue ? Sa barbe de quelques jours ? Je ne sais pas exactement, mais une attirance inexpliquée me rapproche de lui un peu plus chaque jour. J'étais loin de me douter que je rencontrerais un tel homme ici.

– Si tu continues à me dévisager de la sorte, ma petite nouvelle préférée, je vais rougir, chuchote-t-il seulement pour moi. Le spectacle est devant nous.

Je me cache derrière mon appareil photo. Je prends plusieurs clichés et, ne sachant pas encore ce qu'il nous reste à découvrir, je réserve le reste de ma batterie pour la fin de matinée.

Note à moi-même : prendre garde à ne pas tomber dans les filets d'un mec qui me drague ouvertement. Ou alors, me laisser faire et en profiter...

Hum, cette note n'a aucun sens !

Nous avançons depuis un bon moment à présent. J'en profite pour immortaliser la flore qui s'offre à nous : acacias, euphorbes candélabres, arbres à saucisses, baobabs, figuiers géants et autres plantes magnifiques.

Swedi m'explique que le nom de Manyara vient de la plante *Euphoria Tirucalli* que les Massaïs utilisent pour faire les clôtures des enclos à bétail.

– J'aimerais rencontrer ce peuple. Je veux dire, leurs villages, découvrir comment ils vivent…

– Vraiment ? relève Wilson. Parce que ça peut s'arranger.

– Tu ferais de moi la femme la plus heureuse du monde !

– Crois-moi, je pourrais te rendre heureuse d'une tout autre façon, marmonne-t-il dans sa barbe.

– Comment ? demandé-je en feignant de ne pas avoir bien entendu.

– Rien. Regarde droit devant toi !

Swedi s'arrête net. Un phacochère, la queue en l'air, trottine devant nous. Je le prends immédiatement en photo, amusée. Il me fait penser à Pumba dans *Le Roi lion*. Il semble fuir quelque chose. Je comprends mieux lorsque, plus loin, je vois deux rhinocéros sortir des broussailles. Ils ont dû déranger ce pauvre mammifère qui devait se reposer.

– Bordel de… murmuré-je, subjuguée par leur aspect imposant.

– Soyez sur vos gardes ! s'exclame aussitôt Swedi.

– C'est une mère et son petit. Elle peut être agressive si elle ressent une menace, autrement dit, nous. Pas de geste brusque, elle devrait passer tranquillement son chemin.

– C'est un bébé ? Mais il est déjà énorme ! ne puis-je m'empêcher de répondre tout en appuyant sur le déclencheur de mon appareil.

Par chance, elle ne montre aucune agressivité. Mais elle nous en met plein les yeux !

Swedi nous informe qu'il est bientôt l'heure de faire une pause pour déjeuner avant d'arriver au lac. Il choisit un endroit éloigné des arbres où nous avons une vue lointaine. Ainsi, nous ne nous ferons pas surprendre d'une manière ou d'une autre.

– Nous ne nous arrêtons pas longtemps, précise-t-il. Il vaut mieux être dans le véhicule qu'à l'extérieur. Si je vous dis de remonter à bord, faites-le sans poser de questions.

– D'accord.

– Jessy, Swedi, murmure Wilson.

Debout derrière le véhicule, il nous fait signe de le rejoindre.

– Regarde, me dit-il en pointant l'index droit devant.

– Swedi, si on m'avait dit qu'aujourd'hui je partagerais mon repas avec Wilson et vous devant des girafes ! Je ne l'aurais pas cru !

CHAPITRE 25

WILSON

Nous reprenons la route en direction du lac.

Voir Jessy apparaître devant moi ainsi m'a touché d'une manière différente des autres jours. Elle porte un short et un débardeur sous une chemise kaki, mais ce qui a le plus retenu mon attention, ce sont ses deux nattes qui pendent de chaque côté de son chapeau. Ça, c'est sexy ! Elle a activé dès le matin toutes les terminaisons nerveuses de mon corps…

La voir ainsi, si heureuse de découvrir notre pays, notre environnement, la faune, la flore, si à l'aise dans notre centre de sauvegarde, ranime mon cœur. Il est vrai que, depuis le décès de mes parents, je n'ai pas beaucoup pensé à moi. À part quelques rencontres furtives, je ne me suis intéressé qu'à Savannah pour le maintenir à flot et perpétuer leur projet. Leur perte m'a dévasté. Je suis resté plusieurs semaines dans le flou total, avançant à tâtons, donnant des directives sans y participer. J'étais incapable de quoi que ce soit. Seule Amani pouvait m'approcher. Elle devait ressentir ma détresse, car elle restait auprès de moi de longues heures durant. La seule chose qui me tenait compagnie, à part elle ? Des bouteilles d'alcool.

L'incendie repassait en boucle dans ma tête. Je m'en voulais de ne pas avoir pu les sauver et de ne pas avoir pu éteindre ce feu. Je me rendais malade pour quelque chose dont je n'étais pas responsable. Puis petit à petit, j'ai cherché les coupables au fond de mon esprit. Je devenais fou, enfermé dans mes idées à la con, avec mes suspicions. Les braconniers ? John ? Les Massaïs ? Quelqu'un de Savannah ? J'ai soupçonné tout le monde… mais jamais trouvé de réponse.

Ce qui m'a sorti de cet enfer ? Une lionne blessée qui ne survivrait pas si je n'agissais pas. Aucun autre vétérinaire n'était dispo. Lorsqu'on m'a expliqué qu'elle était touchée au flanc droit et qu'elle avait sans doute reçu une balle, j'ai immédiatement pensé à Amani. Je ne pouvais pas la laisser ainsi. Alors, je suis enfin sorti de ma tanière. Ce fut le meilleur jour de ma vie même si je n'ai pas pu sauver la lionne. Il fut libérateur. Je retrouvais ma savane et ce pour quoi nous nous sommes toujours battus, mes parents et moi.

J'ai plongé à corps perdu dans les tâches à accomplir, reprenant en main Savannah. Tout le monde était heureux de me retrouver enfin, mais j'ai mis ma vie personnelle entre parenthèses.

Tout ce qui comptait était les heures de travail acharné. Tôt le matin, très tôt, puis tard le soir, jusqu'à l'épuisement. Ainsi, je ne pouvais pas penser. Ni à l'incendie, ni aux coupables qui ont détruit mon avenir sur leur passage en se réjouissant certainement des conséquences désastreuses. Ne pas se ronger les sangs, ne pas devenir fou et avancer.

Aujourd'hui, Jessy se tient devant moi. Debout, cramponnée à la carrosserie de la Jeep, elle regarde au loin, guettant le moindre mouvement animal, le moindre bruit. Et elle est tout simplement magnifique.

– Quoi ? me demande-t-elle. Quelque chose ne va pas ? Ce n'est pas la première fois que je vous vois me dévisager ainsi, monsieur Lawford. Serais-je donc si appétissante ?

Elle me taquine en employant mon nom de famille et flirte avec moi, je crois.

Comment lui dire qu'elle est bien plus qu'appétissante ? Qu'elle remue tout ce qui était enfoui au fond de moi ? Qu'elle me fait sortir de ma zone de confort ? Ma zone protectrice. Et qu'elle me donne envie de lui faire l'amour toute une nuit…

Jessy a un foutu caractère et semble têtue, tout comme ma mère. Elle me rappelle combien elle se démenait pour la bonne cause et combien elle s'imposait. C'était une battante et notre invitée paraît de la même trempe.

Jessy voue un amour et une passion sans faille aux espèces animales. Elle s'intéresse à tout, ne laisse rien de côté quand il s'agit de trouver une solution. Elle étudie toutes les propositions pour dénicher le meilleur afin de soigner l'animal. Sa ténacité à sortir Tembo de sa situation me plaît également. Elle est tout simplement incroyable.

– À un point dont tu n'as pas idée, ne puis-je m'empêcher de répondre.

Elle tourne aussitôt la tête et affiche un sourire ravageur. Ses yeux font des allers-retours entre les miens et ma bouche lorsque soudain, ses pupilles dévient sur le côté pour regarder au loin.

– Là ! Regarde ! s'exclame-t-elle. Swedi, arrêtez-vous, il y a des zèbres.

Je me décale légèrement pour la faire passer devant et la laisser prendre des photos. Le troupeau, constitué d'une quarantaine d'individus, se repose et mange près de l'eau. Quelques antilopes les accompagnent.

Ce ne sont pas ces herbivores qui accaparent mon attention, mais plutôt les jambes fines et fuselées qui sont devant moi. Sans parler de ce joli petit cul rebondi qui se déplace et qui me laisse rêveur…

– Wilson ! C'est par ici que ça se passe ! ricane-t-elle en me surprenant alors que je la rejoins. Je ne savais pas que tu étais plus attiré par les formes féminines que par ces équidés !

Je ne réponds pas, baisse mes lunettes de soleil et souris. Le nez plongé derrière son appareil photo, elle lance le déclencheur un nombre incalculable de fois.

– J'ai toujours aimé ces animaux, murmure-t-elle. C'est peut-être leurs zébrures qui les rendent attrayants.

– Peut-être.

Nous continuons. Alors que nous arrivons au lac par la piste, une voiture est garée sur le côté. Le guide semble embarrassé de devoir faire descendre les touristes.

– Allons voir ce qu'il se passe, ordonné-je à Swedi.

Nous nous arrêtons à leur hauteur. Après nous être assurés que le champ était libre, nous descendons puis saluons tout le monde.

– Il a un pneu crevé, expliqué-je à Jessy. Nous devons les aider. Ici, nous sommes sur le territoire des éléphants et de quelques félins. Il vaut mieux rester au maximum dans les véhicules.

– D'accord.

– Je les aide à changer la roue. Fais descendre les personnes de la voiture.

– Bien, chef, s'amuse-t-elle.

Je crois que je pourrais lui demander n'importe quoi aujourd'hui, elle dirait oui à tout !

Le second guide attrape un cric pendant que je détache la roue de secours, que Swedi et moi lui apportons. Au même moment, j'aperçois Jessy attraper un petit garçon par les hanches et le porter pour le faire descendre.

– Tu ne vas pas y croire ! me crie-t-elle. Ils sont français !

Comme si de rien n'était, elle discute avec cette famille composée des deux parents, d'une grand-mère et d'un enfant. Elle rit avec le petit garçon et lui montre quelques photos prises auparavant. J'entends, pendant que nous changeons la roue, ses explications sur son métier de vétérinaire et sa venue ici pour travailler quelques mois dans le centre de sauvegarde animalier le plus incroyable de la Terre.

– Tu vois cet homme ? demande-t-elle au garçonnet en se penchant pour être à sa hauteur. C'est Wilson, le patron de Savannah. Et devine quoi ?

– Quoi ? reprend l'enfant, subjugué par les paroles de Jessy.

– Il a une lionne pour animal de compagnie !

– C'est pas vrai ! hallucine-t-il.

– Promis juré. Elle est géniale et d'une gentillesse incroyable. C'est dommage que vous soyez en safari organisé, sinon vous auriez pu venir nous rendre visite. On vous aurait montré ce que nous faisons là-bas pour les animaux.

Quelques minutes plus tard, nous aidons les touristes à remonter en voiture. Ils nous remercient, ainsi que le guide.

– Tu vois, il faut noter cette idée, me dit-elle. Proposer des visites à Savannah durant des safaris. Ça, ça t'amènera du monde.

– Bonne idée, dis-je alors qu'on nous adresse des au revoir.

– Au revoir, Jessy ! crie le petit garçon.

Elle lève la main pour le saluer puis nous regagnons notre véhicule.

– Dans ces cas-là, Paris ne me manque pas ! Ici, il y a de l'entraide. Là-bas ? C'est chacun pour soi, ou alors si un mec vient à t'aider, c'est qu'il a de mauvaises intentions derrière la tête. Je ne suis pas pressée d'y retourner.

C'est bien ça, le souci. Elle n'est présente que pour quelques mois… et après ?

Après ? Rien du tout, Wilson. Tu redeviendras cet homme renfermé, acariâtre, qui plonge tête baissée dans son travail pour oublier à nouveau quelque chose.

Mieux vaut me tenir loin d'elle et arrêter tout de suite ce petit jeu entre nous.

Je suis dans la merde.

CHAPITRE 26

JESSY

Arrêtés au milieu de la piste, nous admirons des éléphants qui traversent devant nous. Ils sont sortis d'un bouquet d'arbres sur notre droite sans que nous nous y attendions.

Je ne pensais pas que, debout, ils pouvaient être si grands. Ils sont tout simplement impressionnants. Je comprends mieux pourquoi Swedi nous a dit d'être sur nos gardes et de ne pas bouger. Un pachyderme peut charger s'il se sent menacé et je ne donnerais pas cher de notre véhicule.

Je prends plus de photos que de raison et par précaution, pour ne pas en perdre une partie, je change ma carte SD ainsi que ma batterie qui ne va pas tarder à être épuisée.

Depuis que nous avons quitté ces touristes français, Wilson n'est plus le même. Assis au fond de la voiture, il ne me regarde pas et ne m'a pas adressé la parole. Il semble ruminer quelque chose et ne profite même plus du paysage.

Pourquoi ?

Je ne le sais pas. Dans tous les cas, il ne me gâchera pas ma journée. Je compte en profiter à fond, je ne suis pas certaine de pouvoir revivre une telle expérience avant de partir.

– Nous arrivons au lac, m'informe Swedi. C'est de l'eau saumâtre. Un mélange d'eau douce et d'eau salée. Il est le refuge parfait pour les flamants roses qui y trouvent des petites algues à manger. Il y a aussi des pélicans, des marabouts et toutes sortes de volatiles, m'explique-t-il en me tendant une paire de jumelles. Regardez !

Je découvre une multitude d'oiseaux, de couleurs et de plumes différentes. Il s'arrête, pointant l'index droit devant lui. De grosses masses sombres dépassent légèrement de l'eau. Je devine à la surface des hippopotames. C'est bien le dernier animal que je pensais rencontrer aujourd'hui ! Je sais qu'ils ne se montrent pas très coopératifs pour se laisser voir.

– Je n'y crois pas ! m'extasié-je.

– Vous avez de la chance. Souvent, on les aperçoit le matin de bonne heure. Hors de l'eau, ils sont impressionnants.

– Vous me semblez totalement absorbé par votre métier, et passionné, dis-je à Swedi.

– Je ne me lasse pas de venir regarder les animaux. Je commence à bien connaître chaque groupe, chaque famille. Le temps passe si vite en leur compagnie. Je pourrais les admirer des heures !

– Quelle est l'espèce animale que vous préférez ?

– Sans aucun doute, le rhinocéros. Pour sa force et son intelligence. Une fois, j'en ai vu un charger le véhicule qui était devant nous. Plus de peur que de mal, mais c'était impressionnant ! Un petit était avec lui, il nous a pris pour une menace. Avec mon groupe, nous avons reculé à bonne distance pour les laisser traverser, puis lorsque nous avons été hors de danger, nous avons rejoint les autres pour les aider. C'était en plein mois de juillet et il y avait beaucoup de monde. Nous devons être plus vigilants à cette époque de l'année, les touristes sont nombreux et les animaux, plus sensibles. Ils n'aiment pas qu'autant d'étrangers pénètrent sur leur territoire.

– Je les comprends. Vous faites ce métier depuis longtemps ?

– Douze ans. Ça n'a pas été facile, mais j'y suis arrivé et je suis très fier de présenter une partie de notre pays aux voyageurs. Comme vous ! Vous avez l'air fascinée.

– Petite, je regardais déjà des livres sur l'Afrique. J'ai toujours pensé y venir un jour, puis la petite annonce pour un travail à Savannah m'a séduite. J'ai postulé et me voici !

– Wilson avait bien besoin d'aide, affirme-t-il.

Je m'accoude à une barre en métal devant moi et en prends plein la vue. Je soupire de bonheur.

Nous restons ainsi un long moment. J'attrape à nouveau mon appareil photo et immortalise l'instant. Des gnous sont un peu plus loin et ne semblent pas dérangés par notre présence. Wilson se lève pour regarder, mais réagit à peine. Swedi s'est légèrement éloigné pour satisfaire un besoin naturel.

– Tout va bien ? demandé-je à Wilson.

– Hum, grogne-t-il.

OK… L'ours de l'Afrique est de retour !

– Mais encore ? Ai-je fait quelque chose de mal ? Parce que j'ai beau me repasser en tête la journée, je ne trouve pas.

– Tu n'as rien fait de mal.

– Donc ? C'est quoi le problème ? Tu m'invites à passer une journée inoubliable dans un endroit fantastique et tu fais la tête. Tu devrais en profiter au lieu de penser encore à tes braconniers.

Je sais que ces quelques mots le piquent au vif, mais peut-être obtiendrai-je une réaction ainsi.

– Ce ne sont pas eux.

– Alors quoi ? Amani ? Savannah ? Tu détestes quitter ton centre aussi longtemps ?

– Non, laisse tomber. Tu as raison, cette journée est géniale. Continuons ainsi.

Dans la soirée, nous regagnons l'entrée du parc par la même route puisqu'il n'y en a qu'une. Nous n'avons pas pu faire tout le tour, il aurait fallu deux heures de plus, mais nous pouvons tout de même profiter des animaux sur notre passage.

– Je crois que j'ai rempli la mémoire de mes deux cartes, dis-je en riant.

– À ce point ?

– Il me reste peu de place. Certains clichés seront peut-être assez bons pour être mis sur le site ?

– Je n'en doute pas.

– Wilson ? l'interpellé-je en m'asseyant à côté de lui.

– Oui ?

– Merci pour cette journée. Elle restera à jamais gravée dans ma tête et dans mon cœur.

– Y a pas de quoi, c'était un réel plaisir.

Nos doigts se frôlent légèrement. Nos regards se croisent, je me perds dans ses yeux pendant quelques secondes. Mon cœur accélère lorsque, dans un sourire, je pose la tête sur son épaule. Mon souffle se fait plus court, mon corps est attiré par le sien, tel un aimant. Les barrières que j'ai dressées entre les hommes et moi s'envolent en un éclair. Toutes mes pensées sont dirigées vers cet homme que je désire plus que tout.

Je suis dans la merde.

CHAPITRE 27

WILSON

Assis à mon bureau, après le repas du soir, je regarde le liquide transparent tournoyer dans mon verre. Ce *konyagi* n'est pas mauvais mais ne vaut pas le vrai cognac que j'ai déjà eu l'occasion de déguster.

J'aime me retrouver ici. C'était le bureau de ma mère, elle adorait y être seule pour remplir des dossiers, et réfléchir. Elle appréciait le silence et à Savannah, c'est compliqué de se recentrer sur soi-même. Il y a toujours à faire, toujours quelqu'un, une intervention urgente. Cet endroit, c'est comme un cocon au milieu des tumultes de l'Afrique. Un lieu à part où on peut se sentir bien.

La pièce plongée dans la pénombre et seulement éclairée par une petite lampe me donne la sensation que ma mère est assise en face de moi, en train de m'assurer combien elle est fière que je continue l'aventure Savannah.

– À la tienne, maman, dis-je en brandissant mon verre avant d'avaler une gorgée d'alcool.

Perdu dans mes pensées, je ressasse notre journée. Je peux me comporter en vrai gamin lorsque je suis contrarié ! C'est n'importe quoi. Jessy n'a pas dû comprendre, alors que nous passions un super moment.

Je ne sais pas ce qui m'a le plus déconcerté. La voir si heureuse de découvrir le parc ? Cela la rendait incroyablement irrésistible. Ou le fait de se renvoyer la balle en se draguant ? Personnellement, ce petit jeu m'attire. Ou bien le fait que j'aie reluqué ses courbes délicieuses durant des heures ? Cela laisse une ouverture à mes pensées les plus intimes, bien entendu. Une chose est sûre, elle me plaît. À quel point ? Je ne sais pas encore. Mais trop m'attacher me jouera des tours si, dans quelques mois, elle repart en France.

La petite boîte en métal posée devant moi m'appelle. J'y ai rangé quelques photos que j'ai pu sauver de l'incendie. Je l'attrape, l'ouvre et regarde la première image. Mon père a pris cette photo lorsque je suis revenu avec Amani. À l'arrière, on peut voir nos anciens logements. Le bon vieux temps… Savannah a bien changé. La seconde représente des travaux effectués sur le terrain. Samson est là. Heureux de travailler avec nous, il tient une pelle et arbore un sourire jusqu'aux oreilles. La troisième, ce sont mes parents, plus amoureux et fusionnels que jamais. C'est le jour où ils ont relâché leur premier patient, un lion, après une opération et un séjour ici.

Quelqu'un frappe à la porte au moment où je termine mon verre.

– Entrez ! dis-je en me redressant sur mon siège.

– Je ne vous dérange pas, patron ? demande Samson.

– Non, viens. Tout est calme ce soir. On partage un verre ?

– Je veux bien, merci.

Il referme derrière lui et s'assoit en face de moi. Samson a toujours été d'une politesse incroyable. Nous passons le plus clair de notre temps ensemble, et j'ai une confiance aveugle en lui.

– À la tienne mon ami, dis-je en faisant tinter mon verre contre le sien.

– À la vôtre, patron.

Il avale une gorgée, hoche la tête en appréciant ce qu'il boit puis me sourit.

– La journée a été calme ?

– Oui, rien à signaler. Et pour vous ? Cette journée semble avoir fait plaisir à Jessy ? Dès votre retour, elle est venue me voir, son appareil photo à la main, mais ce qu'elle a oublié, c'est que je suis né ici et que je côtoie ces animaux depuis toujours, explique-t-il en riant.

– Jessy tout craché ! Elle était tout simplement émerveillée, réponds-je en me laissant aller au fond de mon siège pour poser le bout de mes chaussures sur le bureau.

Pensif, je laisse à nouveau mes souvenirs divaguer vers cette journée.

– Elle était si heureuse. Ses yeux ne savaient plus où regarder. Elle a dû prendre des centaines de photos. Elle était plus belle que jamais et s'accordait si bien avec le paysage.

Hum... Surtout ses nattes qui la rendaient si sexy.

– Swedi lui a expliqué beaucoup de choses, je crois qu'elle s'en rappellera longtemps.

– Oh, patron ! Vous aimez bien Jessy, réplique Samson pour me chambrer.

– Tu crois que ça poserait problème si le patron, comme tu m'appelles, aimait beaucoup Jessy ?

– Moi, ça ne me dérange pas et je suis certain que les autres non plus. Ça nous fait plaisir de vous voir si souriant et heureux. Avant, vous étiez toujours à cent pour cent dans le travail.

– Je sais, soupiré-je. Tu as compris combien la perte de mes parents était difficile.

– Oui. Maintenant, vous êtes de retour parmi nous, ils aimeraient vous voir ainsi. Il faut vivre pour votre futur, pas dans le passé.

– Je tâcherai de m'en souvenir, mais Jessy repartira dans quelques mois. Et après ?

– À vous de lui montrer que vous tenez à elle. Peut-être qu'elle ne s'en ira pas. Elle s'est bien acclimatée, je trouve. On dirait qu'elle est née ici.

– C'est vrai. Je ne peux décemment pas lui demander de rester en Tanzanie et de tirer un trait sur sa vie en France pour moi. De toute façon, poursuis-je en reposant mes pieds sur le sol, tout cela est prématuré. Je ne sais même pas s'il y aura un nous, donc ne tirons pas de plans sur la comète, d'accord ?

– Comme vous voudrez patron, se moque-t-il, mais je sais identifier un homme en train de tomber fou amoureux !

– Et toi alors ? Tu penses que je ne t'ai pas vu fricoter l'autre jour avec cette guide du parc de Serengeti.

– Saraphina ? C'est une amie, rien de plus.

– À d'autres ! réponds-je en buvant d'un trait la fin de mon verre. Je sais reconnaître lorsqu'un homme a envie d'une femme et, crois-moi, elle est bien plus que ton amie.

Samson éclate de rire. Je remplis à nouveau nos verres et nous terminons la soirée ainsi.

CHAPITRE 28

JESSY

Ce soir, Neema m'a confié sa cuisine. C'est avec l'aide de Wilson, qui s'est porté volontaire, que je prépare un repas typiquement français.

Au menu ? Un bœuf bourguignon, pommes de terre et carottes, puis une crème à la vanille, agrémentée d'un gâteau au chocolat. Ce matin, j'ai façonné deux pains ronds à l'ancienne qui cuisent dans une cocotte au four. Cette recette est tout simplement à tomber et si facile à faire.

– Comment as-tu fait pour me trouver tous les ingrédients que je t'ai demandés ? demandé-je à Wilson, étonnée.

– J'ai mes fournisseurs, répond-il en souriant. Que penses-tu de ça ?

Il brandit deux bouteilles de vin, du bordeaux, et les pose sur la table puis en fait apparaître une troisième.

– Surprise ! Celle-ci, c'est pour ta recette, précise-t-il en me donnant le vin rouge. Si on te demande, ne dis pas que c'est moi qui te les ai données. Si le personnel le trouve bon, il risque de m'en réclamer.

Je ris de bon cœur avec lui et lui demande d'éplucher les pommes de terre. Nous serons treize à table, il y a de quoi faire ! Et si nous voulons nourrir toutes ces bouches affamées, il faut accélérer.

Je prépare la viande en la découpant avec précision. Il faut des morceaux un peu gros, mais pas trop. J'ajoute les herbes aromatiques, le vin et le reste des ingrédients tandis que Wilson met les pommes de terre à cuire. Nous séparons le tout dans deux plats.

Je glousse devant sa façon de faire et m'occupe des carottes.

– Je m'y prends mal ? remarque-t-il alors qu'il manque de se râper la main avec l'économe.

– Non ! répliqué-je en éclatant de rire, mais d'après ce que je vois, tu ne dois pas cuisiner très souvent !

– En effet.

– Ce n'est pas grave, ce sera parfait ainsi.

– Merci, dit-il en s'essuyant le front. Tu m'engagerais comme commis ?

– Sans hésiter ! Manquerait plus que ton petit ensemble blanc de l'autre jour et je te laisserais tout faire pour pouvoir t'admirer à ma guise.

J'ai vraiment dit ça ? Les mots sont sortis plus vite de ma bouche que je ne le souhaitais.

– Mon pantalon blanc ne t'a pas laissé de marbre apparemment, murmure-t-il en se plaçant à côté de moi.

– Je pense qu'il ne laisserait aucune femme indifférente.

Au loin, un orage gronde. Un léger vent se lève. Ce que je n'aime pas, c'est que Wilson a prévu ces orages depuis deux jours. Enfin, la météo. En précisant que, par endroits, ils pourraient être violents. Je n'ai toujours pas peur, mais j'ai de mauvais souvenirs d'une tempête et je ne souhaite pas vivre ça ici.

– Tu penses que l'orage va toucher Savannah ?

– Peut-être pas celui-ci, dit-il en regardant par la fenêtre. Le vent part à l'est, les nuages vont le chasser.

– Ils en annoncent beaucoup ?

– Jessy la téméraire serait-elle effrayée ?

– Oh non, je n'ai jamais craint les orages. À condition qu'ils soient « normaux ».

– Au cas où, tu sais où trouver ma chambre, lance-t-il du tac au tac.

Message reçu cinq sur cinq. On ne peut plus nier cette attirance qui est née entre nous. Elle nous électrise, nous rapproche, nous fait dire et faire n'importe quoi.

– Patron ! Je ne vous dérange pas longtemps, dit Juma, vous pouvez venir deux petites minutes ?

– J'arrive. Désolé, je fais vite.

– Ça sent drôlement bon, Jessy. C'est dommage qu'on ne puisse pas en profiter avec Neema ce soir, remarque Juma.

– N'en parle pas aux autres, surtout, mais je vous en garderai une part, dis-je en lui adressant un clin d'œil.

– Message reçu, lance-t-il en faisant un geste militaire de la main.

Message reçu...

Ces deux mots semblent être le credo de la soirée.

Je souris en regardant les deux hommes s'éloigner. L'un est plutôt grand et musclé et a une certaine prestance. Quant à Juma…

De taille moyenne, mince, chétif, il est le rigolo de service. D'une gentillesse incroyable, il n'a d'yeux que pour Neema. Ils vont très bien ensemble, d'ailleurs.

Je continue de cuisiner, sors le premier pain du four et y glisse le deuxième, en attendant que Wilson réapparaisse pour pâtisser avec moi les deux gâteaux au chocolat.

– Hummm, ça faisait si longtemps que je n'en avais pas mangé ! s'exclame Wilson.

Il passe un doigt dans la casserole qui a servi à faire fondre le chocolat et le lèche.

– En France, je prenais toujours un petit carré le soir devant la télévision, expliqué-je en en croquant un avant de lui en donner.

– Ça ne te manque pas, la télévision ?

– Pas le moins du monde. Je ne regardais que d'un œil, souvent, je potassais mes cours en même temps.

– Comment as-tu appelé ça déjà ? demande-t-il en regardant la pâte à gâteau.

– Un fondant au chocolat. C'est une de mes recettes préférées. Je la faisais à chaque occasion, ma mère adore ça.

– Elle aurait tort de s'en priver !

– Je suis bien d'accord. Je mets le premier au four, on s'attaque à la crème à la vanille ? D'ailleurs, elle est surnommée crème anglaise. Les deux assemblés, c'est une tuerie !

– Je te fais confiance.

– Oh ! Attention ! Tu as un peu de farine, là !

Le coup classique de la farine sur le bout du nez.

Il louche pour observer son nez, ce qui m'arrache un éclat de rire. Il s'essuie rapidement puis me fixe intensément. Le regard qu'il avait dans mon rêve torride surgit.

– C'est à ça que tu veux jouer ? demande-t-il en prenant une poignée dans sa main.

– Oh non non non, Wilson, on a encore du travail. Tu n'oserais pas !

– Tu paries ?

Je n'ai pas le temps de protester que je reçois tout en pleine figure et dans le décolleté.

– Wilson ! hurlé-je, faussement offusquée.

– Présent ! Que puis-je faire pour vous ? se moque-t-il.

J'attrape à mon tour une poignée de farine, il prend le paquet et le match finit dehors dans des éclats de rire.

Wilson 1 – Jessy 0

Note à moi-même : ne plus inviter un homme dans une cuisine.

– Merci pour ce bon repas, me dit Samson, imité par les autres. C'est délicieux.

– De rien. Je souhaitais vous remercier de m'avoir si bien accueillie au sein de Savannah. Je suis heureuse d'être ici, je n'en attendais pas tant alors ce maigre repas est le seul moyen que j'aie trouvé pour vous montrer ma gratitude.

– Et il sera apprécié, dit Wilson en servant le vin.

Lorsqu'il se rassoit, il lève son verre et me regarde intensément.

– À Jessy ! s'exclame-t-il.

– À Jessy, répètent-ils tous en chœur.

– Et que ton séjour te donne envie de rester longtemps parmi nous, ajoute-t-il en terminant par un clin d'œil.

Si ça, ce n'est pas une invitation…

Quelqu'un a dit que j'étais dans la mouise ? Parce que là, je confirme. J'y suis jusqu'au cou !

CHAPITRE 29

WILSON

La nuit a été agitée, nous avons dû faire face à un orage assez fort et à quelques dégâts matériels. Ce matin, nous devons remettre en place une cage dans laquelle, heureusement, il n'y avait pas d'animal.

– Nous avons bien mérité une pause, dis-je alors que tout est réparé.

Jessy s'éloigne pour rejoindre Tembo. Elle s'inquiète pour lui. Il a fait du bruit toute la nuit, l'orage l'a effrayé.

Je regagne la maison en discutant avec Samson lorsque Jessy accourt et crie :

– C'est Tembo ! Il va mal ! Vite !

Elle fait demi-tour et court droit à son enclos. Samson échange un bref regard avec moi. Je lui demande de m'apporter ma trousse médicale avant de la rejoindre. Sans aucune hésitation, Jessy enjambe le muret et le rejoint. Agenouillée près de lui, elle installe sa tête sur ses jambes en essayant de le calmer. Couché au sol, l'éléphanteau bouge à peine. Il semble simplement apprécier sa présence.

– Qu'est-ce qu'il se passe ? demandé-je une fois à côté d'eux.

– Ce matin, il semblait agité. J'ai mis ça sur le compte de l'orage, mais visiblement je me suis plantée en beauté. Nous devons l'aider, Wilson ! Il est mal.

Jessy s'est beaucoup attachée à lui. J'ai pu remarquer combien elle aimait le faire jouer avec un peu d'eau ou prendre soin de lui chaque jour.

Samson nous rejoint. J'attrape aussitôt mon stéthoscope pour écouter son cœur et demande à Jessy de contrôler sa température.

– Elle est trop élevée, relevé-je lorsqu'elle m'indique qu'il a trente-huit degrés. Chez les éléphants, elle ne doit pas dépasser trente-six virgule huit.

– Regarde sa patte ! s'exclame Jessy.

La patte déjà abîmée de l'éléphanteau saigne.

– Il est blessé, mais on dirait que ça ne date pas de cette nuit, dis-je en examinant de plus près.

– Sa blessure a dû s'infecter, ajoute-t-elle.

– Tu n'as rien remarqué ?

– Non, simplement qu'il boitait un peu plus que d'habitude, mais j'ai cru que c'était à cause de son handicap. Je n'ai pas…

– Et merde ! la coupé-je tout en la faisant sursauter. Personne n'a pensé à regarder son enclos ou le local dans lequel il dort ? Quelque chose a pu le blesser !

– C'est un reproche ? demande-t-elle aussitôt en fronçant les sourcils. Tout le monde ici s'occupe de lui, personne n'a rien vu.

– Je pose simplement la question, me renfrogné-je.

– Au lieu de perdre du temps, donnons-lui des antibiotiques. Si l'infection est trop importante, il ne s'en sortira pas.

Je m'exécute, mais pas parce qu'elle m'en a donné l'ordre. Je comptais faire la même chose. Elle demande à Samson de lui préparer un biberon pour essayer de lui faire boire un peu de lait, mais Tembo le refuse.

– Voilà, dis-je une fois la piqûre faite, il faut patienter et qu'il se repose. La prochaine dose d'antibiotique sera dans quelques heures. Voyons cette patte à présent.

Je regarde en détail. La chair est un peu abîmée, mais les entailles ne sont pas très profondes, seulement elles suintent. Je désinfecte la plaie. Tembo réagit légèrement.

– Là, mon beau, le rassure Jessy. Tout va bien. Wilson soigne ta blessure. Tu verras, demain, ça ira mieux.

– Je vais en profiter pour lui faire une prise de sang, expliqué-je à Jessy. Je finirai de m'en occuper plus tard grâce aux plantes, mais je n'en ai pas actuellement sur place.

L'état de santé de Tembo me préoccupe. Soit il va s'en remettre très vite et sera sur pied demain, soit… je ne lui donne pas deux jours si les antibiotiques ne font pas effet.

– Si tu n'as plus besoin de moi pour autre chose, j'aimerais rester avec lui.

– Comme tu veux. Les autres vont inspecter son environnement, quant à moi, je vais analyser ça, dis-je en rangeant le flacon de sang dans une boîte. Si tu as besoin de quoi que ce soit, fais-nous signe, nous serons dans les parages, à essayer de réparer les quelques dégâts.

Elle ne répond pas, s'adosse au muret et se contente de caresser Tembo à qui elle chuchote des paroles que je n'entends pas.

Quatre heures plus tard, je n'ai aucune nouvelle de Jessy, mais il est l'heure de la seconde dose d'antibiotique pour l'éléphanteau.

– Qu'a donné la prise de sang ? demande Jessy en se redressant.

– Rien de plus que ce qu'on sait déjà, dis-je en lui tendant une bouteille d'eau. Elle prouve simplement qu'il y a une infection à traiter. En revanche, un des gardes a découvert un fil barbelé rouillé dans son enclos intérieur. Le petit filou l'a peut-être attrapé de l'extérieur et rapporté. Je ne sais franchement pas d'où ce morceau de métal peut venir, mais puisqu'il est rouillé je suppose que c'est ça qui a provoqué l'infection.

– Il a bien voulu boire un peu de lait.

– C'est une bonne chose.

Après avoir repris sa température et lui avoir fait une nouvelle piqûre d'antibiotique, j'annonce que sa fièvre a légèrement baissé. Jessy retrouve un peu le sourire, mais je devine l'inquiétude au fond de ses yeux.

– J'ai apporté ça, continué-je en attrapant un bol en bois. C'est de l'aloe vera. Il a des vertus anti-inflammatoires, antibiotiques et cicatrisantes. Les Massaïs s'en servent beaucoup pour leur bétail et pour eux-mêmes. Il va aider sa blessure à cicatriser.

J'en étale une bonne épaisseur sur la patte de l'animal. Il se laisse faire sans trop bouger.

– Juma est allé en chercher à l'extérieur du centre. Il faut que je songe à en planter un pied ici, il pourrait nous être utile.

J'adresse à Jessy un sourire réconfortant auquel elle répond à peine.

– Souhaites-tu que je reste un peu avec vous deux ?

– Non, ça ira, tu as à faire. Ne t'inquiète pas pour moi, je préfère être près de lui. Excuse-moi auprès des autres pour le repas, je n'ai pas très faim.

– Si tu as besoin de quelque chose, tu sais où me trouver. Je vais demander à Samson et Juma de venir t'aider à le rentrer pour la nuit.

Je me relève puis avant de passer par-dessus le muret, je me retourne une dernière fois pour la regarder.

Elle est magnifique malgré cette demi-journée passée à veiller sur Tembo. Même si l'attention qu'elle lui porte me touche, elle devrait mettre une certaine distance entre ses sentiments et les soins que nous apportons ici. Dans la savane, tout peut arriver, n'importe quand. La sensibilité est une bonne chose, mais il faut parfois savoir se protéger.

Il fait nuit à présent, je repasse par l'enclos de Tembo avant de me coucher en pensant que Jessy a dû rejoindre son lodge.

– Il va s'en sortir, patron ? me demande Samson qui m'accompagne.

– Je l'espère.

– Cette petite y est beaucoup attachée.

– Je sais.

Quelle surprise de découvrir Jessy, la tête posée sur le ventre du pachyderme, lorsque nous entrons ! Elle s'est endormie.

– Eh bien, tu dois être le plus heureux, toi ! murmuré-je en le caressant.

Je prends sa température et annonce fièrement à Samson qu'il n'en a plus.

– Les médicaments fonctionnent, patron.

– Il est trop tôt pour l'affirmer, mais il semblerait que ce soit le cas.

– Tu veux bien essayer de lui faire boire un biberon ? Je vais coucher la Belle au bois dormant.

Samson ricane avant de s'éloigner pour aller chercher ce que j'ai demandé.

J'approche doucement de Jessy, passe un bras sous ses genoux puis un autre sous ses bras et la soulève. Elle est légère, ses cheveux chatouillent ma joue. Je la cale contre mon torse, elle bouge un peu, puis se laisse faire. Rapidement, je l'emmène jusqu'à son lodge et la dépose sur son matelas, avant de lui retirer ses chaussures. Une fragrance de son parfum de vanille flotte dans l'air, tout semble bien rangé et ordonné, ce qui ne m'étonne pas : Jessy paraît être une femme organisée.

Au moment où je rabats son drap sur elle, je peux l'entendre murmurer :

– Merci Clément.

Les sourcils un instant froncés, je la laisse retourner à ses rêves et quitte sa chambre.

Je déteste ce que je ressens à ce moment-là. Une certaine forme de jalousie et de gêne s'empare de moi.

Qui est ce Clément ?

CHAPITRE 30

JESSY

Le lendemain matin, je me réveille péniblement. Un drap recouvre mon corps, je remarque que je suis toujours habillée. Je renifle légèrement mes vêtements. Cette odeur atroce de terre et de transpiration vient de moi. Beurk !

Il fait déjà chaud, je peux lire sur mon téléphone qu'il est neuf heures.

Un mal de tête incroyable tambourine dans mes tympans. Après cette nuit agitée faite de cauchemars, je ne suis pas étonnée. Un combo parfait : un éléphanteau me suppliant de ne pas l'abandonner et un ex qui voulait le tuer en se tordant de rire. Ce matin, je suis totalement paumée. Il va me falloir un petit temps d'adaptation avant de commencer cette journée.

Tembo ! Bordel, j'étais auprès de lui, il allait mal. Qui m'a aidée à me coucher ? Je ne m'en souviens pas !

Je me lève rapidement, peut-être trop parce que ma tête tourne légèrement. Mon estomac en profite pour crier famine.

J'attrape un Doliprane que j'avale aussitôt. Une fois mon chapeau sur la tête et mes chaussures aux pieds, j'enfile mes lunettes de soleil et retrouve l'extérieur. Le soleil brille et réchauffe ma peau refroidie par l'obscurité de ces dernières heures.

Je m'arrête un instant pour admirer la vue, comme tous les matins, et frotte machinalement mon poignet endolori par une thérapie un peu trop intense hier. Un fin filet bleuté entoure ma peau, là où il y a habituellement l'élastique. J'ai dû le mettre de l'autre côté. Je ne compte plus le nombre de clacs qui ont résonné hier entre l'angoisse qui m'oppressait au sujet de l'état de santé de Tembo et mes pensées incessantes qui voguaient de Wilson à Clément.

– Amani ! m'exclamé-je en l'entendant.

Elle m'attend sagement en bas de l'escalier de mon lodge, comme si elle savait que c'est une frontière à ne pas franchir.

Je descends puis la caresse avec joie. S'il y en a une que je suis contente de retrouver tous les matins désormais, c'est bien elle ! Elle se redresse puis se frotte contre mes jambes. Elle ne le fait pas à chaque fois, mais j'ai pu remarquer que ça arrive toujours quand je ne me sens pas bien. Ce matin en fait partie. Les animaux ne sont pas comme les hommes, ils ressentent et comprennent tout. Ce sont des vraies éponges qui s'imbibent du mal-être des gens.

– Ne t'inquiète pas, je vais bien.

Du moins, ce sera le cas dès que ce petit éléphanteau ira mieux, dès que j'aurai mis de l'ordre dans mon esprit et que j'aurai éclairci les choses avec Clément. Mais surtout… dès que mon cœur cessera de ressentir quelque chose à chaque fois que Wilson est près de moi.

– Allons voir Tembo !

Elle me conduit jusqu'à son enclos, je la suis en jetant tout d'abord un œil au sas de nuit où il n'est pas. J'entends à l'extérieur des éclats de voix et de rire et me précipite pour découvrir ce qu'il se passe.

– Oh mon Dieu ! m'écrié-je en portant mes mains à ma bouche.

– Bonjour, Jessy, me dit joyeusement Samson. Vous avez vu ? Il est guéri !

Tembo, debout sur ses quatre pattes, s'amuse avec l'eau avec laquelle Samson a rempli un baquet. Il l'éclabousse et Juma, présent également, lui en renvoie à son tour.

– C'est incroyable !

– Et il a bu tout un biberon ce matin, ajoute Samson.

Une larme perle au coin de mon œil. Sans doute le peu de sommeil et ces rêves débiles qui m'ont hantée une partie de ma nuit, ou bien mon hypersensibilité… et surtout la joie de le découvrir à nouveau debout.

– Venez ! m'invite Samson.

– Plus tard, je veux d'abord l'observer.

Je m'assois sur un tronc d'arbre qui fait office de banc à l'ombre d'un baobab. Il est positionné juste devant le muret, là où je peux tout voir.

Tembo ne semble plus faible ni désorienté. Il se déplace avec assurance, malgré son problème à la patte. Wilson a dû le soigner ce matin. Il paraît heureux de vivre et de jouer et ça fait vraiment chaud au cœur.

– Plus de fièvre, il a mangé, il tient debout, je crois qu'après quelques jours de traitement il sera totalement remis ! s'exclame Wilson qui me rejoint.

Il s'assoit à côté de moi. Frais et reposé, il sent bon le savon.

– Bonjour, Jessy, murmure-t-il en me tendant une tasse de café. Je me suis dit que tu en aurais besoin. Et de ça aussi !

Dans son autre main, il tient un bol rempli de fruits coupés ainsi qu'une fourchette.

– Comment as-tu su que…

– Prends et mange, insiste-t-il en me le donnant.

Je hume l'arôme du café qui est à tomber ici et imagine déjà le bien qu'il va pouvoir me faire.

– Fais attention, je pourrais y prendre goût ! remarqué-je en souriant.

– Je préfère te voir ainsi plutôt que triste comme hier. Ne t'inquiète plus pour lui, il va se remettre.

– Désolée, si j'ai pris les choses trop à cœur. C'est juste que je me suis attachée à lui.

– Je comprends. Fais simplement attention à ne pas dépasser la limite, d'accord ? Pour te protéger. Ici, on ne peut jamais prévoir ce qu'il va arriver.

– C'est noté.

Nous rions un instant lorsque Samson se retrouve trempé de la tête aux pieds.

– Je crois que je n'ai plus qu'à me changer ! lance-t-il, hilare à son tour.

Sans prévenir, Wilson passe son doigt sur mon poignet douloureux que je retire immédiatement.

– Aïe.

– Je t'ai souvent vu faire quelque chose avec un bracelet. Tout va bien ?

Je le regarde en coin, sans savoir si je peux lui raconter, me confier. C'est difficile pour moi d'en parler ne serait-ce qu'à ma meilleure amie, alors à un homme que je connais depuis peu…

– Une longue histoire, laissée en France, mais pas encore totalement réglée.

– Une histoire en rapport avec un certain Clément ?

Ma fourchette s'arrête net à mi-chemin de ma bouche. L'entendre prononcer le prénom de mon ex est étrange.

– Comment sais-tu ça ?

– Hier soir, tu t'es endormie près de Tembo. Je n'allais tout de même pas te laisser te reposer dans de la paille alors je t'ai emmenée jusqu'à ton lit.

– Oh.

– Oui, c'était moi, et ne t'inquiète pas, je n'ai fait aucun geste déplacé.

– Je m'en doute.

– En revanche, tu t'es légèrement trompée de prénom en me remerciant.

– Non ! J'ai vraiment fait ça ?

– Oui.

– La honte, dis-je à voix basse en posant le bol pour reprendre le mug.

Je n'ai plus d'autre option que lui dire la vérité à présent. Je ne suis peut-être pas obligée de tout raconter, il pense déjà mon père mort.

– Clément est mon ex. Je n'avais plus aucune nouvelle jusqu'il y a quelques jours.

– Mince. Je suis désolé.

– Pas autant que moi. Il ne m'aimait plus et en préférait une autre alors que j'imaginais poursuivre ma vie avec lui. Le choc a été dur à encaisser, j'ai dû continuer une thérapie entamée quelques années auparavant et voilà où j'en suis aujourd'hui.

– Et l'élastique ?

– Ah ça… Ça fait partie de la thérapie. À chaque pensée négative, je dois dire le mot « Stop » et le faire claquer contre ma peau.

– Et ça fonctionne réellement ? se moque-t-il.

– Oui. Sauf quand on en abuse un peu trop comme je l'ai fait hier.

– Je vois. Tu as donc commencé à consulter un psy avant lui ?

– Assez de questions pour aujourd'hui. En tout cas, merci beaucoup pour ce petit déjeuner, j'en avais bien besoin.

– Un peu de réconfort ne fait pas de mal parfois.

– Oui. Je m'excuse, je n'ai pas pu mettre mon réveil à sonner pour me lever à l'heure.

– Tu te rattraperas cet après-midi.

– D'ailleurs, j'aimerais te parler de la façon de soigner la patte de Tembo. Si tu avais cinq minutes, ce serait génial.

– Quand tu veux. J'ai tout autant envie que toi qu'il guérisse.

– Bien ! J'ai à faire à présent, monsieur Lawford, dis-je en me relevant.

– À commencer par une douche ! répond-il en s'éloignant. Tu sens vraiment mauvais !

Je reste bouche bée, tandis que mes deux compagnons se marrent dans l'enclos de Tembo.

– Ça vous fait rire ? demandé-je, amusée. Vous allez voir.

Je m'approche du baquet et les arrose à mon tour jusqu'à ce que quelque chose de rugueux et peu agréable frôle ma jambe.

– Bonjour mon beau, murmuré-je à Tembo, tu vas bien ?

Je le gratouille derrière la tête, il se colle contre moi et frotte sa trompe contre ma cuisse.

– Je suis heureuse que tu ailles mieux. Je t'avais promis de ne pas t'abandonner. Je suis restée.

Soudain, deux ombres me font face. Samson et Juma, les bras croisés, me regardent, l'air fâché.

– Qu'est-ce qu'il y a ? J'ai fait quelque chose de mal ?

Les deux compères échangent un signe de tête, franchissent les deux pas qui nous séparent et m'attrapent chacun par un bras avant de me faire tomber dans le baquet d'eau.

– Oh non ! C'est pas juste ! hurlé-je devant mes deux nouveaux amis qui se tordent de rire.

Je les rejoins et me laisse aller à rire jusqu'aux larmes. La vie, il n'y a que ça de vrai.

CHAPITRE 31

JESSY

Après un soin apporté à Tembo, je demande à Wilson un instant pour lui parler de son cas. Nous nous rendons dans la salle d'examen afin de regarder à nouveau les radios prises à son arrivée.

– Il faudrait en refaire des plus récentes, mais nous avons déjà une idée de ce qui ne va pas. Tu vois, il a une malformation de l'os, expliqué-je alors que Wilson m'écoute attentivement. Il faut la modifier avant qu'il ne grandisse trop et que ce ne soit plus possible.

– J'avais remarqué cette malformation, mais j'avoue ne pas avoir beaucoup réfléchi jusqu'à aujourd'hui. Tembo est arrivé ici depuis peu, j'étais débordé.

– Le cas que nous avions étudié en cours est différent finalement. J'ai eu une idée et puis j'ai fait quelques recherches. Il faudrait l'opérer et afin de permettre à son os de pousser droit, passer une tige en métal le long de celui-ci. Il pourrait la porter quelques mois. Ensuite, une fois la malformation réduite, il suffira de la lui retirer pour qu'il termine sa croissance tranquillement.

– Une sorte de tuteur ? demande-t-il attentivement.

– Oui.

– Tu as déjà fait ça ? Je veux dire sur un animal de compagnie en France ?

– Une fois, sur un chat. Enfin, l'intervention y ressemblait. Il a même eu droit à une plaque à la hanche. Il avait fait une mauvaise chute de plusieurs mètres et malgré son agilité, il avait plusieurs fractures. En six mois et un peu de rééducation, c'était terminé. Je suis consciente que ce n'est pas la même intervention, mais ça se tente.

– Je vais me renseigner de mon côté également, peut-être qu'un collègue vétérinaire pourrait nous prêter main-forte. Pourrais-tu lister les étapes de l'intervention et le matériel nécessaire ?

– Bien sûr. Ce n'est pas une petite opération. Il y a des risques. Il devra être endormi longtemps.

– Je sais, mais si nous ne faisons rien, comment marchera-t-il une fois sa taille adulte atteinte ?

Je grimace en regardant à nouveau les radios. Il est hors de question d'abandonner cet animal à son sort.

– On y arrivera. Une intervention bien préparée est une intervention réussie, assuré-je en rangeant les différents documents que j'ai réunis.

– Je comptais faire un tour de garde avant le repas. Souhaites-tu m'accompagner ? me propose-t-il.

– Pourquoi pas ?

– Rendez-vous dans une demi-heure devant les grilles. Jessy ?

– Oui.

– Merci pour Tembo.

Trente minutes plus tard, je l'attends de pied ferme, appuyée contre la Jeep. Wilson apparaît avec sa lionne.

À le regarder se déplacer ainsi pour me rejoindre, je lui trouve des airs de Tarzan. Un homme sauvage, très bien bâti, aux muscles saillants qui ressortent à chaque pas qu'il fait. Sa démarche est assurée, son style vestimentaire colle parfaitement avec son environnement. Un tee-shirt noir près du corps, un pantalon kaki… La température monte en moi et cette vue me ramène au rêve que j'ai fait, aux sensations qu'il m'a procurées, au plaisir que Wilson m'a offert.

Une vision à damner tous les saints !

Peut-être que la thérapie de l'élastique fonctionne aussi pour les pensées érotiques.

Stop.

Clac !

Non, ça ne change rien.

– Prête ? demande-t-il une fois à ma hauteur.

Pour tout ce dont tu as envie, Tarzan…

Jessy, bordel ! Wilson est ton patron. On dirait une ado avec des hormones en ébullition dont la bave coulerait au coin de la bouche en regardant son TikTokeur préféré !

– Prête !

Je ne trouve rien d'autre à répondre. Il fait monter Amani à l'arrière du véhicule puis me rejoint pour s'installer au volant.

– On nous a informés que des braconniers ont été vus à une vingtaine de kilomètres au nord hier, explique-t-il en passant le portail de Savannah. Reste sur tes gardes, on ne sait jamais.

– D'accord.

Le soleil ne va pas tarder à décliner. Nous avons à peine une heure et demie et je sais combien il n'est pas bon de faire les rondes de nuit. C'est trop risqué. Ces pourritures n'hésiteraient pas à tuer un être humain pour récupérer leur butin ou pour sauver leur peau.

Nous tournons pendant un quart d'heure sans rien remarquer. Wilson s'arrête au pied d'un grand acacia dont les branches sont très fournies en feuilles vertes.

– Descends, je voudrais t'apprendre à tirer.

Ça, ce n'était pas prévu au programme !

– Quoi ? demandé-je en le rejoignant.

– Tu n'as jamais touché à une arme à feu de ta vie ?

– Non.

– J'aimerais donc t'apprendre à t'en servir. Pour deux raisons. La première : pour que tu saches te défendre au cas où.

– Tu me fais peur. La situation est si dramatique que ça ?

– On ne peut pas dire qu'elle est dramatique, mais j'ai un mauvais pressentiment. Ne m'en demande pas plus, mais si tu te retrouves face à des braconniers et que tu as la chance d'avoir une arme à proximité, tu seras heureuse de savoir la manipuler. Et puis il y a les animaux, on ne sait jamais. Que fais-tu si tu te retrouves nez à nez avec un lion affamé ?

– Euh… je cours ?

Wilson éclate de rire, prend l'arme à l'arrière du véhicule, des cartouches et quelques bouteilles en verre vides.

– Et la seconde ?

– Pardon ? demande-t-il sans comprendre.

– La seconde raison.

– Ah oui. Si un jour tu as besoin de te servir du fusil à fléchettes, tu n'auras pas peur d'appuyer sur la détente. Je te l'accorde, ce n'est pas la même arme, mais dans le fond la pratique est la même.

– Oui, mais tu es là pour le faire.

– Tout peut arriver ici, je ne serai peut-être pas opérationnel à ce moment-là, pour une raison ou pour une autre. Tu dois savoir t'en servir.

– D'accord, ronchonné-je.

Renfrognée, j'enfonce mon chapeau sur ma tête en le suivant, ce qui semble l'amuser un peu.

Face à nous se trouve un tronc d'arbre couché au sol. Il y dispose quelques bouteilles et revient jusqu'à moi. Amani, couchée à mes pieds, le regarde d'un œil approbateur, comme si elle avait l'habitude de le voir faire ça.

– C'est très simple. Lorsque tu ne t'en sers pas, le fusil doit toujours être cassé. Tu vois, comme ça.

Ça, je l'ai déjà remarqué dans des reportages animaliers, sur la chasse par exemple, lorsque quelqu'un le tient à la main ou posé sur son épaule.

– Tu insères ta cartouche ici, le refermes jusqu'à entendre un clic puis le portes à ton épaule. Tu regardes dans le viseur en fermant un œil et une fois l'objectif en vue, tu appuies sur la détente.

Je ne m'attendais pas à ce qu'il le fasse vraiment. Je sursaute en plaquant les mains sur mes oreilles lorsque le bruit du tir résonne, et je recule d'un pas.

– En plein dans le mille ! m'exclamé-je lorsque je constate que la bouteille est brisée.

– À toi.

Il casse l'arme et me la tend. Je la saisis, hésitante, puis reproduis chaque geste qu'il m'a montré. Lorsque je suis prête, je place l'arme contre ma clavicule et vise.

– Attends, ricane-t-il. Pas comme ça sinon je ne donne pas cher de ta jolie poitrine. Ici, c'est mieux.

Il remonte le fusil pour le placer au bon endroit.

Ma jolie poitrine... c'est exactement le genre de mots qu'il ne faut pas dire à une femme dans cette situation ! Cela pourrait lui faire faire n'importe quoi.

Perdue dans mes pensées, je n'avais pas remarqué qu'il s'était déplacé derrière moi. Son corps chaud colle au mien. Sa main frôle la mienne avant de se positionner dessus.

– Tu places le doigt comme ça, murmure-t-il à mon oreille en joignant le geste à la parole, puis... tu tires.

– Presque ! dis-je en souriant.

– À toi de jouer à présent ! Dégomme-moi le plus de bouteilles possible.

Je m'exécute et parviens, après quelques tentatives, à en casser une puis deux.

Coup de chance ou non, je ne sais pas, car les suivantes restent intactes.

– Tu t'amélioreras en t'entraînant. C'est pas mal pour une première fois, me rassure-t-il. Ramassons tout ça et rentrons. Il commence à se faire tard, j'aimerais refaire un tour avant. Viens, Amani.

– Merci de m'avoir montré comment on tire, c'était instructif.

– Tu auras au moins un moyen de défense, ajoute-t-il en s'installant derrière le volant.

Nous roulons un petit moment sans rien remarquer de suspect, parlant de choses et d'autres, lorsqu'au détour d'une piste nous nous retrouvons nez à nez avec John. Assis au volant de sa voiture, il est seul et cette fois-ci, Samson n'est pas là pour calmer Wilson.

Il change d'ailleurs du tout au tout. Son regard s'assombrit, ses lèvres se pincent et forment une mince ligne. J'aperçois ses doigts blanchir à force de malmener le volant pour contenir sa colère.

Il accélère et avance légèrement pour intimider John qui nous barre la route, mais il ne bouge pas d'un iota. J'ai bien compris que Wilson ne voulait pas céder en lui laissant la voie libre.

La situation semble amuser John qui sourit de toutes ses forces avant de ricaner.

Amani, en alerte, s'est assise et le regarde fixement. Jamais je n'ai vu une telle haine dans les yeux d'un animal. Si elle pouvait lui sauter à la gorge, elle le ferait sans aucune hésitation.

– Tout va bien Amani, tout va bien.

– Tu es venu m'apporter ce que je convoite ? demande l'homme en criant.

L'œil aiguisé, il n'a qu'un but : pousser Wilson à bout pour le faire descendre de la voiture et en découdre.

Amani s'énerve et c'est la seconde fois que je l'entends rugir contre quelqu'un. Elle, si calme d'habitude, m'apparaît maintenant comme tous ces félins de la nature. Sauvage. Le cri qu'elle pousse est rempli de colère et de désespoir. Elle supplie intérieurement son maître de la laisser descendre, chose que, je le sais très bien, Wilson ne fera pas, afin de ne pas la mettre en danger.

– Reste avec moi, s'il te plaît.

Je m'entends dire ces quelques mots à voix haute. Ma main effleure délicatement celle de Wilson qui tient le pommeau de vitesse, avant de la serrer. J'agrippe ses doigts. Il tourne la tête dans ma direction. Ses sourcils froncés se détendent peu à peu, son regard change et s'adoucit.

– Il ne vaut pas la peine que tu entres dans son jeu, murmuré-je afin de garder son attention que j'ai captée.

Il soupire et laisse échapper un juron avant d'enclencher la marche arrière afin de se garer.

John a le champ libre, il semble heureux d'avoir gagné cette manche et passe à côté de nous au ralenti. Son sourire me donne la nausée. Il est faux et rempli de mauvaises intentions. Il m'adresse un signe de tête auquel je ne réponds pas. Amani s'énerve, Wilson la retient et lui aboie des ordres qui l'arrêtent dans son élan.

C'est incroyable, cette connexion entre eux. La lionne sent à travers celui qui l'a élevée le danger émanant de John.

La voiture s'éloigne, je m'aperçois que mes doigts sont toujours accrochés à ceux de Wilson. Je retire vivement la main. Je n'ai plus son attention. Le regard rivé droit devant lui, il frappe à plusieurs reprises le volant à l'aide de son poing.

– Fais chier !

Je sursaute. Inspire, expire. Je m'assure qu'Amani va bien et tente de me résonner.

Stop.

Clac !

J'ai eu peur.

Oui, tout simplement.

Comment ce type, censé être mon père, arrive à m'effrayer autant ?

– Qu'a-t-il voulu dire par : « Tu es venu m'apporter ce que je convoite » ? demandé-je tout bas à Wilson.

– Laisse tomber. Ce sont nos affaires, pas les tiennes ! lâche-t-il froidement avant de redémarrer.

Je reste sans voix quelques secondes avant de reprendre :

– Ce n'est pas parce que tu en veux à cet homme que tu dois te comporter ainsi avec moi ! Je n'ai rien fait de mal.

– Tu es trop curieuse, ajoute-t-il.

– C'est la meilleure ! J'étais dans la voiture, je te signale. J'ai tout vu, j'ai tout entendu et j'ai eu la frousse, alors je suis en droit de dire quelque chose.

– Bon d'accord, excuse-moi. Je n'aurais pas dû dire ça. Tu n'y es pour rien, c'est lui qui m'a énervé. Je n'ai plus envie d'en parler.

J'accepte ses excuses, mais ne parle plus du reste du trajet. Il roule si vite que les moindres trous dans le sol, le moindre à-coup, s'en fait ressentir jusque dans mes côtes.

Je n'appelle pas ça de la colère, j'appelle ça de la haine et ce que j'aperçois actuellement dans les yeux de Wilson me fait de la peine.

CHAPITRE 32

WILSON

J'entre en trombe dans ma maison, claque la porte et laisse derrière moi une Jessy qui ne comprend rien à ce qu'il se passe.

Si je le croise de nouveau, je lâche Amani afin de lui donner une bonne leçon.

Non, je ne peux pas faire ça.

Elle le tuerait ou bien il la tuerait. L'un d'eux n'en sortirait pas vivant, et je ne peux pas prendre le risque que ce soit ma lionne qui meure.

J'ai baissé la garde pour elle.

Putain !

C'est bien la première fois que ça m'arrive. Elle était là, assise à côté de moi, le regard perdu, ne sachant quoi faire, me suppliant de ne pas partir dans une dérive impossible à contrôler pour elle. Ses pupilles me demandaient de me calmer alors que je n'avais qu'une envie, en venir aux mains avec lui.

– Le repas est prêt dans vingt minutes, m'informe Neema.

– Je n'ai pas faim, dis-je sans lui prêter attention.

Je passe devant elle, rejoins d'un pas décidé mon bureau et claque de nouveau la porte. Le front appuyé contre le bois, je tente de réguler ma respiration. Rien n'y fait. Des étoiles dansent devant mes yeux, je perds pied.

Dans le recoin d'une étagère, j'attrape une vieille bouteille de whisky. Elle était à mon père, il l'avait fait venir d'Europe. Il disait que ce nectar était rare et qu'il fallait en apprécier chaque goutte.

Je n'y vois que de l'alcool qui pourrait me faire oublier un instant tout le mal que John m'apporte.

Le premier verre termine sa course folle au fond de mon estomac. Avalé cul sec. Le liquide se déverse le long de ma gorge et brûle mon œsophage, mais peu importe ! J'ai besoin de me sentir vivant, de ne pas sombrer, de tenir tête à cet homme infâme en ne baissant jamais les bras pour Savannah.

Par chance, ce whisky est encore bon. Mon père répétait qu'il pouvait se garder des années. Je me sers un deuxième verre. Des larmes brûlantes affleurent à mes yeux.

Jessy était avec moi. J'aurais pu la mettre en danger face à lui. J'aurais pu ne pas l'écouter et foncer sur lui avec ma voiture. J'aurais pu oublier sa présence et devenir fou devant elle…

Au lieu de ça, elle a su m'apaiser. Sa main sur la mienne, les mots tendres qu'elle a prononcés, cette femme a besoin d'être rassurée, c'est tout. Et moi, en bon goujat que je suis, je l'ai envoyée balader ! Même si elle a accepté mes excuses, je ne suis pas certain que la pilule passe aussi bien que je l'aimerais.

Son « Reste avec moi s'il te plaît » me suppliait de ne pas descendre et de ne pas l'abandonner dans cette bagnole.

La situation était difficile et effrayante, ce qui a pu la rendre si craintive et peu sûre d'elle. Pourtant, elle a un fort caractère.

Puis je pense à ce Clément et ce que je ressens à ce moment précis est troublant. Je souhaite lui faire passer l'envie de rendre malheureuse Jessy.

Putain, cette nana me fait délirer ! Je la désire, et les sentiments qu'elle m'inspire ne sont pas purement sexuels. Je l'apprécie vraiment beaucoup.

La protéger, c'est de ça que j'ai envie.

J'avale une nouvelle gorgée de mon remède contre la haine qui me bouffe de l'intérieur, laisse aller ma tête contre le dossier et ferme un instant les paupières.

Que serait-il arrivé si elle n'avait pas été là ? Je n'en sais rien, mais une chose est sûre, je ne serais pas resté le cul assis derrière mon volant à le regarder se marrer comme un connard. Avec un peu de chance, Samson ou Juma aurait été présent et il m'aurait retenu pour ne pas faire une connerie.

Tu es venue m'apporter ce que je convoitais...

Ces mots résonnent dans ma tête comme une mauvaise mélodie.

Il ne laissera jamais tomber pour Amani. Il la veut, coûte que coûte. Il en a fait une affaire personnelle.

Il ne l'aura jamais.

Il lui a déjà fait assez de mal.

Je serais capable de tuer pour elle, il en a conscience. Il cherche un face-à-face afin de pouvoir gagner.

Je jure sur la mémoire de mes parents qu'il ne l'aura jamais à son palmarès.

CHAPITRE 33

JESSY

Il pleut depuis ce matin. On m'avait pourtant prévenue que c'était la saison des pluies, mais il fait toujours aussi chaud et cette moiteur m'indispose.

Cela fait deux jours que nous sommes sortis de Savannah, Wilson et moi, et je ne lui ai presque pas adressé la parole. J'ai ses mots et sa méfiance en travers de la gorge. Je déteste ce qu'on me cache à propos de John.

– Ne t'inquiète pas, ce n'est qu'une averse, m'assure Neema alors que mon regard est rivé sur l'extérieur. Demain, il fera beau.

Je sais qu'elle a probablement raison, mais des journées comme aujourd'hui m'ennuient. Je ne peux pas me rendre aussi utile que d'habitude et ça m'embête profondément, ou bien c'est le fait que je ne puisse pas occulter mes pensées les plus envahissantes. Elles sont sans cesse dirigées vers Wilson. Je n'arrive pas à m'en défaire.

– Tu veux bien m'aider à préparer les légumes ? demande Neema en me donnant un couteau.

Elle doit sentir que j'ai besoin de m'occuper les mains.

– Avec plaisir ! Je n'aime pas ce temps.

– Je crois qu'elle non plus, glousse Neema.

Elle lance un regard en direction d'Amani qui est couchée de tout son long dans l'entrée de la cuisine comme si elle la gardait.

– On dirait qu'elle ne te lâche plus.

En effet, elle était déjà très proche de moi avant, mais depuis notre rencontre avec John l'autre soir, elle ne s'éloigne pas de moi.

– Nous sommes devenues bonnes copines, je crois.

Amusées, nous rions. Qui pourrait affirmer être amie avec une lionne ?

– Tout se passe bien avec Juma ? Sans être indiscrète. Je vous ai aperçus échanger un baiser dans un recoin de Savannah.

Je lui donne un léger coup de coude qui la fait sourire.

– Je vais enfin pouvoir me confier à quelqu'un ! dit-elle. Wilson, comme tu l'as remarqué, est mon ami, mais je ne peux pas parler d'un autre homme avec lui.

– Je te comprends. Je serai donc ta confidente. Je suis heureuse que tu sois ici. Partager quelques discussions avec une autre femme me fait du bien.

– Tes amis te manquent ?

– Une en particulier. Ma meilleure amie, Emily. Attends, je vais te montrer une photo.

Je sors mon téléphone portable de ma poche et sélectionne un selfie de nous deux.

– Elle est très jolie, remarque Neema. La vie doit être différente en France.

– Totalement. La ville, c'est autre chose, mais ce n'est pas ce que je préfère. La campagne me plaît.

– Et ici ?

– La Tanzanie, c'est un véritable dépaysement, mais je m'y sens bien. Presque comme chez moi.

– Ça se voit.

– Bon, Juma alors ?

– Cet homme est juste incroyable, dit-elle en posant une main sur son cœur. Je pense que j'en suis folle amoureuse.

– C'est génial ! Je suis heureuse pour toi. Vous avez déjà…

– Jessy ! s'offusque-t-elle, faussement gênée.

Le rouge lui monte aux joues. Neema est une très belle femme, je conçois qu'elle puisse faire chavirer le cœur des hommes.

– Il a des… certains atouts très prometteurs.

J'éclate de rire tout en coupant un piment.

– Quelle femme parle comme ça ? Dis-moi plutôt qu'il est un bon coup au lit et que son sexe t'emmène droit au septième ciel ! Là, je comprendrai mieux.

Neema m'imite. Elle est obligée d'essuyer ses yeux tellement ses larmes coulent d'avoir trop rit.

– Je vois qu'on s'amuse bien ici ! nous interrompt Wilson qui entre pour prendre une bouteille d'eau.

Sans voix, nous le regardons se servir alors qu'il nous observe bizarrement. Neema jette un coup d'œil dans ma direction et glousse. Je serre les lèvres pour ne pas laisser échapper un rire que je ne maîtriserais pas.

– Viens Amani, laissons-les parler entre femmes. Je me demande bien ce qui les amuse autant.

La lionne relève à peine la tête et reste auprès de nous.

Il s'éloigne en soupirant. Nous ne pouvons pas nous retenir plus longtemps.

– Et lui, tu penses qu'il va te faire monter au septième ciel ? réplique Neema.

– Qui ? Wilson ?

– Qui d'autre ?

– C'est juste mon patron et un ami.

– N'importe quoi ! marmonne-t-elle. Tu as vu le regard qu'il vient de jeter à tes fesses ?

– Mes fesses ? répété-je en me retournant pour les admirer. Vraiment ?

– Tu es si aveugle que ça ? Wilson te dévore du regard. Il ne désire qu'une chose, toi, et ça se voit comme le nez au milieu de la figure.

– Je n'avais pas fait attention.

– Tu te moques de moi ? dit-elle en posant l'ustensile qu'elle tenait. Et toi, tu ne ressens rien pour lui ? C'est comme si un courant électrique passait entre vous à chaque fois que vous êtes dans la même pièce.

– C'est à ce point ?

– Ohhh oui !

– Je pensais réussir à garder pour moi l'attirance que je ressens pour lui.

– Hum, grogne-t-elle, c'est raté.

– Je ne suis pas prête. Mon ex m'en a fait baver et me replonger dans une nouvelle histoire maintenant… sans façon.

– Wilson n'est pas comme certains autres hommes, insiste-t-elle en me regardant dans les yeux. Il est doux, attentionné, et d'une gentillesse incroyable. Très protecteur également. Sa femme ne sera pas malheureuse, tu peux en être certaine !

– Et tu crois… qu'il a des atouts prometteurs lui aussi ?

Nous terminons cet atelier cuisine dans les rires. Des rires sincères, ceux de deux femmes qui apprennent à se connaître et à s'apprécier. Neema peut devenir mon amie sans problème.

CHAPITRE 34

JESSY

Le soir venu, après le repas que nous avons préparé, Neema et moi, certains partagent une partie de cartes. Je préfère me coucher, j'ai du sommeil à rattraper. Le soleil devrait revenir demain et il y aura du travail.

Je traverse la cour sous la pluie, l'orage gronde au loin et le sol est totalement détrempé.

– Saleté de temps ! vociféré-je en égouttant mes cheveux.

Je saisis rapidement de quoi me doucher et cours de nouveau retrouver les sanitaires.

Dans la nuit, je suis réveillée par du bruit à l'extérieur. Mon téléphone indique qu'il est trois heures dix-huit du matin. Le centre semble agité, j'entends quelqu'un crier de faire attention et un coup de fusil partir.

C'est quoi ce bordel ?

Paniquée, je me lève. Quelques frissons parcourent la peau de mes bras, mais pas parce que j'ai froid. Plutôt parce que tous mes sens sont en alerte et qu'un mauvais pressentiment s'empare de moi.

Un éclair éclate, suivi de près par le grondement de l'orage. Il éclaire la pièce et m'aide à me déplacer en silence. La pluie redouble d'intensité et rebondit sur le toit du lodge dans un vacarme assourdissant.

Par la fenêtre, je tente d'observer ce qu'il se passe, mais je n'aperçois rien à part un homme courir.

À mon arrivée, on m'a bien répété de faire attention : si une nuit j'entendais quelque chose de suspect, je ne devais pas sortir et rester enfermée. Seulement, j'ai l'impression que le danger rôde et je n'aime pas savoir que je suis à l'écart des autres qui sont peut-être eux-mêmes en danger.

Mes pieds effleurent à peine le sol. J'atteins la porte, tourne doucement la clé, puis la poignée avant d'ouvrir lorsque celle-ci m'est violemment arrachée.

Wilson, torse nu et trempé jusqu'aux os, referme aussitôt derrière lui et verrouille la porte.

Ce moment me rappelle un peu mon rêve… l'animal en moins.

– Wilson ? Qu'est-ce qu'il…

Sans me laisser terminer ma phrase, il plaque sa paume sur ma bouche et me fait reculer contre le mur à côté de la porte.

– Chuuttt, murmure-t-il.

Il retire lentement sa main, la pluie diminue d'intensité à l'extérieur. Seuls les éclairs me permettent de l'entrevoir dans la pénombre.

– Que se passe-t-il ? chuchoté-je. J'ai entendu un coup de feu et…

– Ne bouge pas, me coupe-t-il.

Quelque chose se déplace sur la terrasse du lodge. Doucement, à pas feutrés, un animal suffisamment lourd pour être audible avance. Il doit buter dans un siège au passage, car celui-ci grince sur le sol en bois.

– Le grillage a cédé près de la porte d'accès à Savannah. On ne sait pas comment, un léopard est entré, chuchote-t-il à mon oreille. Il ne faut pas sortir.

– Un léopard ? demandé-je, sans réellement comprendre ce qu'il m'explique.

– On les voit rarement. On essaie de le faire partir.

– Mais…

Je suis interrompue par la porte du lodge qui se met à bouger. Le félin gratte dessus de toutes ses forces et émet des grognements. Sans doute, nous a-t-il entendu parler.

Wilson me serre contre lui. Je pourrais trouver cette proximité très attrayante si nous n'étions pas en danger. Des frissons parcourent ma peau, mon cœur tambourine si fort que le son se répercute dans mes tympans. La peur s'immisce peu à peu en moi. Je tremble de tous mes membres.

Wilson doit le remarquer, il raffermit un peu plus sa prise et me regarde dans les yeux afin de capter mon attention. À chaque coup donné dans la porte, il grimace et tente de me rassurer à la fois.

– Tout va bien se passer, je suis là, murmure-t-il.

Un rugissement très proche résonne après le claquement d'un éclair.

– Amani, soupire-t-il.

La lionne se trouve désormais sur la terrasse. Nous pouvons deviner, au bruit que font les deux animaux, qu'elle avance et qu'il recule. Ils se défient. Lorsque soudain, plus aucun son, à part celui de la pluie, ne parvient jusqu'à nous.

– Ils ont sauté ! hurle Wilson.

Il s'empresse de gagner l'extérieur, je remarque alors qu'il n'a pas une seule arme sur lui et qu'il met sa vie en danger.

– Patron ! s'exclame Samson qui nous rejoint, un fusil à la main. Tout le monde va bien ?

– Amani ! Elle l'a fait fuir.

– Ils sont sortis tous les deux du centre, dit-il en secouant la tête. Nous n'avons rien pu faire.

– Elle reviendra. On lui doit une fière chandelle, ajoute-t-il en examinant la porte.

– Jessy, vous allez bien ? demande Samson.

Je tremble encore. Le regard que je lance aux deux hommes n'a rien de bon, il démontre simplement que je suis une froussarde. Mais humaine. Les larmes me montent aux yeux.

– Eh ! Tout va bien. C'est terminé, me rassure Wilson.

– Et Amani ? m'inquiété-je.

– Elle a juste défendu son territoire.

Le vent se lève, il pleut à nouveau à torrents.

– Bien, dis aux autres de rester enfermés à l'intérieur et de ne pas ouvrir les fenêtres. Les gardes vont se relayer pour surveiller la grille d'entrée. On y verra plus clair demain. S'il y a quoi que ce soit, préviens-moi.

– Bien patron, répond celui-ci en s'éloignant.

– Ça va aller pour cette nuit ? demande Wilson.

Tout en triturant mon poignet, je fonds en larmes.

– Tu avais raison, tout peut changer rapidement par ici. Le danger peut surgir à tout moment. Est-ce que tu resterais ?

Il soupire en levant les yeux au ciel, mais cède.

– Il est vraiment trop tard pour discuter de ça maintenant.

Il m'invite à entrer puis ferme à clé. Je lui tends une serviette de toilette, il s'empresse d'essuyer son corps mouillé.

– On l'a échappé belle, dit-il comme pour me rassurer.

Je n'ai jamais rencontré un mec aussi sexy en pyjama de ma vie. Si je ne retenais pas mes pulsions, je l'embrasserais là, tout de suite. Sans doute l'adrénaline qui redescend.

Il prend une couverture dans le placard. Il s'installe dans le fauteuil en osier prévu pour une personne puis me regarde. Debout, devant lui, je reste plantée comme une imbécile. J'imagine qu'il en a vu passer, des situations cocasses ou dangereuses, mais pour moi, c'est la première fois. Il va me falloir de longues minutes avant de retrouver mon calme.

– Respire Jessy. Ce qui s'est déroulé ce soir n'a rien d'exceptionnel, d'accord ? C'est pour ça que nous t'avons avertie de faire attention, surtout la nuit. On ne peut pas toujours tout contrôler.

Je hoche la tête. Il se relève et me tend une bouteille d'eau fraîche.

– Voilà, calme-toi. Tu vas te recoucher et essayer de te rendormir. Nous pourrons inspecter l'entrée demain matin. Là, les éléments sont contre nous, sans parler du fait qu'il fait nuit. Nous ne pouvons rien faire.

Je m'allonge de nouveau sous les draps. Il éteint la lumière puis s'installe à son tour.

– Bonne nuit, Jessy.

– Merci, Wilson.

Je me recroqueville, tournée de son côté. Le siège se trouve à proximité du lit. Je suis certaine que Wilson s'inquiète pour Amani. Même s'il m'a déjà raconté que, parfois, elle s'absentait deux ou trois jours.

La situation ne l'empêche pas de retrouver les bras de Morphée. Ce type était d'un calme olympien alors que, moi, j'aurais pu hurler de panique. Tout ce qu'il ne faut pas faire.

Rapidement, je perçois son souffle lent et régulier. Il m'apaise et me fait du bien. Je tente de me caler dessus tout en regardant chaque éclair qui illumine le ciel.

J'ai l'impression de faire une bêtise, d'être une petite fille qu'on va gronder à force de fixer un garçon à son insu.

Son torse monte et redescend lentement. Sa mèche brune retombe sur le côté, ses bras sont croisés sur la couverture. Je n'avais jamais remarqué que son profil était aussi attirant. Sa barbe de quelques jours me donne envie de glisser mes doigts dessus. Et cette peau nue…

Toi Tarzan, moi Jane !

N'importe quoi, Jessy ! Tu viens de manquer de te faire dévorer par un félin affamé et tu penses à t'envoyer en l'air !

– Jessy ! Cesse de te torturer l'esprit, tu ne trouveras aucune imperfection, je suis le mec parfait. Arrête de me mater et rendors-toi.

Moi qui pensais qu'il dormait ! Je me suis fourré un doigt dans l'œil.

Ce n'est pas la modestie qui l'étouffe en tout cas. Certes, il est beau et sexy, mais il devrait peut-être se calmer un peu sur les éloges, non ?

Non. Parce que ce type est la perfection même.

CHAPITRE 35

WILSON

– Les salauds ! hurlé-je en donnant un coup de pied dans le grillage.

– Que se passe-t-il ? demande Jessy qui nous rejoint.

Le sol est trempé et boueux à cause des orages. Le ciel est encore menaçant. Pourtant, Jessy est l'apparition qu'il me fallait. À vrai dire, je ne voulais voir qu'elle ce matin.

Elle croit certainement que j'ai dormi toute la nuit, mais ce n'est pas le cas.

Lorsque l'alerte a été donnée dans Savannah, je n'ai pensé qu'à une personne : Jessy. Elle pouvait être en danger dans le lodge, dont les portes ne sont pas aussi solides que celles de ma maison. C'est pour ça que je me suis dirigé directement jusqu'à elle, sans même prendre le temps de me vêtir un peu plus.

Elle m'a demandé de rester après l'incident, je ne me voyais pas la laisser ainsi seule face à une peur terrible. J'aurais pu l'inviter à dormir à la maison, mais qu'en auraient pensé les autres ? J'ai donc préféré rester près d'elle. Enfin, j'ai dû me reposer une heure. J'étais et je suis toujours paniqué à l'idée qu'Amani ne rentre pas. J'ai écouté toute la nuit si aucune autre bête ne s'approchait du lodge ou n'était dans le centre de sauvegarde.

Bref, je l'ai contemplée.

Elle a mis longtemps à sombrer dans un sommeil profond, mais une fois dedans… j'ai pu l'admirer à loisir. Je ne m'en suis pas privé, elle était bien trop belle, de toute façon.

Ce que je ressens pour elle va au-delà d'une simple attirance. J'ai envie d'être avec elle tout le temps, je souhaite la voir sourire, partager des moments avec elle ici, dans ma Tanzanie, la faire mienne en lui faisant l'amour des heures durant. Le sexe me manque, mais je n'imagine pas ce qu'il serait en sa compagnie. Elle est tout ce que je désire.

– Alors ? insiste-t-elle en me faisant revenir à la réalité.

– Le grillage a été coupé avec une pince, expliqué-je.

– Comment ça ? Tu veux dire que c'est intentionnel ?

– Oui. Je pense que les intempéries ont aidé à agrandir le trou et abîmé le côté du portail.

– Personne n'a rien vu ? ajoute-t-elle, interloquée.

– Non ! Personne n'a rien vu ! m'énervé-je.

Parfois, sa naïveté m'exaspère. Je lui annonce qu'on a forcé l'entrée de Savannah et elle insiste pour avoir des explications. Si on avait remarqué quelque chose, on aurait agi tout de suite !

Ce que je ne comprends pas, c'est comment ce putain de léopard a fini dans Savannah ! Nous en voyons, mais rarement, et ils ne s'approchent pas trop de l'être humain.

– Patron ! m'interpelle Juma qui revient en 4 × 4. Nous avons repéré des traces de pneus hors-piste juste à côté et on a traîné quelque chose d'assez gros au sol.

– Quelqu'un s'est d'abord approché en voiture, affirmé-je.

– Puis il a coupé le grillage, continue Samson.

– Et ce léopard ? demande Jessy.

J'échange un regard avec Samson. Il peut y lire le fond de ma pensée, mais je ne la dirai pas à voix haute pour ne pas effrayer les autres. Quelqu'un l'a introduit dans Savannah. Quelqu'un du nom de John, j'en suis persuadé. Il s'est vengé ! Ou peut-être espérait-il attirer Amani jusqu'à lui.

Amani qui n'est toujours pas rentrée.

Ça lui arrive de temps en temps, mais je crains qu'il l'ait capturée.

– Bien, il n'y a plus qu'à se retrousser les manches, j'imagine ! lance Jessy, motivée.

– Tu vas bien ? demandé-je, loin des autres.

– Ce n'est pas un gros matou qui va me faire peur ! dit-elle pour tourner le sujet en dérision.

Étonnamment et malgré tes ronflements, j'ai plutôt bien dormi.

– Je ne ronfle pas.

Elle hausse les épaules en souriant puis rejoint Samson parti chercher des outils.

C'est exactement ça que j'aime : la légèreté qui l'habite et la joie d'être ici. La voir heureuse, simplement.

Je fais les cent pas devant la grille du centre. Le soleil ne va pas tarder à se coucher et je me fais un sang d'encre pour Amani qui n'est pas revenue. Impossible de manger ce midi, impossible de penser à quoi que ce soit, sauf au pire. Habituellement, je ne m'en ferais pas puisqu'elle disparaît parfois quelques jours, mais dans ces conditions, je ne suis pas tranquille.

J'ai remarqué les regards incessants de Jessy sur moi. Elle aussi, elle se fait du souci, elle s'y est attachée.

Elle me rejoint alors et dit :

– Ne t'inquiète pas, elle reviendra. J'en suis certaine.

Je pince les lèvres dans un faux sourire. Cette fois-ci, ses paroles et sa présence ne me réconfortent pas. Amani est trop importante pour moi. Lorsque je l'ai ramenée, on m'avait pourtant prévenu de ne pas trop m'y attacher, mais je n'ai pas pu. Elle était orpheline, tout comme je le suis devenu.

Jessy se place devant moi, les bras croisés, les jambes ancrées au sol, et me force à m'arrêter.

– Qu'est-ce que je peux faire pour toi ?

– Il n'y a rien à faire, soupiré-je.

– Tu as été là pour moi cette nuit, à mon tour d'être présente pour toi.

– Dans ce cas, patiente un peu avec moi.

Elle me tend sa main que je prends et j'enlace mes doigts entre les siens. Je ne sais plus depuis combien de temps je n'ai pas tenu la main d'une femme, mais ce geste simple gonfle mon cœur à bloc.

Au bout de quelques minutes, Jessy commence à gigoter. Rester en place sans bouger n'est pas son point fort, j'ai déjà pu le remarquer.

– Et si je te disais là, maintenant, tout de suite, qu'Amani va passer cette porte, que ferais-tu ?

Sa question me prend de court, mais je réponds du tac au tac :

– Je t'embrasserais.

Elle esquisse un magnifique sourire avant de se serrer contre moi.

– Patron ! hurle un des gardiens, elle est de retour !

– J'y crois pas, murmure Jessy en gloussant.

Quand ils ouvrent la grille, je peux apercevoir au loin Amani qui revient en trottinant.

– Elle est là ! exulté-je, heureux comme un enfant. Elle est là !

J'agrippe Jessy par les hanches et la fais voler dans les airs, trop content de retrouver ma lionne, mais aussi, je dois bien l'avouer, pour profiter un peu de la situation. Sans plus attendre, je la relâche pour qu'elle retrouve la terre ferme et dépose mes lèvres contre les siennes.

– Merci, tu m'as porté chance !

Elle semble légèrement perturbée par ce rapide baiser, mais reprend vite ses esprits. Je n'ai pas eu le temps de savourer le goût de ses lèvres, mais au moins elle ne m'a pas repoussé.

– Une pure coïncidence ! Je disais ça pour te redonner espoir.

Amani passe la porte du centre et nous rejoint aussitôt.

– Où étais-tu, ma grande ? demandé-je en la caressant.

– Wilson, elle est blessée, s'empresse Jessy.

Nous y regardons de plus près.

– Je ne vois rien à part quelques égratignures. Elle a dû se battre avec le léopard. Ce n'est pas son sang.

– Ouf ! J'ai eu peur.

– Une bonne douche, un repas copieux et une bonne nuit, demain, tu seras remise sur pattes.

Je la serre une dernière fois dans mes bras avant de l'emmener jusqu'au jet d'eau sous l'œil attendri de Jessy.

CHAPITRE 36

JESSY

La semaine suivante, c'est un peu l'effervescence à Savannah. Nous devons rejoindre des guides et autres vétérinaires ainsi que des personnes appartenant aux autorités de Tanzanie pour pucer des animaux, des espèces qui ne sont pas encore répertoriées dans un cercle de cent cinquante kilomètres et que nous devons à tout prix protéger.

Pour cela, il faut les repérer, les endormir et insérer des puces dans leurs cornes. Nous devons profiter de leur sommeil pour prendre des mesures, estimer un âge, faire une prise de sang.

Je sens que je vais aimer cette journée !

Amani reste au centre, où le calme semble avoir repris le dessus depuis le dernier incident. Sauf que je repasse en boucle dans ma tête ce qui s'est déroulé et m'interroge sur la ou les personnes qui auraient pu saboter Savannah.

John ne serait quand même pas assez fou pour mettre en danger la vie d'autrui ?

Wilson m'a répété qu'ils avaient beaucoup d'ennemis. Ce qu'ils font à Savannah ne semble pas plaire à tous. Il en a conclu que ça pourrait être n'importe qui.

Je caresse une dernière fois Tembo qui est totalement remis sur pied et rejoins l'entrée du centre.

– Nous formerons des groupes de trois. Dès qu'un animal est repéré, nous prévenons les autres par talkie-walkie, explique un homme du parc de Tarangire.

Je pense que c'est un vétérinaire, mais je n'en suis pas certaine. On ne m'a pas présenté tout le monde.

– Samson, Jessy, vous venez avec moi, nous dit Wilson sans nous laisser le choix.

– Les animaux prioritaires aujourd'hui sont les rhinocéros. N'oublions pas que les braconniers s'en prennent aux éléphants, phacochères, mais aussi depuis quelque temps aux hippopotames. Si vous voyez quoi que ce soit de suspect, prévenez les autres.

– Sans rire, ils arrachent également les dents des hippopotames ?

– Malheureusement oui, me répond Wilson.

– Certains d'entre vous reconnaîtront peut-être des animaux déjà pucés, ajoute l'homme, prévenez-nous par radio afin que nous ne perdions pas notre temps. Vous vous déplacerez à deux voitures et nous essayerons de ne pas nous disperser en nous suivant à bonne distance. Nous ne faisons pas une course ! Vous risquez de voir peu ou peut-être pas de rhinocéros. L'essentiel est de bien faire notre travail et de préserver les animaux. Si ce soir vous me dites que vous n'avez pu vous occuper que d'une bête, ce sera déjà bien. Bon courage à tous !

Ce type me paraît sympa, mais autoritaire. Je ne m'attarde pas et monte à bord de la Jeep en compagnie de Wilson et de Samson à qui je laisse la place à côté du conducteur.

Le matériel était déjà prêt tôt ce matin. Une trousse médicale, mais également un fusil à fléchettes. On nous distribue à chacun des puces avec l'appareil qui sert à les détecter ainsi que des papiers à remplir sur chaque animal pour l'identifier.

Bien entendu, j'ai tout de même emporté mon appareil photo. Je souhaite immortaliser cet instant.

– Cette campagne a été faite ailleurs ? Il y a de bons résultats ? demandé-je une fois que nous sortons de Savannah.

– Au Kenya, ça fonctionne et dissuade assez bien les braconniers. Mais tout ceci prend du temps et coûte de l'argent. Savannah a financé une quarantaine de puces pour le moment. Il en faudrait plus.

Mon regard croise un instant le sien dans le rétroviseur. Il ne m'avait pas dit que l'association de Savannah servait également à ça. Je ne sais pas pourquoi, mais ça me touche. J'aime voir Wilson ainsi, investi et inquiet pour la cause animale.

J'ai toujours été sensible à ce qu'il se passe en Afrique, aujourd'hui je me retrouve au cœur de ce fléau et je suis heureuse de participer à cette démarche.

Nous roulons un moment sans apercevoir quoi que ce soit sinon une girafe au loin lorsque soudain, les hommes de la voiture qui nous précède s'agitent. Le véhicule s'arrête et nous les rejoignons pour voir ce qu'il se passe.

– C'est un vieil éléphant, explique Wilson. Il semble être mort de cause naturelle.

L'animal repose, allongé sur le côté. Ses défenses sont intactes. Les braconniers n'y sont donc pour rien.

– Tu vois toutes ces traces au sol et sa maigreur ? Je pense qu'il avait du mal à se déplacer et n'a pas pu suivre son troupeau.

L'explication de Wilson est cruelle et pourtant bien réelle.

– Il est ici depuis déjà quelques jours. Dans tous les cas, ajoute-t-il accroupi, ils sont restés un peu avec lui, à en croire ces traces de pattes qui forment des cercles autour de sa dépouille. Puis ils ont dû l'abandonner.

Entendre ce mot me rend triste.

Stop.

Clac !

Wilson se retourne pour me regarder. Je n'ai pas été très discrète apparemment.

– Prévenez les autres, demande-t-il à un membre du deuxième équipage. Continuons.

Nous prenons la tête du cortège. Dans la voiture, je ne dis rien et imagine une multitude de scénarios concernant les éléphants, leur mode de vie, leur groupe et famille. Je pense à Tembo, puis à moi…

– Ça arrive souvent de retrouver un animal mort naturellement, me rassure Wilson. Ainsi va la vie.

– Je sais, réponds-je en me rapprochant de leur siège. Regardez là-bas ! Droit devant dans les arbres !

Un rhinocéros un peu caché apparaît, suivi d'un plus jeune.

– Une femelle et son petit, remarque Samson.

– Oui. Enfin, petit, ce n'est pas un nouveau-né non plus. Il doit avoir un an environ.

– Comment sais-tu ça ? demandé-je à Wilson.

– La période de reproduction chez les rhinocéros commence en ce moment, pendant la saison des pluies. Leur gestation dure quinze à seize mois, mais on peut voir qu'il ne vient pas de naître. Une femelle s'occupe de son petit pendant deux ans et demi, sa taille laisse penser qu'il a un an.

– Je suis d'accord, ajoute Samson qui attrape une paire de jumelles. Il ne semble pas y en avoir d'autres.

– Bien, dit Wilson.

Il saisit le talkie-walkie pour prévenir les autres équipes et explique à la seconde voiture qui nous a rejoints que nous avons deux spécimens et que nous allons devoir endormir les deux.

– Le petit n'a pas de corne, elle commencera à pousser après son sevrage. Mais nous allons en profiter pour le répertorier, ajoute Wilson.

Sans attendre, il descend et attrape le fusil à fléchettes avant de discuter de la façon de procéder avec le reste de l'équipe.

– On s'est mis d'accord. Jessy, tu endors la mère, et je m'occuperai du petit.

– Quoi ? Mais non !

– Oh si ! sourit Wilson, et ne rate pas ton coup. Elle a beau être loin, si elle sent un danger elle pourrait charger !

Je ronchonne en saisissant le fusil à fléchettes qu'il me tend. Je suis à la fois terrifiée et excitée à l'idée d'endormir mon premier animal sauvage ainsi.

Wilson me propose de m'appuyer contre l'encadrement de la fenêtre de la portière ouverte afin d'être plus stable.

– C'est comme le fusil l'autre soir, murmure-t-il à mon oreille, mais plus en douceur et sans bruit. Tu vas y arriver. Vise le haut d'une de ses épaules. Le sédatif est puissant, une seule fléchette suffira. Lorsque ce sera fait, donne-le-moi, je m'occuperai de son petit. La dose sera moins importante, il faudra se dépêcher.

Je me concentre, prépare la fléchette à l'intérieur du barillet et m'installe.

– Tu me fais vraiment faire n'importe quoi, grommelé-je en regardant dans le viseur.

– J'ai confiance en toi, tu y arriveras.

J'inspire lentement puis expire à deux reprises. Mes mains deviennent moites, mon cœur s'emballe. L'animal se tourne au même moment et m'offre un point de tir parfait. J'appuie sur la détente et le touche en plein dans le mille.

– Tu vois, je savais que tu en étais capable.

– C'est beaucoup plus facile que le tir au fusil !

Le rhinocéros s'énerve un peu. Il gratte le sol et envoie de la terre avant de pivoter sur lui-même et de commencer à montrer des signes de faiblesse. Le plus jeune semble en alerte, mais il reste près de sa mère. Wilson prend le fusil à fléchettes et le prépare au moment où la femelle se laisse tomber sur ses pattes puis se couche. Rapidement, il tire et touche le petit qui ne tarde pas à se coucher lui aussi.

– Bien, avançons prudemment, murmure Wilson en se munissant d'un vrai fusil cette fois-ci, on ne sait jamais.

Nous le suivons tandis que Samson et un autre des hommes avancent les véhicules.

L'animal respire lentement. Je l'admire un moment, avant de le photographier rapidement et de replacer l'appareil dans mon sac à dos.

– Allons-y. Est-ce que tu veux réunir les premières données sur le petit pendant que je m'occupe de la mère ? propose Wilson.

– Je n'osais pas te le demander !

– Tu nous rejoindras pour placer la puce.

Samson reste avec moi ainsi qu'un autre homme du second véhicule, les deux autres accompagnent Wilson. Je profite de ce moment pour le caresser, le découvrir. Sa peau n'est pas douce du tout. Rugueuse, elle présente plusieurs imperfections. Il sent très fort également. J'enfile des gants et repère immédiatement que c'est un mâle. L'auscultation me paraît satisfaisante, je fais la prise de sang puis remarque une petite infection au niveau de l'œil. Je prends l'initiative de lui instiller quelques gouttes de collyre conçu spécialement pour les animaux sauvages puis remplis sa fiche d'identité.

– Il faut leur donner un nom ? m'interrogé-je en regardant Samson.

– Oui. Le numéro que tu vois en haut de la feuille le suivra toute sa vie, mais les autorités semblent avoir trouvé amusant de les baptiser.

– Je ne sais pas pourquoi, mais je sens que ce petit a du caractère. Comment dit-on caractère en swahili ?

– *Tabia*.

– Tabia me paraît bien. Tu en penses quoi ? demandé-je au second homme dont j'ignore le prénom.

– C'est parfait, docteur.

J'échange un regard avec Samson qui éclate de rire. Personne ne m'avait appelée ainsi depuis mon arrivée et j'ai une petite pensée pour lui lorsqu'il m'a demandé à mon atterrissage comment me nommer.

– Jessy ? m'interpelle Wilson. C'est le moment.

– Ça tombe à pic, j'ai terminé !

L'un des hommes qui nous accompagnent coupe à l'aide d'une petite scie la corne du rhinocéros en son milieu. Un tissu a été placé sur ses yeux, j'imagine que c'est pour ne pas la faire paniquer si elle montre quelques signes de réveil.

– Ils ne ressentent pas de douleur à ce niveau de la corne, m'explique Wilson qui prend une des puces. Elle repoussera. Activons la puce et vérifions qu'elle fonctionne.

– Tout semble fonctionner à merveille ! À toi l'honneur.

Il me confie la puce et m'encourage à m'avancer pour la glisser dans l'interstice. Une fois qu'elle est en place, nous nous assurons de nouveau qu'elle est fonctionnelle.

– Tu viens de pucer ton premier rhinocéros, Jessy !

L'animal commence à bouger.

– Il est temps de la laisser tranquille et qu'elle retrouve son petit.

Nous récupérons tout notre matériel, le chargeons dans les véhicules puis nous éloignons afin de regarder si les animaux se réveillent bien.

C'est une parfaite réussite, les applaudissements fusent dans les voitures. J'arbore un sourire éclatant auquel Wilson répond de la même façon.

CHAPITRE 37

JESSY

Nous rentrons après avoir débriefé avec les équipes. Six rhinocéros ont été pucés et deux, répertoriés. Le chef de l'opération a l'air satisfait. Il prévoit une seconde intervention le mois prochain.

– On se rejoint pour le dîner, nous annonce Wilson avant de se précipiter vers Amani.

J'ai remarqué qu'il aime se retrouver seul avec elle et avoir des moments calmes. Peut-être qu'ils lui permettent de se recentrer et de réfléchir à tout ce qu'il a fait au cours des dernières vingt-quatre heures.

– Vous êtes contente de votre journée ? me demande Samson.

– Très ! La sauvegarde animale a toujours été une cause importante pour moi. Y participer, c'est tout simplement concrétiser ce en quoi je crois depuis tant d'années.

– Je vous comprends.

– Apprendre que Savannah participe financièrement m'a surprise. Je pensais que tout l'argent récolté servait à soigner les animaux ici.

– Les trois quarts de ce que Savannah gagne sont réinjectés dans la vie du centre. L'autre partie est réservée à des opérations comme celle d'aujourd'hui. Parfois, l'argent sert aussi à aider la population. L'année dernière, une famille massaï a perdu toutes ses bêtes suite à une maladie qui a infecté le troupeau. Vous savez combien elles sont importantes pour eux. Elles leur apportent un certain confort de vie, du lait, bref, des choses nécessaires. À ce moment-là, le père de famille n'avait pas de quoi acheter du bétail et les autres membres du village n'ont pas pu l'aider. Wilson a souhaité faire quelque chose pour eux. Il s'est servi des fonds de Savannah pour leur acheter et leur livrer en personne des bêtes.

– Il a vraiment fait ça ?

– Je vous avais bien dit que vous apprendriez à l'apprécier. Le patron a un cœur énorme, il suffit de le connaître.

Je termine la conversation par un sourire, appréciant que cet homme soit si investi dans la vie de son pays et si tolérant envers les autres lorsqu'ils sont en difficulté.

– Le repas sera prêt dans trois quarts d'heure, nous informe Neema, heureuse de retrouver Juma qui faisait partie d'une équipe.

Ces deux-là semblent fous amoureux, et ne s'en cachent plus. Elle l'embrasse à pleine bouche avant de retourner aux fourneaux.

– Je ne serais pas étonné d'apprendre que nous allons fêter un mariage avant l'année prochaine ! ricane Samson en montant l'escalier de la maison.

Après avoir pris une douche apaisante, j'attrape mon appareil photo et déambule dans Savannah. La chaleur et les chaos sur la route ont eu raison de mon dos. Je dois me détendre un peu.

Au fond du quartier des lodges, je découvre une sorte de sentier qui s'enfonce entre des arbres et des herbes hautes. Je suis toujours à l'intérieur du centre, je n'ai pas passé de grillage. Je n'avais jamais remarqué cet endroit avant.

J'avance encore de quelques pas, puis tombe sur une pancarte en bois, artisanale. On y a gravé le mot : « Privé ».

Après un regard derrière moi, je m'assure qu'il n'y a personne aux alentours puis reprends ma marche. Je suis plutôt téméraire et bien trop curieuse, comme Wilson l'a souligné, mais je dois absolument voir où ça mène.

Lorsque j'arrive au bout du chemin, je découvre sur un acacia de taille moyenne, assez touffu, dont les branches sont écartées. Une cabane en bois. Elle est magnifique ! Entourée d'une sorte de terrasse avec une rambarde, elle doit offrir une vue somptueuse sur la savane grâce à sa hauteur.

Une échelle en corde y mène, je peux apercevoir un système de poulie également.

Plutôt charmant !

Je prends quelques clichés.

Du bruit retentit sur ma droite. Je n'ai pas à me demander très longtemps à qui appartient ce petit endroit cosy, je reconnais la voix de Wilson en train de chanter.

J'avance, en restant toujours à couvert dans les herbes et autres buissons pour ne pas me faire repérer et trouve Wilson en train de se doucher.

Une cabine en bois a été construite au pied de l'arbre, à quelques mètres de distance. En temps normal, j'imagine qu'il s'enferme et qu'on ne peut pas le voir, mais il a laissé la porte entrouverte, pensant certainement être seul.

Le personnel ne doit pas avoir l'autorisation de venir ici et moi, on ne m'a pas prévenue.

Je m'accroupis légèrement et observe ce qu'il se passe. La douche doit être raccordée au réseau d'eau courante. Samson m'a expliqué une fois qu'au début, ils devaient aller chercher l'eau dans un puits qui se trouve à deux kilomètres. Par la suite, les parents de Wilson l'ont fait arriver jusqu'à Savannah.

Wilson, en tenue d'Adam, laisse l'eau se déverser sur ses cheveux. Il passe sa main dedans avant d'attraper un savon qu'il fait mousser dans sa paume. Il glisse le long de ses pectoraux, sur ses bras puis descend sur ses abdominaux.

Bordel ! Apollon en personne se dresse devant moi. À coup sûr, il rendrait folle Emily, comme n'importe quelle femme normalement constituée, d'ailleurs.

Mon cœur bat la chamade. L'adrénaline monte en flèche dans chaque parcelle de mon corps, à la fois de le découvrir ainsi, mais aussi à cause d'un mélange de peur et d'excitation de me faire griller.

Je baisse un instant les yeux, me rendant compte que je suis en plein voyeurisme. *Gênée ?* Un brin, mais je ne peux m'empêcher de l'observer à nouveau. Toutefois, je ne pousse pas le vice trop loin et ne le photographie pas. Il y a des limites à ne pas dépasser et c'en est une pour moi.

Note à moi-même : prendre des cours de dessin à mon retour en France. Ainsi, à défaut d'avoir des photos, je pourrai laisser mon crayon me rappeler mes souvenirs les plus délicieux.

Il fredonne une chanson que je ne connais pas. D'ici, on dirait un air rythmé, peut-être une mélodie locale, ce qui le rend encore plus craquant.

Il attrape à nouveau du shampoing puis continue sa toilette. J'étais tellement obnubilée par le haut de son anatomie que j'en ai oublié le bas !

Doux Jésus !

Il empoigne son membre, le malaxe, l'astique dans tous les sens, faisant mousser le savon. Une réaction naturelle le fait légèrement gonfler.

Le rouge me monte aux joues, un délicieux pincement se fait ressentir au creux de mon ventre.

J'imagine un instant être là-bas avec lui, mes doigts glisser contre la peau douce de son sexe au lieu de sa main. Peut-être même que je pourrais me mettre à genoux et le gratifier d'un petit extra en laissant aller mes lèvres sur lui. Alors, un gémissement de plaisir s'échapperait de sa bouche si appétissante et il…

Un bruit dans les hautes herbes me fait revenir à la réalité. Elles bougent, des grognements se rapprochent et je n'ai rien pour me défendre, à part mon appareil. Je commence à avoir peur lorsque la bête apparaît.

– Amani ! m'exclamé-je en retombant en arrière sur les fesses. Tu m'as fait peur. J'aurais dû me douter que c'était toi !

Je caresse sa tête et me relève pendant qu'elle tourne autour de moi.

– Oui, je sais, je suis en train de mater ouvertement ton maître. Avoue qu'il est plutôt beau à regarder !

La lionne s'assoit à côté de moi avant de se lécher les babines. Comme si elle comprenait, son regard est braqué sur la douche.

– Je te préviens, ne lui dis pas que j'étais ici, d'accord ? Allez, file rejoindre Wilson.

Elle me dévisage une dernière fois puis s'éloigne. Je recule de quelques pas afin de me cacher derrière un arbre et admire une ultime fois ce spécimen qui, pour une fois, n'est pas sorti de mon imagination.

– Il y a quelqu'un ? s'écrie-t-il.

Il tourne le robinet de la douche pour l'arrêter et attrape une serviette afin de se couvrir.

Trop tard ! Je t'ai vu...

– Il y a quelqu'un ? Ah ! Amani, c'est toi !

Il sort pieds nus, donne rapidement une caresse à la tête de la lionne et laisse tomber la serviette sur le sol en bois. Je n'ai que quelques secondes pour le regarder à nouveau, mais de dos cette fois-ci. Il enfile un short et un tee-shirt puis des sandales.

Je me faufile sur le chemin pour retrouver mon lodge avant qu'il ne remonte dans sa cabane et que je ne me fasse voir.

Une chose est sûre, ce soir au dîner, je ne pourrai pas penser à autre chose qu'à ce qu'il porte sous son short. C'est-à-dire… rien !

CHAPITRE 38

JESSY

Je dois absolument me confier à quelqu'un.

Mon téléphone à la main, j'appelle Emily. J'ai déjà eu ma mère hier soir, elle allait très bien. Et puis pour parler de mec et de mes sentiments, je préfère ma meilleure amie.

– Allô ?

– Coucou, Lyly, comment vas-tu ?

– Hello ! Je suis contente de t'entendre. Tout va bien ?

– Presque, soupiré-je. Je ne te dérange pas ?

– Non, la journée a été longue et harassante. J'étais impatiente d'avoir ton appel. Alors ?

– J'ai vécu un moment magnifique, mais mon cœur me joue des tours, je crois.

– Raconte.

– Je vais tout t'expliquer, mais ne m'en veux pas de ne pas t'avoir tout dit avant, d'accord ? C'est compliqué pour moi en ce moment, mes émotions se mélangent et… bon, prête à tout entendre ?

– Vas-y, je m'installe dans mon canapé.

– Je ne t'ai pas dit la vérité pour mon patron, Wilson. En vrai, il m'attire beaucoup plus que je veux l'admettre et ça me fiche une trouille pas possible.

– C'est normal, après ce que tu as vécu avec Clément, il te faut un petit peu de temps. D'ailleurs, il ne t'a pas recontactée ?

– Non et tant mieux. Je ne lui ai pas répondu. Il s'est peut-être dit que je n'étais pas intéressée ou que j'avais changé de numéro ?

– Clément a toujours été un peu naïf, je ne serais pas surprise qu'il ait pensé ça.

– Ou bien il en a trouvé encore une autre et m'a oubliée.

– Ou alors il a contacté ta meilleure amie.

– Il a fait ça ? hurlé-je dans l'appareil. Je ne croyais pas qu'il irait jusque-là.

– Si. J'ai menti, pour toi. Mais par omission.

– Et qu'as-tu dit ?

– Que tu avais déniché un beau mec qui prenait soin de toi sans te trahir, que tu avais déménagé avec lui et certainement changé de numéro de téléphone.

– La totale ! ris-je. Qu'a-t-il répondu ?

– Je ne sais pas. Je lui ai demandé de ne plus m'importuner puis je lui ai claqué la porte au nez.

– Tu es la meilleure ! Merci.

– Il te laissera tranquille, je crois.

– De toute façon, ça m'arrange. Je ne ressens plus rien pour lui aujourd'hui.

– C'est vrai ?

– Oui, qu'il aille pourrir en enfer !

Je sens l'énervement monter en moi, je préfère redescendre maintenant, il n'en vaut pas la peine.

Stop.

Clac !

– Il faut que tu partes à l'autre bout du monde pour trouver un super beau mec !

– N'exagère pas, l'Afrique n'est pas non plus à l'opposé de la France. Quoique… Je crois que Wilson m'apprécie aussi.

– Détails croustillants, tout de suite ! glousse-t-elle.

– Il n'y a rien de bien croustillant, des mains qui se frôlent, des regards échangés, ce genre de trucs. Et des sous-entendus également.

– Qu'attends-tu ? Fonce !

– C'est compliqué. J'ai peur de me faire trahir à nouveau et je pense que je vais devoir rentrer en France un jour ou l'autre. Je ne souhaiterais pas le faire souffrir, ni moi par la même occasion. Mais on s'est quand même embrassés.

– Carrément !

– Il a dit un truc et nos lèvres se sont brièvement rencontrées. Je ne peux même pas te dire mon avis sur le sujet tellement ça a été fugace.

– Tu veux le mien ? Tu devrais en profiter. Prends-le comme un amour de vacances, tiens ! J'imagine que la chaleur et l'environnement s'y prêtent. Tu verras ensuite. Si c'est réellement sérieux entre vous, il te proposera peut-être de rester. Tu aimerais rester là-bas ?

– Je ne sais pas. Ça ne fait pas longtemps que je suis ici. Tu sais que je m'adapte facilement, mais nous sommes beaucoup enfermés à Savannah. Il n'y a pas vraiment d'activités en dehors de celles du centre de sauvegarde. Je ne voudrais pas me lasser et en même temps… c'est si somptueux ! Et surtout, j'aime le travail que nous faisons ici ! Tu sais ce qu'on a fait aujourd'hui ?

– Non.

– Nous avons participé à une opération pour pucer les cornes des rhinocéros afin de lutter contre le braconnage.

– Oh putain !

– Ça, tu peux le dire ! Nous avons trouvé une maman rhino et son petit. Il a fallu les endormir. Le plus jeune n'avait pas encore de corne, mais j'ai pu le répertorier pendant que Wilson et d'autres membres de l'équipe s'occupaient de la mère. Puis j'ai placé la puce. Elle est en partie protégée. Cette action dissuade beaucoup les malfaiteurs.

– Tu es faite pour ça, Jessy. Quand tu en parles, tu véhicules des messages forts. Tu es passionnée par ton travail, tu mènes un combat. Tu sais qu'avant de partir, tu n'étais pas ainsi ? Tu étais plutôt éteinte, démotivée et triste. Aujourd'hui, je décèle de la joie dans ta voix.

Je soupire puis me laisse retomber sur mon lit. Elle a entièrement raison. Je me sens ici comme chez moi. Peut-être parce que j'y suis née justement, mais ça, elle ne le sait pas.

– Tu sais qu'on a essuyé une attaque de léopard l'autre soir ? Il était là, tout près, sur la terrasse de mon lodge.

– C'est pas vrai ! Tu t'en es sortie comment ?

– Grâce à Wilson qui m'a rejointe. Et à sa lionne.

– Tu n'as pas eu trop peur ?

– Si, une peur bleue. Moins, quand Wilson a débarqué dans mon lodge pour me signifier de ne pas faire de bruit.

– Si tu veux mon avis, c'est pas bon, les histoires de léopard. Ça aurait pu vite déraper en film pour adultes !

Elle ricane, je la suis. C'est de ça que j'avais besoin pour clôturer ma soirée. Mon amie. Ses mauvaises blagues. Rire.

– Jessy, ne réfléchis pas trop. Laisse-le entrer dans ta vie et observe ce qu'il se passe. Fais-lui une toute petite place et peut-être que celle-ci grandira doucement jusqu'à ce que tu tombes amoureuse. Je sais que tu es effrayée, mais laisse se faire les choses, et tu verras.

– Tu as raison, je vais y penser. Attends une seconde.

Des éclats de voix parviennent jusqu'à moi. Je plaque mon téléphone contre ma poitrine et me rends sur ma terrasse. Il y a du remue-ménage près de l'entrée de Savannah. Wilson semble très énervé.

– Je dois te laisser. Je te rappelle la semaine prochaine ? Sauf si tu en as envie ou besoin, appelle-moi avant.

– Ça marche. Je t'aime Jessy. Tu me manques !

– Toi aussi, j'aimerais que tu partages tout ça avec moi. Bisous.

Je raccroche, abandonne mon téléphone sur le lit, enfile mes sandales et me précipite à l'entrée en courant.

– Qu'est-ce qu'il se passe ? demandé-je à Juma.

Un cercle s'est formé autour de Wilson et Amidou, un garde de Savannah. Wilson lui hurle dessus alors que celui-ci se confond en excuses. Samson tente de raisonner son patron en l'empêchant de lui coller son poing dans la figure.

– Tu n'es qu'un menteur ! Un traître ! hurle Wilson à son intention. J'avais confiance en toi et tu ne trouves rien de mieux que t'associer avec John ? Va au diable, Amidou ! Tout comme lui ! Vous êtes bien tous pareil.

– Patron, je suis désolé, pleure l'homme. Ne me renvoyez pas dehors, s'il vous plaît.

– Va travailler avec cet être ignoble puisque ce qu'il fait t'intéresse ! Il t'a promis quoi ? Des bêtes ? De l'argent ?

– Oui. De l'argent pour ma famille.

– Je ne t'en donne pas assez pour travailler ici ? Tu aurais dû venir m'en parler. Tu sais que nous trouvons toujours des solutions à Savannah. Mais ce que tu as fait… Faire entrer ce léopard dans notre centre… Tu nous as tous mis en danger ! Tu l'as mise en danger ! crie Wilson en me pointant du doigt.

Je reste stoïque, sans savoir quoi dire ni penser. C'était donc lui.

John, mon géniteur… celui qui m'a donné la vie aurait tenté de nous effrayer ? Nous blesser ? Ou pire encore, nous tuer ? Pour se venger, mais de quoi, à la fin ?

– Tu as cinq minutes pour emballer tes affaires et quitter Savannah. Je ne veux plus jamais te revoir. Samson, paie-le, j'ai quelque chose à régler.

Wilson passe à côté de lui en le bousculant d'un coup d'épaule pour rejoindre sa maison. Aucun des hommes présents n'a un geste empathique envers Amidou et je ne peux que les comprendre. D'ailleurs, il ne cherche pas à leur parler. Il regagne simplement ses quartiers pour récupérer ses affaires.

Au même moment, il croise Wilson, son fusil à la main, qui ne lui adresse pas un regard. Je sais déjà ce qu'il compte faire. Aller voir John.

– Samson, dis-je, totalement paniquée.

– Patron, non ! s'interpose-t-il.

– Cette enflure doit payer pour ce qu'il a fait ! J'en ai marre, de ces petits coups en douce. Il va savoir de quel bois je me chauffe !

Samson ne réussit pas à le retenir. La rage traverse les yeux de Wilson. Il s'avance d'un pas décidé devant sa Jeep. J'ai juste le temps de me glisser entre sa voiture et lui.

– Non. Si tu y vas, il va s'en prendre à toi, murmuré-je, la voix chevrotante. Je ferai quoi, moi, s'il t'arrive quelque chose ?

– Jessy, pousse-toi de mon chemin ! me somme-t-il.

– Hors de question. Je ne te laisserai pas y aller ou il faudra m'emmener.

Un petit rire lui échappe.

– Tu crois vraiment que je vais t'emmener ?

– Réfléchis, c'est tout ce qu'il cherche. John veut te pousser à bout et t'affronter. Tu souhaites aller le voir ? Régler tes comptes ? Bien. Ce qu'il a fait est entièrement dégueulasse, mais prépare un plan, au moins. Agir avec impulsivité n'est jamais bon.

Amani qui suivait la scène de loin bondit et s'assoit à côté de moi comme pour lui faire comprendre qu'il ne doit pas y aller.

– Et elle ? Tu en fais quoi s'il t'arrive quelque chose ? Elle se retrouvera de nouveau orpheline, c'est ça que tu veux ?

Ces quelques mots semblent le toucher. J'ai tapé dans le mille, car il relève les yeux et les plonge dans les miens. Ses pupilles reflètent le tourment, la haine, une colère sans nom. Son visage s'est assombri, il est crispé et je sais déjà que si ni Amani ni moi n'arrivons à le dissuader, alors ce sera fichu.

– Fais chier ! grommelle-t-il.

Sans un mot de plus, il fait demi-tour et retourne à la maison. Il croise de nouveau Amidou qu'il ignore complètement. Samson lui demande de l'attendre près de la porte pour lui donner son argent et quelques vivres. C'est la gentillesse incarnée, je l'ai vu lorsqu'il est venu me chercher après mon atterrissage.

– Bien joué, Jessy, me dit-il en regardant Wilson claquer la porte d'entrée. Vous avez su le retenir.

– Oui, mais jusqu'à quand ?

CHAPITRE 39

JESSY

Je suis en Afrique, à Savannah, depuis presque trois mois. C'est-à-dire un quart de mon séjour.

J'en ai vu et vécu, des choses, en trois mois, mais je n'ai pas encore pu aller réellement à la rencontre du peuple massaï et découvrir comment ils vivent. Wilson m'a proposé de le faire, mais il m'a prévenue de ne pas me faire trop d'idées car tout ce que nous, les Occidentaux, voyons dans des reportages ne reflète pas la réalité. J'ai accepté. Nous partons pour la journée.

– Tu es prête Jessy ? demande celui-ci en bas de l'escalier de mon lodge.

– Je boucle mon sac ! J'arrive.

J'y ajoute deux petites bouteilles d'eau et le rejoins.

Nous n'allons pas très loin, à seulement une trentaine de kilomètres, mais Wilson m'a assuré que ce serait le dépaysement total comparé au confort du centre. Il connaît quelques personnes de ce village, si je puis appeler ça ainsi. Je le suis et lui fais donc toute confiance.

Amani nous adresse un dernier regard avant que nous partions. Samson saura gérer Savannah d'une main de maître durant l'absence de Wilson.

– C'est quoi, ces sacs que tu emportes ?

– Quelques vivres. Ils nous accueillent gentiment, leur apporter un présent est la moindre des choses. À ce propos, ne refuse rien qu'ils puissent t'offrir. Que ce soit un objet, de la nourriture ou quoi que ce soit d'autre. Ils percevraient très mal un refus.

– Tu es sérieux ? demandé-je en le regardant.

– Très !

Nous sommes en début de matinée, la chaleur est déjà intense. Wilson m'a expliqué que la saison sèche faisait son retour. Nous verrons rarement de la pluie, mais les sols sont encore détrempés par les averses passées. L'herbe est verdoyante et haute. La végétation est dense, ce qui rend l'observation des animaux difficile.

– Alors, tu es à quelques mois de ton séjour parmi nous. Souhaites-tu faire le point ?

J'inspire et expire longuement dans un sourire.

– Que veux-tu que je te dise ? Tout ceci est fantastique ! Je n'aurais jamais pensé pouvoir exercer mon métier dans un tel cadre un jour. Samson m'a donné cette opportunité en choisissant mon CV et je ne le remercierai jamais assez. Vous m'avez ouvert les bras avec bienveillance, mon lodge est superbe, le centre de sauvetage est tout simplement génial. Il est bien organisé, chacun y trouve sa place. Le travail accompli ici me plaît. Vous avez fait de Savannah un endroit reposant, accueillant, chaleureux, à l'image de ce que vous souhaitiez avec tes parents : aider les espèces menacées. Pour cela, je vous tire mon chapeau. Beaucoup n'auraient pas osé faire un quart de ce que vous avez réalisé.

Il m'adresse un signe de tête en guise de remerciement, certainement touché par les quelques mots que je viens de prononcer.

– Et je ne dis pas ça pour lécher les bottes du patron, plaisanté-je, je suis sincère. Je suis impressionnée. J'aime tout ici ! La nature sauvage, les différents animaux que j'ai pu observer ou soigner, Savannah et ses habitants, Neema et Samson qui deviennent petit à petit mes amis…

– Et Wilson ? relève-t-il en plongeant son regard dans le mien, il ne compte pas parmi tes amis ?

Un sourire en coin étire ses lèvres. Je devine un regard taquin derrière ses lunettes de soleil.

– Bien sûr que si ! Mais toi, c'est différent.

À ma grande surprise, Wilson freine brusquement et s'arrête au milieu de la brousse. J'observe un instant les alentours, pensant qu'il a vu un animal. Il n'en est rien.

Il se penche légèrement en avant, pose son bras sur le dossier de mon siège puis relève ses lunettes sur sa tête pour plonger son regard dans le mien.

– En quoi est-ce différent ? Parce que je suis ton patron et que tu t'imposes certaines limites ou parce que ce que tu ressens au fond de toi est la réplique exacte de ce que j'éprouve pour toi ?

Je peux sentir son souffle chaud sur ma peau puis sur ma lèvre inférieure. La proximité est telle que j'ai envie de l'embrasser. Immédiatement. Avidement. Ce délicieux pincement au creux de mon ventre se réveille dans une faim gargantuesque.

Mes joues s'enflamment, je suis certaine qu'elles sont écarlates et que je passe pour une imbécile auprès de lui. Je baisse légèrement la tête pour éviter son œil insistant.

L'angoisse, sournoise, insidieuse, tapie au fond de moi, ressort à ce moment précis. Comme à chaque fois que je m'imagine devoir faire à nouveau confiance à un homme avec le risque d'être abandonnée.

Mes paupières s'abaissent, j'attrape entre mon pouce et mon index l'élastique qui entoure mon poignet, murmure un STOP puis le fais claquer.

Des doigts caressent ma peau et m'empêchent de recommencer. Ce contact doux et furtif fait naître des frissons sur mon bras.

– Nous prendrons tout le temps dont tu as besoin, Jessy. Je ne te brusquerai pas, je t'en fais la promesse, chuchote Wilson.

J'ouvre lentement les paupières puis arrime mon regard au sien. Ses paroles me touchent à un point qu'il n'imagine pas. C'est les yeux humides que je le laisse continuer de me rassurer.

– J'ai compris que ta dernière histoire avec un homme a été compliquée pour toi, alors profitons sans aucune prise de tête, d'accord ?

Il attrape ma main et dépose un baiser sur le dessus.

– Merci Wilson.

Il s'apprête à reprendre le volant lorsque des girafes traversent devant nous un peu plus loin.

– La magie de la Tanzanie ! lance-t-il en riant.

Nous démarrons lorsqu'enfin nous arrivons à proximité de ce qui ressemble à un village.

– Détends-toi, Jessy. Vas-y avec ton âme, ouvre ton cœur, je peux te garantir que tout se passera bien. Ils parlent le swahili et le maa, je traduirai.

– D'accord, mais reste avec moi, surtout.

– C'est une chance de pouvoir les côtoyer. Depuis plusieurs années déjà, j'ai établi un lien avec Ibra, le chef du village, et sa famille. Une très grande famille, tu verras. Mais à cause des relations avec le gouvernement de ce pays, ils sont très méfiants. Nous sommes toujours restés en contact. La vie devient compliquée pour eux et tous les autres Massaïs. Leur peuple vit dans les traditions, mais depuis quelques années, ils tentent plutôt de survivre, je dirais. Ils doivent se déplacer de plus en plus car on les force à quitter leur territoire.

– Pourquoi ça ?

– Pour faire place au tourisme par exemple. Certains villages sont une vitrine, un décor de cinéma si tu préfères, des « attrape-touristes » comme on les appelle ici. Des pièges qui font croire aux vacanciers que leur vie est belle et généreuse alors qu'en fait, ils souffrent de ne plus pouvoir exister comme leurs ancêtres. De plus en plus de complexes de vacances sont construits, sans parler des réserves naturelles sur lesquelles ils n'ont plus le droit de vivre. Certains se sédentarisent, d'autres vivent en ville pour gagner de l'argent et se nourrir, au détriment de leurs coutumes. C'est bien triste. Ibra et les habitants de son village veulent tenir bon, mais je ne sais pas encore combien de temps ils le pourront. Les autorités les ont menacés à plusieurs reprises. Des bêtes de leurs troupeaux ont disparu sans qu'on sache où elles sont passées. On leur montre qu'ils ne sont plus les bienvenus.

– Je ne comprends pas pourquoi, dis-je, touchée. C'est leur terre, ce sont les autres personnes qui devraient cohabiter avec eux, pas l'inverse.

– Je suis bien d'accord avec toi, mais l'argent peut faire faire beaucoup de choses, même les pires.

Nous descendons du véhicule et sommes aussitôt accueillis par les plus jeunes. Je m'attendais à trouver une dizaine d'enfants ici, mais ils sont bien plus nombreux.

– Ibra est le plus ancien. Il est respecté. C'est à lui que j'ai demandé de nous accueillir.

Un petit garçon d'environ cinq ans touche ma main. Je lui offre un sourire radieux, mais il part se cacher derrière un plus grand.

Lorsque nous arrivons à l'entrée du village, je découvre des sortes de huttes. Une rangée d'hommes nous fait face. Aussitôt, Wilson salue le chef, Ibra, et me le présente. Un simple signe de tête fait office de salut.

Je remarque qu'ils sont tous habillés de rouge et qu'ils portent des bijoux à leurs oreilles et leur cou. C'était déjà le cas lors de notre intervention auprès de cette éléphante en pleine savane. Peut-être était-ce eux ?

Je sens des regards insistants, on m'observe, on chuchote. Mais ce n'est pas négativement, c'est plutôt de la curiosité et l'envie de faire ma connaissance. Ma timidité ressort durant quelques minutes. Wilson, quant à lui, semble dans son élément.

– Tu viens, Jessy ? Ils nous ouvrent les portes de leur village.

Trois familles vivent ici, ils sont nombreux. Wilson m'explique que ce sont les plus anciens qui marchent devant nous. Les plus jeunes sont partis faire paître les animaux, les femmes sont occupées à fabriquer quelque chose. Nous approchons pour voir qu'elles font des bijoux en perles. Wilson ajoute que c'est un de leur passe-temps favori et qu'elles aiment décorer leurs tenues ou leur peau. Je m'arrête un instant devant elles. Leur agilité et leur rapidité m'épatent. Je suis subjuguée par le ballet en mouvement des perles qu'elles passent dans les fils. Je trouve beau leur travail artisanal.

Ce qui me choque le plus, je crois, c'est leur chevelure. Ils et elles en sont quasiment dépourvus. Ils ont les cheveux ras. D'après Wilson, c'est une question pratique pour se protéger de la chaleur. Les femmes, contrairement aux hommes, portent des vêtements dans les tons bordeaux et violet.

Nous retrouvons Ibra. Il nous fait faire un rapide tour du village puis nous nous asseyons sur des troncs d'arbre, autour d'un feu qui n'est pas allumé, mais semble prêt pour le soir. Je ne peux m'empêcher de sortir mon appareil photo. Wilson lui demande si ça ne le dérange pas, il répond que non. Je ne compte pas les embêter avec cela durant deux jours, simplement garder quelques souvenirs, même s'ils resteront certainement imprimés dans ma tête.

Pour la première fois depuis notre arrivée, Ibra échange un regard sympathique avec moi avant de me détailler de la tête aux pieds. J'aimerais savoir ce qu'il a à l'esprit. Peut-être se méfie-t-il de moi, comme l'a suggéré Wilson. Je peux les comprendre, leur situation m'attriste.

Wilson et Ibra échangent quelques instants sur le bétail, apparemment. J'en profite pour prendre des clichés d'une jeune fille en train de baigner un nouveau-né.

– C'est du lait de leurs vaches, m'indique Wilson tout bas lorsque l'une d'entre elles s'approche et nous offre à boire.

Il s'amuse de la situation, j'imagine qu'il en a déjà bu souvent. Je la remercie d'un sourire radieux.

Je bois une première gorgée qui a dû mal à passer. Le lait est fort, je n'ai pas l'habitude. En plus, j'en bois rarement, mais je me force pour ne pas froisser l'homme du village et tous les autres qui nous entourent et nous fixent avec intérêt. Je grimace, une des femmes rit aux éclats.

– Comment s'appelle-t-elle ? demandé-je à Wilson.

– Kayla, répond-il après lui avoir demandé.

– Dis-lui qu'il a un goût très prononcé, mais qu'il est bon, s'il te plaît.

Wilson s'exécute, mais vu la réaction de la jeune femme, je ne suis pas certaine qu'il ait traduit mot pour mot ce que je lui ai demandé. Tous deux se moquent ouvertement de moi.

– Je viens d'expliquer à Ibra que je leur ai apporté quelques denrées. Il est content et nous remercie. Il propose de nous faire visiter une de leurs *manyattas*. Il a remarqué ton appareil photo, il pense que ça pourrait t'intéresser.

– Une *manyattas* ?

– Oui, leurs huttes. Je lui ai demandé si nous pouvions t'en montrer une, je te vois les observer depuis tout à l'heure.

– Avec plaisir !

Le village est formé en cercle avec des groupes de maisons bien distincts. Je découvre ces habitats pendant que Wilson m'explique comment ceux-ci sont faits. Lorsque les Massaïs s'installent, les femmes construisent des petites maisons de forme ovale. Faites de troncs d'arbre, elles sont recouvertes de boue et de bouse de vache qui sèchent au soleil, leur promettant étanchéité. Les toits sont faits de branches de palmiers séchées. L'intérieur est sommaire. Il y a une pièce principale où un feu crépite afin de préparer les repas et d'éclairer la case le soir. Dans un coin se trouve un lit de branchages couvert de peau de vache.

– Ils se sont implantés non loin d'une rivière, ainsi, ils peuvent aller chercher l'eau à volonté.

– Je vois. Nous sommes loin du confort de Savannah, remarqué-je lorsque nous sortons.

Une des femmes est justement en train de faire bouillir quelque chose. Je n'ose pas demander ce que c'est par peur de déranger. Ibra propose à Wilson que je la photographie. Agréablement surprise, je m'empresse d'appuyer sur le déclencheur.

Les voir travailler ainsi me donne envie de les aider, mais je n'ose pas. Peur de déranger, peur de mal faire. Je préfère les regarder en imaginant à quoi servira chacun de leurs gestes.

Nous passons une bonne partie de la matinée à déambuler dans le village, à discuter avec Ibra et d'autres habitants. Petit à petit, je me sens un peu plus à l'aise et me laisse aller à profiter de l'instant.

J'apprends que chaque famille possède environ une dizaine de bêtes. Vaches, bœufs, moutons, et chèvres. C'est leur bien le plus précieux. Ils ne chassent pas les animaux sauvages. Je découvre donc qu'ils mangent peu de viande.

J'aperçois au loin un homme guider son troupeau, dans une attitude hiératique ; il manie son bâton pour se faire obéir des bêtes.

Soudain, Kayla vient me chercher en me prenant par la main. Elle souhaite que je la suive.

– Vas-y, m'encourage Wilson. Elle dit que tu ne crains rien et que tu seras contente.

Je plisse un instant les sourcils et me demande comment je vais pouvoir communiquer malgré la barrière de la langue.

Elle m'entraîne à l'écart, dans une case où d'autres femmes nous attendent. Mon cœur bat à tout rompre, je me demande ce qu'elles me veulent.

Kayla attrape un morceau de tissu bordeaux tandis qu'une autre brandit des bijoux, avant de me pointer du doigt dans un sourire immense.

– Oh ! Pour moi ? demandé-je en pointant mon index sur ma poitrine.

Elle hoche la tête et s'affaire déjà à m'habiller. Elles veulent que je sois comme elles ! Ce geste, alors qu'on ne se connaît pas et que je suis ici depuis seulement quelques heures, me touche en plein cœur.

Elles s'affairent autour de moi en passant les tissus et les bijoux autour de mon cou. L'une d'entre elles me demande la permission de me mettre des boucles d'oreilles qui pendent. J'accepte avec joie.

– Wilson, me dit Kayla en montrant le vêtement dans un sourire béat.

– Quoi ? Ça ? Pour Wilson ?

Elles gloussent et rient dans mon dos. Je vois : elles nous ont imaginés ensemble.

– Ah non, non, non, vous vous trompez ! Il n'y a rien entre Wilson et moi.

Aussitôt une main me pousse gentiment dans le dos pour rejoindre l'extérieur. Elles me suivent jusqu'au feu de camp où sont assis plusieurs hommes, dont Wilson.

– Alors tu en penses quoi ? demandé-je en tournant sur moi-même.

Le regard qu'il pose sur moi à ce moment-là est presque indescriptible. Ses yeux reflètent des sentiments naissants et un désir ardent.

Wilson avait raison.

J'éprouve les mêmes sentiments que lui à mon égard et j'en ai une peur bleue.

À midi, nous déjeunons séparées des hommes. C'est la coutume ici, je m'y plie sans aucun souci ; je crains juste la barrière de la langue. De l'*ugali* est servi, une sorte de porridge à base de farine de maïs et d'eau. Wilson m'a expliqué tout à l'heure que c'est leur plat de base et qu'ils l'accommodent différemment à chaque repas. Je ne comprends pas tout de ce que les femmes du village me racontent, mais nous rions. Kayla, assise à côté de moi, semble m'avoir prise sous son aile. La discussion du côté des hommes paraît plus sérieuse.

L'après-midi, Ibra montre ses bêtes à Wilson. J'observe les femmes aller chercher de l'eau, les hommes s'occuper du bétail. Je prends quelques photos, lorsqu'une jeune fille revient, accompagnée de son petit frère. Il semble s'être brûlé avec une plante. Une femme applique aussitôt de l'aloe vera sur sa peau. Le soulagement de l'enfant est immédiat.

– Ils se servent beaucoup des plantes médicinales. Pour eux, mais également pour les animaux.

– C'est très intéressant. J'imagine qu'ils n'ont pas d'autre option de toute façon.

– Effectivement.

En soirée, nous disons au revoir aux hommes et aux femmes du village. Wilson s'entretient un instant avec Kayla. Elle me regarde en souriant, puis lui répond. Je ne sais pas ce qu'elle lui a dit, mais ses paroles arrachent un éclat de rire à Wilson.

Je remercie Ibra pour sa gentillesse et sa bienveillance, avec tout de même un pincement au cœur que je n'arrive pas à cacher plus longtemps.

– Tout va bien ? me demande Wilson une fois à bord de la voiture.

Nous adressons nos derniers signes de la main aux habitants de ce village. Nous avons préféré rentrer à Savannah avant que la nuit ne tombe.

– Cette parenthèse, bien qu'elle soit courte, m'a fait comprendre une multitude de choses, réponds-je. Je suis admirative de leur culture. Et je m'attache aussi trop facilement aux gens. Je suis peinée pour eux également. Ce qu'ils vivent n'est pas juste et je n'imagine pas ce qu'ils peuvent ressentirent.

– Malheureusement, nous ne pouvons rien faire de plus pour les aider. Moi aussi j'admire ces peuples qui vivent loin de tout et se débrouillent. Ils sont autonomes et voient la vraie vie. Celle que la plupart des gens ne voient pas.

Je glisse ma main dans la sienne, enroule mes doigts autour des siens et lui adresse un sourire de remerciement, les yeux remplis de larmes.

– Vivre dans une maison faite en bouse de vache… quand je vais raconter ça à Emily ! gloussé-je pour alléger l'atmosphère.

– Tu ne m'as encore jamais parlé d'elle.

– C'est vrai. Nous nous sommes rencontrées pendant nos études et nous n'avons pas pu nous séparer l'une de l'autre. Elle m'a beaucoup soutenue au moment de ma rupture. On est comme les doigts de la main.

– Elle doit te manquer.

– Énormément. Elle est vétérinaire dans un cabinet où elle a trouvé une place, mais elle rêverait de venir quelque temps ici.

– Il faudrait voir si les finances de Savannah le permettent.

– Dans l'immédiat, elle a besoin d'argent, donc de ce job pour vivre, mais pourquoi pas ? Personnellement, j'épargne depuis que je suis toute petite pour me rendre en Tanzanie.

– Ah oui ? Déjà gamine, tu rêvais de la savane ?

– Oui. Une passion dévorante. Ma mère n'en pouvait plus d'entendre parler des races d'animaux et des peuples qui vivent ici. Je lui réclamais le moindre livre et regardais tous les reportages à la télévision. Je connais la carte de la Tanzanie presque par cœur !

– Ah oui ? Quel lac se trouve à l'ouest du pays ?

– Le lac Tanganyika.

– Exact. Et l'île qui…

CHAPITRE 40

WILSON

Nous rentrons à Savannah, accueillis par les autres et par Amani. Aucune mauvaise nouvelle, tout s'est bien déroulé durant notre absence.

Jessy s'empresse de rejoindre les sanitaires pour une douche bienfaisante avant le dîner. Je fais de même.

Nous nous retrouvons autour de la table et discutons de choses banales avec les autres. Le récit de notre court périple est écouté avec attention et Jessy montre les bijoux qu'on lui a offerts.

– Ils sont magnifiques ! s'exclame Neema. Ça me rappelle de bons souvenirs. Ma mère pouvait passer des après-midi à en fabriquer, elle aimait le travail manuel et parfois je me joignais à elle.

Je suis heureux de voir que les deux femmes présentes à Savannah sont si complices et deviennent amies. C'est important pour Neema qui n'a plus vraiment de repères féminins et je suis certain que pour Jessy également. Nous entamons le plat principal lorsque Jessy manifeste son enthousiasme.

– Jessy n'a pas vraiment apprécié le lait du bétail des Massaïs, ajouté-je en riant alors que l'assemblée me suit.

– On ne se moque pas ! Par chance, Wilson avait apporté de l'eau. Je me demande encore comment ils font pour se nourrir exclusivement d'*ugali* à tous les repas.

– Leur communauté est ainsi faite, reprend Samson. Ce sont leurs traditions. À l'inverse, ils ne comprennent pas comment nous pouvons manger autant de viande.

– Bon, après, ce n'était pas si mauvais.

– Je te raccompagne jusqu'à ton lodge ? proposé-je à Jessy lorsque nous avons débarrassé la table.

Je ne peux pas expliquer pourquoi, mais ce soir, je n'arrive pas à la quitter. J'ai apprécié nos moments passés ensemble, même s'il n'y a rien eu entre nous.

– Je te remercie encore une fois pour cette journée, Wilson. Ce moment que tu m'as fait vivre, je ne l'oublierai jamais, dit-elle en montant les marches.

– Je t'en prie, ça m'a fait plaisir.

Mon cœur accélère, des pensées envahissent mon cerveau. Je m'imagine en train de l'embrasser, de la caresser… Je n'en peux plus.

– Jessy, murmuré-je en la regardant, je…

Ses yeux me fixent avec avidité. Je peux lire dans ceux-ci le désir qui l'anime. Elle veut clairement la même chose que moi.

Je fonds sur elle, passe une main dans sa nuque puis dépose mes lèvres sur les siennes. Un baiser doux qui dure seulement quelques secondes et me permet de goûter sa bouche.

J'ai promis. J'ai promis que nous prendrions notre temps.

Je me retire aussitôt, mettant fin à ce geste affectueux et m'excuse.

– Je suis désolé, je ne voulais pas…

Jessy met un terme à mes paroles en déposant à nouveau sa bouche sur la mienne. Je glisse une seconde fois ma main sur sa nuque et l'autre dans son dos. Elle recule jusqu'à toucher la porte. Le baiser que nous échangeons devient fiévreux et intense. Mes paumes glissent sous ses fesses et la soulèvent pour l'inviter à enrouler ses jambes autour de ma taille. Elle s'exécute et les croise dans mon dos.

– Cette robe est si sexy sur toi, j'ai cru défaillir en te voyant arriver pour dîner.

Elle glousse contre ma bouche avant de se faufiler sous mon tee-shirt. Elle le passe rapidement par-dessus ma tête et le laisse tomber au sol. Ses doigts délicats découvrent mon torse. Sa langue danse contre la mienne. Mon membre enfle dans mon caleçon, elle se frotte allègrement contre le tissu et souffle un gémissement.

Un léger grognement apparaît sur le côté. Amani fait le tour du centre comme à son habitude.

– Rentrons, dis-je à Jessy en ouvrant la porte avant de la refermer derrière nous.

Elle retire aussitôt sa robe et ses chaussures. Je fais de même avec mon short et mes baskets.

Mes mains retrouvent son corps. Je l'observe, la caresse, murmure quelques mots sexy et l'embrasse. Ma bouche s'écrase contre la sienne. Un torrent de désir me submerge, j'en veux plus. J'essaie maladroitement de dégrafer son soutien-gorge, ce que je parviens à faire au bout de quelques secondes, et le laisse tomber au sol. La pulpe de mes pouces effleure aussitôt la pointe de ses seins. Ses doigts glissent dans l'élastique de mon caleçon et le font descendre le long de mes cuisses. Je m'en débarrasse d'un habile coup de pied.

Mon membre érigé entre en contact avec sa paume. Elle le prend et le découvre. Tout mon être réclame plus de ses caresses, il supplie de lui faire l'amour.

– J'ai tellement envie de toi, murmuré-je à son oreille.

Elle recule légèrement jusqu'à ce que l'intérieur de ses genoux touche le matelas. Je la retiens et la déleste du dernier sous-vêtement qu'il lui reste.

Sa bouche contre ma bouche, elle me presse contre elle. Mon corps chaud entre en contact avec le sien qui me semble un peu plus frais. Je malaxe sans retenue ses fesses, laissant mon sexe se nicher entre ses jambes et la frôler.

– Prends-moi, fais-moi l'amour, maintenant, Wilson.

Je ne lui laisse pas le temps de terminer sa phrase. Ses mots ont achevé de réveiller mon appétit féroce.

Doucement, elle tombe à la renverse sur le matelas. Mes lèvres encerclent un à un ses tétons. Je les suçote, les titille et les aspire. Le gémissement qu'elle laisse sortir de sa bouche fait vibrer ma queue. Mes pensées se bousculent ainsi que tous les sentiments que je peux ressentir à son égard.

Elle ferme les paupières, glisse ses doigts dans mes cheveux et les tire. Ma bouche forme des sillons sur son ventre, je mordille sa peau et descends petit à petit jusqu'à l'entrée de son sexe. Sans aucune retenue, mes doigts fouillent son intimité humide, ma langue entre en contact avec sa chair, puis mon index s'insère en elle.

– Putain, Wilson ! souffle-t-elle en écartant un peu plus ses cuisses.

Je tournicote, aspire, fais des va-et-vient avec mon doigt et insiste sur ce petit point qui lui procure énormément de plaisir. Emporté par l'envie de lui fournir un orgasme dont elle se souviendra, je continue, garde le même rythme et écoute chacune de ses réactions.

Sa respiration est saccadée, une main plaquée sur ses lèvres l'empêche de crier, elle soulève son bassin pour me rejoindre dans cette danse brûlante.

L'envie d'entrer en elle devient si insupportable que mon sexe est douloureux. Sans retirer mes doigts d'elle, je me redresse et glisse à nouveau sur son corps afin de le couvrir.

– Dans l'armoire, j'ai ce qu'il faut, murmure-t-elle.

Je m'empresse d'y aller et de prendre l'objet convoité lorsqu'elle m'indique où il est rangé. Je déchire rapidement l'emballage et enfile le préservatif.

– Wilson, tu es magnifique et si… sexy.

– Tu n'as encore rien vu, répliqué-je en revenant sur elle.

Ses bras m'encerclent déjà, je me place et approche mon membre de son sexe avant de me frayer enfin un chemin en elle.

– Putain, lâché-je en découvrant à quel point elle est prête pour moi.

– Tu sais, moi aussi je n'attendais que ça, susurre-t-elle au creux de mon oreille.

Je me redresse légèrement. Mes yeux entrent en contact avec les siens et n'en décrochent pas. Je la laisse s'habituer à ma présence en elle puis accélère le rythme. Ses ongles griffent mes épaules, faisant palpiter un peu plus ma queue. Je passe un bras sous sa nuque et l'approche au plus près de moi. Nos bouches se retrouvent, sa langue caresse la mienne, ses jambes s'enroulent autour de ma taille, elle souffle un délicieux gémissement dans mon oreille.

– Oui Jessy, mon Dieu !

Le plaisir s'empare de moi, je ne crois pas l'avoir déjà ressenti auparavant, ou bien c'est parce que cette fois-ci j'ai de réels sentiments pour cette femme. Ce que j'éprouve n'a pas de nom. Enfin, elle est à moi. J'ai l'impression qu'aucune limite ni barrière ne pourraient se dresser entre nous. Elle m'accorde une totale confiance pour tout, même pour le sexe.

Mon membre entre et sort en elle à une vitesse vertigineuse, soulevant au passage son bassin. Je sens qu'il enfle alors qu'elle se resserre autour de moi.

J'empoigne ses hanches et plante mes doigts dans sa peau. Elle agrippe le drap et s'accroche à celui-ci.

Nous ne parlons plus.

Seul notre plaisir retentit.

Un juron m'échappe.

Un cri résonne.

Elle suit le tempo que je lui impose.

Mon cœur s'emballe, mon pouls s'accélère et rugit dans mes tympans.

Elle halète.

Nous remuons au même rythme sans plus aucune retenue.

Il n'y a plus qu'elle et moi.

Dans une bulle.

Une bulle que personne ne pourra éclater.

Elle est à moi et c'est la seule chose qui compte à ce moment.

Une onde de choc se répercute dans tout mon corps lorsqu'elle atteint la jouissance. Je me laisse aller à mon tour dans un râle de plaisir qui me submerge.

– Putain, grogné-je à nouveau en ralentissant la cadence.

– Putain… répète-t-elle en riant légèrement.

Je dépose un baiser sur son épaule alors que je sens son cœur battre au même rythme que le mien, avant de me retirer.

– Bordel, Jessy, tu m'as rendu dingue.

Elle pose ses lèvres sur les miennes. Je me débarrasse du préservatif et nous nous glissons sous les draps. Elle entoure mon corps du sien et laisse reposer sa tête sur mon torse.

L'esprit embrumé, bouleversé par ce que nous venons de partager, je laisse mes doigts caresser délicatement son dos.

Nous ne pouvions pas trouver meilleure façon de terminer ces deux jours passées ensemble.

CHAPITRE 41

JESSY

Une douce chaleur caresse ma joue. Le soleil passe à travers les persiennes, le jour se lève. Je suis lovée contre Wilson, son bras entoure mes épaules et ma tête repose sur son torse. Il respire lentement, son apaisement me donne la sensation de me sentir bien.

Je regarde à plusieurs fois l'élastique qui encercle mon poignet sans y toucher. Il se peut que dans quelque temps, une fois notre relation établie, je sois capable de m'en débarrasser.

Dehors, la vie s'éveille. Quelques bruits d'animaux retentissent au loin, des hommes parlent et le vent s'est légèrement levé.

– Bonjour, murmure Wilson, les paupières encore closes.

– Hum, bonjour, homme de la savane.

– Tu as bien dormi ?

– Je n'aurais pas pu rêver mieux et toi ?

– J'ai fait des rêves somptueux. J'espère que tu ne regrettes pas hier soir ? demande-t-il en se tournant de mon côté.

– Pas le moins du monde, chuchoté-je en déposant un baiser sur ses lèvres.

– Moi non plus, répond-il contre ma bouche en empoignant une de mes fesses.

Sa langue goutte la mienne, son corps se rapproche dangereusement jusqu'à me faire sentir son érection matinale.

– J'ai de nombreux sentiments qui sont en train de naître pour toi, Jessy, dit-il en glissant une mèche de cheveux derrière mon oreille. Je pense même tomber amoureux de toi, au fur et à mesure que les jours passent.

– Mes sentiments pour toi sont bien réels aussi, réponds-je en caressant sa petite barbe naissante, mais laissons-nous un peu de temps. D'accord ?

– Je t'en ai fait la promesse et je saurai la tenir.

Sa bouche frôle à nouveau la mienne, ma jambe passe par-dessus sa hanche et l'attire à moi.

– Tu crois qu'on a un peu de temps avant de…

– On a tout le temps pour ça, tranche-t-il en se déplaçant au-dessus de moi.

Dans la matinée, je rejoins Samson pour accueillir une gazelle qui a été retrouvée blessée non loin de Savannah.

– Elle a certainement essuyé l'attaque d'un prédateur, annonce-t-il devant l'état de son cou.

La pauvre souffre et semble mal en point. Si personne ne l'avait ramassée, elle n'aurait pas survécu, seule, à la merci de tout.

– Nous allons l'endormir puis je vais nettoyer ses plaies, ensuite, nous déciderons de ce qui est le mieux pour elle.

– Je m'en occupe ! ordonne sèchement Wilson qui avait disparu depuis deux heures.

– Justement, je vous cherchais, patron, réplique Samson. Vous n'avez pas répondu sur votre radio.

– Je n'ai pas entendu, grommelle-t-il.

Quelque chose ne va pas. Le comportement de Wilson a radicalement changé. Il est distant. Il fuit mon regard.

– Je peux le faire si tu as trop de travail, proposé-je en glissant ma main sur son épaule.

Il se dégage brusquement avant de répondre qu'il préfère s'en charger, car après tout, je suis encore novice.

– Je pense t'avoir prouvé que je savais me débrouiller, non ? C'est quoi le problème ?

Qu'est-ce qu'il lui prend ?

Son regard noir me fusille et je ne saisis pas ce qu'il se passe alors que, quelques heures auparavant, j'étais encore dans ses bras.

– Samson, tu veux bien nous excuser deux minutes, s'il te plaît ?

– Bien sûr. Mais ne tardez pas trop. Pendant ce temps, cette pauvre bête souffre.

Il s'éloigne derrière la porte et je prends aussitôt la parole.

– Il y a un souci ? demandé-je pendant qu'il s'affaire autour de la gazelle. J'ai fait quelque chose de mal ?

Il reste coi et continue de m'ignorer.

– Oh ! Je te parle, bon sang ! Nous avons partagé cette nuit, ce matin tu m'avoues quasiment que tu m'aimes et là, tu fais comme si je n'existais plus ? J'ai raté quelque chose ?

Il appuie ses deux mains sur la cage dans laquelle était la gazelle avant de rétorquer :

– On a peut-être fait une erreur.

Ces six mots me font l'effet d'un coup d'un poignard en plein cœur.

– On s'est précipités, on aurait dû attendre un peu. Tu travailles ici et je suis ton patron, je n'ai pas envie de tout gâcher.

Je pars dans une colère noire. Tout se bouscule dans mon crâne, toutes les émotions que je ressens s'entrechoquent et forment une énorme boule de haine.

– Regarde-moi et dis-moi dans les yeux que tu ne veux plus de moi ! Vas-y ! J'attends !

Sa tête tourne lentement dans ma direction et il me répète qu'il souhaite simplement s'accorder du temps. Seulement, quelque chose attire mon attention. Il le dit, mais ne le pense pas. Je peux lire dans son regard sa confusion et la bagarre interne à laquelle il s'adonne. Il se force à prononcer ces mots pour m'éloigner de lui, mais pourquoi ?

– Tu plaisantes ?

– Non.

– Pour moi, ça veut dire la même chose ! Alors quoi ? Tu souhaitais essayer la petite nouvelle, c'est ça ? Tu lui as fait miroiter monts et merveilles pour te la faire ? Bravo, Wilson, hurlé-je en frappant dans mes mains pour applaudir, tu as gagné. Bien joué ! Je n'y ai vu que du feu.

– Tu ne…

– Ah non, s'il te plaît, tais-toi ! Tu ne vaux pas mieux que tous les autres hommes !

– Désolé, dit Samson qui a tout entendu, mais il faut l'aider.

Il pointe du doigt l'animal, tandis que des larmes roulent sur mes joues.

– Tu sais quoi ? Allez au diable, toi et tes animaux sauvages ! Je te déteste !

Je tourne les talons et m'en vais en courant, chamboulée émotionnellement comme je ne l'ai jamais été.

– Jessy ! Attends, tu…

Je ne l'écoute plus et rejoins mon lodge où je m'enferme.

Note à moi-même : ne plus faire confiance à aucun homme pour les sentiments !

C'est une blague ! Je sanglote, mon poignet me fait déjà souffrir à force de claquer l'élastique dessus.

Il n’a pas pu me faire ça ?

Pourquoi se comporter ainsi ?

Je fais les cent pas sans savoir quoi en penser. Mes mains passent à plusieurs reprises dans mes cheveux, j’étouffe.

Je ne peux pas rester ici. Je dois partir, loin de lui et des hommes qui me font autant de mal. J’aime ce que je fais à Savannah, mais pas le comportement de mon patron.

Le lit défait me rappelle quelques souvenirs de cette nuit. Le moment partagé était délicieux, tout comme lui. Sa tendresse et la sauvagerie qui l’habitait, ses mots, tantôt doux, tantôt crus, et ce qu’il m’a avoué ce matin.

Il ne m’aime pas comme il le prétend. Il me cache quelque chose qui l’a fait totalement vriller et prendre un virage à cent quatre-vingts degrés. Je ne saisis pas ce qu’il vient de se passer.

Une sorte de déclic s’active en moi et me fait comprendre que…

Merde !

C’est trop tard.

Je l’aime aussi, malgré ce qui vient de se passer.

CHAPITRE 42

WILSON

Ce soir, je m'inquiète de ne pas avoir revu Jessy. Je me suis conduit en parfait connard, tout ça parce que cette peur tenace qui ne me quitte pas depuis la disparition de mes parents m'a envahi une fois de plus.

Je crains d'aimer à nouveau, de partager ma vie avec quelqu'un et que cette personne meure.

Voilà où j'en suis aujourd'hui. Et j'en ai pris conscience en lui avouant ce matin à demi-mot que je tombais amoureux d'elle.

Quel con ! Je suis le pire des goujats.

Rattraper le coup ; j'ai pensé à ça tout le reste de la journée. Il faut que nous discutions, je dois m'ouvrir à elle et lui expliquer ce revirement de situation. La pauvre n'a rien dû comprendre !

– Samson, tu as vu Jessy ?

– Non, pas depuis votre dispute.

Je tique légèrement et continue ma recherche.

Je n'avais aucune envie de lui faire du mal, mais cette peur viscérale m'a fait faire tout l'inverse. Elle me submerge au point de n'être plus rationnel. Alors que Jessy est la meilleure chose qui me soit arrivée depuis des années, je l'éloigne de moi en un claquement de doigts. Elle qui a déjà bien assez souffert avec les hommes doit m'en vouloir à mort.

J'attrape rapidement le double des clés de son lodge et m'y rends. J'ai frappé à plusieurs reprises à la porte et lui ai demandé d'ouvrir, mais elle est restée close. J'insère la clé dans la serrure et entre. Je fais le tour. Personne. Son appareil photo est posé sur son lit ainsi que son sac à dos.

Le lit… défait après nos ébats de cette nuit. Le souvenir de ce moment volé remonte à la surface et me fait grimacer à cause de la tournure que les choses ont prise.

Tu es nul Wilson, nul !

Ma mère m'en voudrait également si elle voyait ça ! Elle aurait adoré Jessy et elles se seraient bien entendues.

Depuis la disparition de mes parents, je ne me suis attaché à personne d'autre que les gens du centre. Il est hors de question qu'il leur arrive quoi que ce soit, ni à Neema, ni à Samson, ni à mes hommes, et encore moins à Amani.

Étrange de porter plus d'attention à une lionne qu'à un être humain ? Pas forcément. Pas quand on sait ce que nous avons partagé et les terribles moments que nous avons traversés ensemble.

Si l'un d'entre eux mourait, je ne le supporterais pas. Et encore moins Jessy. Cette femme est entrée dans ma vie comme un boulet de canon. Au moment où je m'y attendais le moins. La vie est parfois fourbe, vicieuse. Mais elle sait également faire de beaux cadeaux. Jessy en est un pour moi et cette vie me l'a présenté sur un plateau d'argent. C'était écrit dès le début qu'elle et moi ferions un bout de chemin ensemble, voire plus.

Pourquoi ai-je laissé mes peurs les plus angoissantes me dépasser alors que je ne rêve que de l'aimer ?

Parce que cette peur m'a tordu les tripes pendant des mois et des mois. Je me levais la nuit, à la recherche de mes parents dans un feu qui n'existait pas. Mon sommeil était hanté par des cauchemars improbables. Mes journées étaient tourmentées, je les subissais au lieu de vivre normalement.

J'avais la haine.

J'étais rempli de colère.

J'avais tout perdu.

Et aucun avenir personnel, seulement Savannah dont je devais perpétuer l'héritage.

Voilà ce qui arrive lorsque les parents disparaissent.

On est paumé et on ne veut plus aimer personne pour ne pas souffrir à nouveau.

Jessy était le seul être qui pouvait m'arracher à cette spirale infernale et angoissante. Et je risque de la perdre à cause de mes conneries.

Je sors en fermant à clé et regagne la maison.

– Neema ? appelé-je en la retrouvant dans la cuisine. As-tu vu Jessy ?

– Pas depuis ce midi.

– D'accord, merci.

C'est quand même dingue, ça ! Elle n'a pas disparu, tout de même !

Je rejoins l'entrée du centre et trouve Juma.

– Tout va bien ?

– Oui patron, rien à signaler.

– Aurais-tu vu Jessy ?

– Oui. Elle a pris une des Jeep et m'a demandé de lui ouvrir le portail.

– Quoi ? hurlé-je.

Bordel de merde ! À quoi joue-t-elle avec la nuit qui ne va pas tarder à tomber ?

– Je lui ai dit que ce n'était pas sérieux de s'absenter seule, mais elle m'a répondu que vous étiez au courant.

– Sais-tu où elle allait ?

– Je n'en ai aucune idée.

– C'était il y a combien de temps ?

– Il y a environ une heure et demie, je pense.

– D'accord, merci Juma. Ouvre les grilles, je dois la retrouver.

Je m'empresse de rejoindre l'intérieur de la maison et m'équipe d'une arme avant de ressortir en trombe.

– Amani ! appelé-je. Amani !

– Que se passe-t-il, patron ? demande Samson qui m'a entendu.

– Jessy est sortie seule. Je vais la chercher. Amani !

– Je viens avec vous.

Je prends le volant du 4 × 4 et démarre.

– Tant pis pour Amani, allons-y !

Je laisse un panache de poussière derrière nous et m'engage sur la première piste. Mon cœur bat à tout rompre. Une tout autre peur s'empare de moi.

S'il lui arrive quelque chose, je ne me le pardonnerai jamais.

CHAPITRE 43

JESSY

Partir est ma seule option, mais pas sans avoir eu une explication avec mon père. Je dois découvrir Wild Tooth, je dois savoir ce qu'il trafique et surtout je veux voir de mes yeux sa réaction lorsqu'il apprendra qui je suis.

J'attrape rapidement mon téléphone, pose mon chapeau sur ma tête, essuie mes dernières larmes et rejoins le portail.

– Juma ? Je dois sortir quelques instants, puis-je emprunter une voiture, s'il vous plaît ?

L'homme avance de quelques pas et me demande si c'est bien sérieux de partir seule.

– Ne vous inquiétez pas, Wilson est au courant.

– Très bien. Prenez celle de droite, les clés sont sur le contact.

– Merci. Je serai revenue avant la nuit.

Je feins un sourire. J'ai visiblement bien joué la comédie puisque les grilles s'ouvrent sur l'extérieur.

Je m'empresse de démarrer et de sortir avant que Wilson ou Samson ne me rattrape.

Je prends la direction qui me mènera au camp de mon père. Enfin, je l'espère, car je ne me souviens plus vraiment du chemin. Je n'en sais toujours pas plus sur lui et son activité, mais je compte bien le découvrir. Je me pose une multitude de questions sur sa réserve, les animaux qu'il soigne et les techniques qu'il emploie. Je me demande si Wild Tooth ressemble à Savannah. Et puis, je suis curieuse, je dois voir où il vit, en apprendre un peu plus sur lui et le connaître. Il n'est peut-être pas l'homme que Wilson et Samson me décrivent ? Après tout, il est vétérinaire lui aussi. Il se bat certainement contre la souffrance animale également. J'avais imaginé que mon père était plus proche de l'homme que je rêvais, petite fille, et que je pourrais un jour travailler avec lui après ma mission à Savannah. Bien entendu, je ne pensais pas tomber sur Wilson… mais c'est un petit projet que j'ai gardé dans un coin de ma tête sans en parler à personne.

Les larmes et la tristesse qui tombent sur moi ne me rendent pas la tâche facile. Je ne cesse d'essuyer mes joues et d'essayer de retrouver une respiration normale.

Mais ma colère est bien trop grande et aucune de mes pensées n'arrive à l'amoindrir.

Il ne m'aime pas.

Il s'est servi de moi. Pour coucher ensemble.

Et *basta* !

On m'abandonne une fois de plus, mais cette fois-ci la douleur est amère. Il a profité de moi en plus de m'abandonner. Je suis tombée dans le panneau. Ou bien quelque chose de bien plus profond opère en lui et Wilson a peur. Mais de quoi ?

Stop !

Clac.

Clac.

Clac.

J'approche de Wild Tooth, je m'aperçois que c'est très grand. Une partie est encadrée d'un mur puis un grillage prend le relais. Le tout est entouré d'arbres ou de barricades en bois. C'est assez étrange et loin d'être naturel. Je dois savoir ce qu'il cache. L'endroit et le peu de renseignements que j'ai trouvés sur le Net aiguisent ma curiosité.

Un grondement retentit au loin. Trois voitures approchent du camp. Avec un peu de chance, mon père est dans l'une d'elles.

Je m'empresse de remettre les jumelles à leur place et sors en vitesse de la Jeep pour dégonfler un pneu. À présent, je ne peux que compter sur ma bonne étoile pour qu'on me voie. Je suis sur le chemin perpendiculaire, aucun des véhicules ne viendra par là. Je me positionne au milieu de la route et agite les bras en l'air en appelant.

Après des secondes, peut-être une minute, qui m'ont paru une éternité, un des véhicules bifurque et roule jusqu'à moi.

Bingo !

– Jessy ! Quelle surprise.

– Bonjour John. Je suis désolée, je passais non loin de votre camp et j'ai crevé. Je suis bien contente de vous rencontrer !

– C'est une chance en effet, remarque-t-il en descendant de son 4 × 4. Vous avez une roue de secours ?

– J'ai regardé, sans succès.

– Je suis navré, je ne pense pas avoir ce qu'il faut.

Cela m'étonnerait étant donné qu'il roule quasiment dans les mêmes voitures que ceux de Savannah. Un coup de bluff peut-être, pour que je le suive ? Puisqu'il me tend la perche, autant en profiter.

– Accepteriez-vous que j'entre une minute avec vous pour voir si mon téléphone a du réseau ? demandé-je en pointant du doigt Wild Tooth. Je n'en ai pas ici.

– J'ai même mieux ! Que diriez-vous d'une visite en bonne et due forme ? Et je vous raccompagnerai ensuite.

– En êtes-vous certain ?

– Promis, je ne m'approcherai pas de Savannah, ajoute-t-il en levant sa main droite comme devant un tribunal. Vous pourrez récupérer votre véhicule demain.

– Dans ce cas, je suis d'accord. La nuit ne va pas tarder à tomber et je ne suis pas rassurée, seule.

– Montez. Que faites-vous ici, non accompagnée ? demande-t-il, un brin suspicieux.

– J'avais envie de prendre l'air et de voir un peu autre chose que Savannah ! lancé-je en mentant.

– Je vous comprends. Votre patron est parfois… agaçant !

Je ne relève pas. À la place, j'ouvre grand mes mirettes et ne rate aucune image de ce que je découvre. Le cœur battant à tout rompre, je m'engouffre à sa suite à l'intérieur de Wild Tooth et je suis saisie d'un mauvais pressentiment.

Moi et mes intuitions à la con ! Ma mère se moque souvent de moi, sauf qu'elles sont en général bonnes. Je confirme qu'il n'émane rien de bon ici.

– Bienvenue à Wild Tooth ! lance fièrement John en coupant le contact.

On referme les grilles derrière nous. Il m'invite à descendre. Je découvre une grande demeure bien différente de celle de Wilson. De plain-pied, elle me paraît immense. Je peux même apercevoir une piscine sur le côté. Je ne suis pas certaine que ce soit quelque chose d'essentiel ici, mis à part pour le tourisme, lorsqu'on sait que bon nombre de villageois manquent d'eau à certaines périodes de l'année.

Il y a également moins d'employés qu'à Savannah. Quatre hommes se trouvent à l'entrée et je remarque quelqu'un se faufiler derrière une haie d'arbres.

L'endroit semble scindé en deux. Une partie avec l'habitation et une seconde avec les animaux. J'aperçois un chemin qui mène vers des cages.

L'enquête commence maintenant. Je dois lui poser une multitude de questions afin d'en connaître plus sur ce lieu.

– Vous êtes vétérinaire ? lui demandé-je.

– Oui.

– Vous faites la même chose qu'à Savannah ? Recueillir et soigner les animaux ?

Un léger ricanement lui échappe.

– Nous ne faisons pas exactement la même chose. À Wild Tooth, seuls les félins sont acceptés.

– Ah bon ? Pourquoi ce choix ?

– Ce sont mes animaux préférés, ici, dans la savane.

– Comme je vous comprends, mens-je pour entrer dans son jeu. Est-ce que c'est pour cela que le camp s'appelle Wild Tooth ?

– Tout à fait, ma chère. Ah ! Aminata, tu tombes bien, j'ai quelqu'un à te présenter.

Une femme d'environ quarante ans approche. Un large sourire étire ses lèvres. Ses longs cheveux noirs sont relevés dans une sorte de chignon. Ses vêtements colorés me font penser à ceux des Massaïs et ses bijoux, à Kayla.

– Jessy, voici ma femme, Aminata. *Tamu Yangu*[2], je te présente Jessy.

2. « Ma douce » en swahili.

Je reste l'espace de quelques secondes sans voix. Sa femme ?

Rapidement, elle avance dans ma direction. Je reprends contenance et affiche un sourire forcé pour être crédible.

– Jessy est vétérinaire à Savannah, elle est en panne un peu plus loin et comme j'aimerais lui faire visiter Wild Tooth, je l'ai invitée à nous rejoindre. Vous dînerez avec nous ce soir, me propose-t-il.

– Oh non, c'est trop gentil de votre part, je ne veux pas vous déranger.

– Il n'y a aucun souci. Vous êtes notre invitée, ajoute Aminata dans un parfait français qui accentue ma colère.

– Vous parlez parfaitement ma langue tous les deux.

– Je suis français, annonce John sans savoir que j'avais déjà cette information. Aminata a tenu à découvrir le français afin de partager mon quotidien. Elle aime se cultiver.

Celle-ci me sourit encore. Elle ne semble pas oser contredire son mari. Quelque chose me dit que John a une certaine emprise sur elle.

Je n'ai pas le temps de répondre, nous sommes interrompus dans les présentations.

– Ah mon grand ! s'exclame-t-il lorsqu'un jeune homme sort de la maison. Je suis heureux de te voir.

– Papa !

Aussitôt, je redresse la tête et dévisage ce type. Grand, brun, il a le même regard et le même nez que John. Sa peau est un savant mélange de ses parents, caramel. Bronzé. Il n'est pas moche, mais me semble trop sûr de lui.

Les battements de mon cœur rugissent dans mes tympans. Un milliard de questions défilent dans ma tête sans que je puisse me raisonner.

Mes doigts retrouvent à tâtons mon élastique.

Dans quel merdier t'es-tu fourrée, Jessy ?

– Jessy, je vous présente mon fils, Moses. À tout juste vingt-deux ans, il est mon bras droit et gère Wild Tooth avec moi.

J'écoute à peine ce que John me dit. Mon cerveau reste bloqué sur le seul mot que ce jeune homme a prononcé : « Papa ».

Je déglutis avec peine. La tête me tourne. Je pâlis. Toutes mes forces m'abandonnent.

Je n'ai pas rêvé, il l'a appelé…

Papa…

Cet homme est mon demi-frère.

CHAPITRE 44

JESSY

Papa...

La nuit commence à tomber tout comme cette nouvelle qui s'abat sur moi. D'ici quelques minutes, nous serons dans le noir et j'ai bien peur que mon existence prenne la même tournure.

J'expire lentement et reprends contenance. Je ne dois rien laisser paraître, sinon John pourrait découvrir que je suis venue ici pour fouiner ou peut-être pour dévoiler mon identité. Ma confiance en lui est quasiment au point mort et je ne sais pas de quoi il serait capable.

Des larmes perlent à mes yeux, je les chasse d'un revers de la main en pensant à ma mère. La pauvre… quand elle va apprendre ça. Elle risque d'entrer dans une colère sans nom !

John fait rapidement les présentations. Moses me serre la main, puis s'écarte légèrement. Les bras croisés, il me jauge et m'observe en trimbalant ses yeux sur moi de haut en bas.

Il ne m'inspire pas plus que mon géniteur.

Ils échangent un sourire complice que je note aussitôt. Ils me semblent tous deux être très proches. Aminata, sans un mot, s'éclipse à l'intérieur de la maison.

– Je cherche un second vétérinaire pour travailler à mes côtés. Peut-être que notre mission, ici, à Wild Tooth vous intéresserait plus que ce que fait Wilson à Savannah. J'ai pu déceler en vous, les quelques fois où nous nous sommes rencontrés, un fort caractère. De la poigne, c'est une qualité que je recherche également ! Je peux vous proposer un bien meilleur contrat que mon collègue, avec quelques avantages également, comme un logement spacieux et équipé, mais surtout un salaire plus que convenable avec une prime pour commencer.

Le lodge de Savannah me convient parfaitement ainsi que mon travail ou encore ma paie. John tente de m'acheter. Je feins d'être suffisamment curieuse pour qu'il me montre ce qui se trame ici.

– Jessy va rester avec nous pour le dîner, puis je la raccompagnerai, explique-t-il à Moses. Elle est tombée en panne non loin d'ici. En attendant, un petit tour du camp s'impose.

– Bien. Je termine de régler une affaire et je vous rejoins, assure Moses en m'adressant un signe de tête.

Hum… quelque chose me dit qu'il le fait plus par politesse et intérêt qu'autre chose. Je ne le sens pas du tout et je pense même qu'il est pire que John. Son regard sent la méchanceté.

– Allons-y, me propose mon hôte en tendant le bras en direction des cages.

J'avance prudemment. Je me demande bien ce que je vais trouver de l'autre côté de ces haies d'arbres. Plus nous approchons et plus une odeur forte s'insinue dans mes narines. Cette odeur de fauve est atroce.

Certes, Amani la véhicule souvent, mais à un degré moindre. Là, il doit y avoir beaucoup d'animaux.

Nous avançons, John m'indique qu'un lion vient d'intégrer le camp. Il se dirige directement vers lui.

– Oui mon beau, dit-il en admirant la bête sous toutes ses coutures. Gabarit intéressant, tu dois avoir environ quatre ans, aucune blessure ni anomalie, un regard vif. Tu es parfait !

Il marmonne ces paroles comme s'il décrivait un objet pour déposer une annonce. Son téléphone en main, il le photographie à plusieurs reprises tandis que l'animal s'énerve et pousse des cris derrière les barreaux de sa cage.

– Pourquoi est-il ici, s'il n'a aucune blessure ? C'est pour un recensement ? Wilson le fait sur place, en pleine nature.

– Vous allez découvrir plus loin le pourquoi du comment. Je vais vous expliquer en quoi consiste notre travail ici, à Wild Tooth. Parfois des animaux arrivent blessés, c'est pourquoi j'ai besoin d'un second vétérinaire. J'ai du mal à tout gérer avec le nombre d'animaux que nous accueillons, et Moses n'a pas été formé à cela.

Il me regarde en coin, comme s'il me jaugeait, comme s'il voulait s'assurer qu'il pouvait me faire confiance ; ce que je le laisse penser.

Nous passons devant plusieurs cages. Elles sont moins grandes qu'à Savannah. Les animaux n'ont pas beaucoup d'espace, mais ils sont séparés. Malgré tout, elles sont propres et de l'eau est mise à leur disposition.

Je trouve cet endroit plutôt bizarre. Voire un peu glauque. Découvrons la suite…

Une lionne, un autre lion, un guépard, un léopard, une seconde lionne… Je remarque beaucoup de lions et de lionnes. Il y a même un serval ! Aucun ne semble blessé ni malade. Chaque cage porte un écriteau et un numéro.

– Tous vos animaux sont numérotés ? demandé-je, interloqué.

– D'ailleurs, le lionceau trente-cinq risque de réclamer bientôt son biberon. Sa mère l'a abandonné, nous devons le nourrir.

J'avance dans le dédale des allées en suivant John, sans réellement comprendre le concept de cet endroit.

– Voici la fierté du moment, m'interrompt-il dans mes pensées. Cette lionne a mis bas il y a trois jours et elle ne semble pas rejeter ses petits, ce qui est plutôt bon signe.

– Oh mon Dieu ! Ils sont si beaux !

L'enclos est un peu plus grand que les précédents. Allongés par terre, trois lionceaux tètent leur mère.

– Ils sont en parfaite santé. Il y a deux mâles et une femelle. Ils pourront rejoindre les autres d'ici deux ans environ. En attendant, ils resteront avec elle.

– Quand vont-ils être sevrés ?

– Vers l'âge de six mois. À trois mois, nous commencerons à leur donner de la viande.

– Comment faites-vous pour les relâcher ? Je veux dire… j'imagine que cette lionne est arrivée ici déjà pleine. Ça risque d'être compliqué pour eux, vu qu'ils sont nés en captivité.

– Justement ! Continuons, vous allez comprendre.

Il m'énerve, à penser que je vais comprendre je ne sais quoi. Il répond à côté ou esquive toute forme d'explication. À quoi joue-t-il ?

– Voici un de nos locaux. C'est le centre de Wild Tooth.

John ouvre une porte, allume la lumière et me propose de passer devant lui. Ça ressemble à un cabinet vétérinaire, mais je commence à croire qu'il n'en est rien. La pièce est ancienne, le matériel, vétuste et le lieu ne semble pas bien nettoyé. Je remarque des biberons qui sèchent près d'un évier. Rien à voir avec Savannah.

– Nous soignons les petits bobos de nos patients ici.

Peut-être me suis-je trompée sur l'objectif de ce lieu, finalement ?

– Nous procédons également à des inséminations artificielles lorsque la nature ne parvient pas à jouer son rôle.

– Comment ça ?

– Certaines espèces sont menacées. Il faut créer des animaux volontairement afin qu'ils soient en plus grand nombre.

Je fronce légèrement les sourcils et resserre mes bras autour de moi. Un certain malaise me gagne. Je n'arrive vraiment pas à comprendre le but de cet endroit.

– Ensuite, vous les relâchez ?

– Oui, répond-il en fuyant mon regard.

Il me cache quelque chose. Un secret, celui qui fait que Wild Tooth existe.

– Ce n'est pas trop difficile pour eux après la captivité ?

– Jusque-là, tout s'est bien passé.

Son regard croise le mien, un demi-sourire étire ses lèvres. Il sait parfaitement ce qu'il fait. Il se doutait que je voulais visiter Wild Tooth, seulement il est parti dans la mauvaise direction. J'aime mon travail à Savannah, les missions. Ici, tout ne m'inspire que de la méfiance.

– J'ai voyagé jusqu'en Tanzanie pour apprendre et approfondir ma formation de vétérinaire avec les animaux sauvages. Alors toutes les informations que je peux glaner, je les prends ! dis-je, en continuant à jouer son jeu.

– Je comprends. Vous êtes avide de savoir et c'est plutôt positif. Autrefois, j'étais comme vous, puis en vieillissant… les choses se tassent et nous n'avons plus les mêmes objectifs.

J'espère lui avoir fourni une explication suffisante pour qu'il poursuive la visite.

Nous faisons un rapide tour, mais je décèle une retenue nouvelle dans les paroles de John. Il ne compte pas s'éterniser ni m'en dire trop. Peut-être a-t-il ressenti que j'étais un peu réticente au vu de ce que je découvre petit à petit.

Nous ressortons dans le noir. Seule la lune nous éclaire un peu. Il prend son téléphone afin d'en allumer la lampe, je fais de même.

– Je m'excuse du manque de lumière. Les prochains travaux seront axés sur ce point. Je vais faire installer un réseau électrique autour des enclos, avec des lampadaires. Avançons, si vous voulez bien.

J'ai l'impression de tourner en rond. Des lions, des lionnes et encore des lions. De tous les âges. Je dirais qu'il y a une quarantaine d'animaux, peut-être cinquante.

– Cette lionne n'a pas l'air très en forme, remarqué-je devant un animal allongé sur le flanc au fond de sa cage. Elle a subi une césarienne ?

Une large cicatrice s'étire sur son ventre.

– Nous avons dû la pratiquer en urgence sinon elle ne s'en serait pas sortie.

– Où sont ses petits ?

– Tous les deux à la nurserie. Je peux…

– Papa ! Une urgence ! hurle son fils à l'autre bout du chemin.

Ce simple mot me donne envie de vomir, mais une fois de plus, j'adresse un sourire à John en lui affirmant qu'il peut y aller.

Je m'approche de la cage devant laquelle je me trouve. Un lion est enfermé dedans. Debout, il ne semble pas nerveux pour un sou.

John est occupé avec son fils. La discussion semble d'ailleurs quelque peu houleuse. J'en profite pour regarder de plus près la fiche de l'animal.

Jamba. Mâle. Six ans. Belle crinière. Aucune blessure. Dentition parfaite. Capturé près du Serengeti.

C'est quoi, ce délire ?

Cédé à M. Offel. Date de livraison : 26 juillet.

Je plisse légèrement les paupières pour mieux voir et me demande un instant ce que signifie cette date. Mon cerveau turbine à toute allure lorsqu'un grognement que je connais bien surgit sur le côté.

– Amani ? chuchoté-je. Qu'est-ce que tu fiches ici ? Va-t'en !

Aplatie sous un grillage, elle me regarde et semble me supplier de la suivre.

– Jessy ? Je dois prendre un appel urgent. Je vous rejoins dans deux minutes. Continuez votre petit tour.

– D'accord, merci John.

Il tourne les talons avec son fils. J'en profite pour immortaliser quelques informations avec la peur que le flash ne me fasse surprendre. Par chance, les deux hommes n'y ont vu que du feu.

Sur le perron de la maison qui est assez éloignée, ils bavardent tous les deux, Moses a un téléphone en main.

– Putain, mais ils font quoi ici ?

Je rassemble les infos que j'ai collectées.

Tout d'abord Wilson et Samson qui n'ont pas voulu m'en dire plus sur cet endroit.

Des félins, exclusivement.

Tous âges.

Toutes races.

Des bébés.

Des inséminations.

Une nurserie.

Et cette fiche indiquant la cession d'un animal à des personnes.

Des…

Putain, non ! Ce n'est pas ce que je crois ?

John élève ou capture des fauves et des félins pour les revendre ensuite pour des parties de chasse.

Les Jeep à l'entrée, il y en avait deux. Elles étaient équipées pour la traque, pour la chasse ! Deux places à l'avant et l'arrière ouvert avec des emplacements pour se positionner. J'imagine tout à fait quelqu'un, armé et stabilisé pour tirer.

Une ferme d'élevage… Wild Tooth n'est pas du tout un centre de sauvegarde animalier comme Savannah ! C'est un camp créé pour le tourisme et la chasse.

J'attrape mon téléphone tout en regardant John et Moses qui semblent toujours pris dans leur échange. Par chance, il y a du réseau ici. Il me reste peu de batterie, une rapide recherche sur le Net me confirmera ce que je crois.

Les mots Wild Tooth et chasse sauvage sont le combo parfait ! Je trouve ce que je voulais au moment de ma première recherche. Les images défilent et me dégoûtent. Un homme a tué un lion. Il pose fièrement, un pied sur sa tête.

Les yeux embués de larmes, je découvre cette lionne à qui on a coincé un bâton dans la gueule pour l'ouvrir afin de prendre une photo à côté d'elle. La pauvre semble remplie de terre, j'imagine la lutte qu'elle a dû mener.

Touchée en plein cœur, je ne peux empêcher mes larmes de couler. Comment peut-on faire ça de nos jours ?

Amani m'appelle encore tandis que John et son fils me regardent en prenant conscience que quelque chose a changé. L'atmosphère devient plus pesante.

Et si tous les deux avaient compris que je suis venue fouiner et que je suis contre tout ça ? Peut-être parle-t-il de moi au téléphone ?

Le danger est perceptible. Je prends peur. Une décharge électrique traverse mon corps et tout mon être m'ordonne de sortir d'ici au plus vite. J'éteins rapidement la lumière pour ne plus être repérée et enfouis mon téléphone dans ma poche.

Je tourne les talons et rejoins Amani en courant.

– Vite Amani, vite ! On doit partir !

Elle avance et gratte la terre sous le grillage. Celui-ci est replié sur le bas. Grâce à ma petite taille et avec un peu de chance, je pourrai me glisser dessous. Mais après ? Je vais finir en pleine savane au milieu de la nuit, ce n'est pas une bonne idée.

Je me faufile sous le grillage, arrachant au passage une partie de ma chemise. Ma respiration est courte et saccadée. Mon cœur s'emballe.

Une fois de l'autre côté, je serre la lionne dans mes bras.

– Tu sais ce qu'ils font ici. Tu savais que j'étais en danger. Merci.

J'entends John jurer et s'énerver au loin.

– Je t'avais dit que c'était une mauvaise idée, je ne la sentais pas, cette fille, vocifère Moses. La chasse, ce n'est pas son truc ! Elle est venue fouiner, un point c'est tout. Dieu sait ce qu'elle a en tête ! Et maintenant, on fait quoi ?

– Je pensais qu'elle serait intéressée par mon offre. Je voulais en profiter pour affaiblir Savannah ! Je me suis naïvement trompé. Il faut la retrouver ! hurle John.

Je me relève et prends mes jambes à mon cou, Amani à mes trousses.

En pleine nuit, alors que le danger rôde partout autour de nous, je cours à en perdre haleine en suivant la lionne, sous le choc de ma découverte.

Soudain, une voiture approche, pleins phares. Un spot éclaire les arbres et les fourrages.

– Viens !

Je me cache derrière un buisson bien fourni et touffu. Amani me suit et s'assoit à côté de moi. Elle émet des petits grognements peu sympathiques en reconnaissant la voix de John qui m'appelle.

– Chut, murmuré-je.

Les battements de mon cœur rugissent dans mes oreilles. Essoufflée par ma course folle, je régule petit à petit ma respiration.

– Elle ne doit pas être très loin et elle est désorientée ! Il faut la retrouver ! crie-t-il au deuxième véhicule.

– Tout va bien ma belle, chuchoté-je en passant la main sur son échine. On va rentrer, ne t'en fais pas.

Il ne nous voit pas et continue sa route à l'inverse de nous.

– Allons-y.

Je cours, ne pensant qu'à sauver ma peau, à bout de souffle. Je fonce, la peur au ventre, me laissant guider par la lune, imaginant les animaux rôdant autour de nous, ou John sur nos pas.

Nous marchons depuis de longues minutes à présent, peut-être même une heure. Je ne sais pas et il m'est impossible d'appeler Wilson ; mon portable n'a plus de batterie.

Plus nous avançons, plus j'ai du mal à suivre Amani. Par chance, elle m'attend. Je me demande si je vais parvenir à rejoindre Savannah lorsque j'aperçois des lumières. Elle a retrouvé son chemin.

Des larmes ruissellent sur mes joues alors que je m'arrête un instant.

– On a réussi, ma belle.

CHAPITRE 45

WILSON

Nous tournons en rond depuis déjà deux heures. Je commence à avoir peur pour Jessy. Quelle idée lui est passée par la tête ? Elle a sans doute voulu fuir Savannah pendant quelque temps à cause de moi.

La nuit est tombée, il est tard à présent et je ne sais pas du tout où elle se trouve.

Nous arrivons au niveau de Wild Tooth. Je retrouve un de nos 4 × 4 avec un pneu à plat, mais pas Jessy. Mon regard se lève sur la grille d'entrée de ce camp.

– Que faisons-nous, patron ? s'inquiète Samson.

– On va aller demander à ce fumier si elle est chez lui !

De colère, je remonte dans notre véhicule et démarre sur les chapeaux de roues. En moins d'une minute, je suis devant la grille. Je klaxonne comme un forcené et ordonne à l'un des gardes d'appeler son patron.

Hors de question pour moi de prononcer le prénom de ce salopard.

J'attends cinq bonnes minutes, ce qui a de quoi m'énerver encore un peu plus, lorsque monsieur daigne se déplacer, accompagné par son rejeton. Celui-ci ne vaut pas mieux que son père.

– Wilson ? Bonsoir, que me vaut ta visite si tardive ?

– Tu sais parfaitement pourquoi je suis ici. Où est-elle ?

– De qui parles-tu ? De ta lionne ou de ta féline de stagiaire ?

– Putain ! Tu as fait quoi ? hurlé-je en frappant dans la grille.

– Recule, ordonne-t-il en me pointant avec son fusil. Elles ne sont pas là. Mais ta lionne pourrait bientôt rejoindre mes rangs !

Mon sang bouillonne, mon pouls accélère, j'en envie de le tuer.

– Où est Jessy ?

– Elle m'a demandé de l'aider tout à l'heure, elle n'avait pas de roue de secours. Il ne faut pas laisser quelqu'un sortir dans un véhicule sans équipement dans la région. Peut-être devrais-tu également expliquer à ta petite protégée combien il est dangereux de se promener seule dans le coin la nuit ?

– Espèce de sale…

– Fais attention à ce que tu dis, gamin. Elle est entrée et a fait son petit tour. J'ai la fâcheuse impression qu'elle a compris ce que nous faisons à Wild Tooth, mais je n'en suis pas certain. Alors qu'elle continuait sa visite parmi les cages, elle a disparu ! Je l'ai vue prendre la poudre d'escampette.

– Elle est partie ?

– Je viens de te l'expliquer. Tu devrais faire de même. Et dis-lui que c'est impoli de planter quelqu'un qui t'aide. Qu'elle fasse bien attention à elle !

– C'est une menace ? crié-je en passant les mains à travers les grilles pour l'attraper.

– Ouh ! Regarde-moi ça, Moses, ricane-t-il, on dirait que j'ai touché un point sensible. Wilson serait-il tombé amoureux ?

– S'il lui arrive quoi que ce soit, annoncé-je, les yeux dans les yeux, c'est toi que je tuerai. Allons-y, Samson.

– C'est ça, dégage de mon domaine ! Tu n'as rien à faire ici, de toute façon.

– Ne t'en fais pas, le jour où j'aurai assez de preuves pour te faire tomber, je ne donne pas cher de ta peau !

– Bon vent !

Il tourne les talons, suivi par son toutou de fils, et regagne certainement sa maison.

– On continue à chercher, patron ? demande Samson pendant que je démarre.

– On continue.

Il semble affecté que nous ne retrouvions pas Jessy. Ils ont créé de forts liens d'amitié et il ne voudrait pas qu'il lui arrive quelque chose.

– Il fait nuit et elle n'est pas armée, patron.

– Je sais. Je n'ai pas vu Amani avant de partir, peut-être l'a-t-elle suivie ?

– Si elle est avec elle, alors elle ne craint rien, annonce Samson en souriant.

Ou presque.

– Elle s'est enfuie, mais ce salopard l'a poursuivie, ajouté-je devant les nombreuses traces de pneus que je décèle dans les phares de la voiture. Soit il l'a retrouvée et la détient chez lui auquel cas il m'a menti, soit elle est je ne sais où.

– Retrouvons-la.

Une heure plus tard, nous revenons à Savannah bredouilles.

– Rassemblons le plus de monde possible pour les recherches. Je n'arrêterai pas tant que nous ne l'aurons pas retrouvée.

Tout est ma faute. Tout.

Je m'en voudrais s'il lui arrivait quoi que ce soit.

Elle est entrée à Wild Tooth. Elle sait ce qu'ils y font et elle va m'en vouloir de lui avoir caché les activités de John. Mais comment lui expliquer qu'il capture ou élève des animaux pour les vendre aux plus fortunés qui les chassent et les exposent tels des trophées ?

– Patron ! Elle est là ! hurle Juma.

J'approche de l'entrée. Jessy, qui semble épuisée, avance d'un pas tout de même décidé. Amani est postée à ses côtés. Son visage est marqué par les pleurs et l'angoisse. Elle a dû être terrifiée.

Elle avance dans ma direction. Je m'apprête à l'accueillir, lui offrir un baiser digne de ce nom et lui dire combien je me suis trompé. Je l'aime.

À la place, un regard haineux entre en collision avec le mien. Elle me fixe en sanglotant. Sa paume heurte ma joue. Je viens de me prendre la plus grosse gifle de ma vie. Le claquement résonne dans tout Savannah.

Une main plaquée sur ma peau endolorie, j'ouvre la mâchoire et frotte à plusieurs reprises pour calmer la douleur cuisante.

J'imagine que je l'ai mérité.

CHAPITRE 46

WILSON

– Jamais je ne te pardonnerai.

– Je… écoute Jessy, je suis désolé. Nous sommes partis à ta recherche ! J'ai eu si peur pour toi. Tu n'as rien ? demandé-je en frôlant sa chemise déchirée.

– Ne me touche pas ! prévient-elle. Depuis quand tu te préoccupes d'une femme dont tu n'as rien à faire ?

– Justement, je voulais m'excuser pour tout ça et t'expliquer pourquoi j'ai réagi ainsi. Je t'aime, Jessy ! Je suis fou amoureux et je ne souhaite que…

– Stop ! hurle-t-elle en plaçant sa main devant elle. Arrête, s'il te plaît.

Les autres n'osent plus rien dire et désertent peu à peu l'endroit en nous laissant seuls. Amani reste toutefois dans les parages.

– Comment as-tu pu me cacher les agissements de John ? Cet homme est une pourriture ! Vous m'avez tous dissimulé la vérité !

– J’en ai conscience. On aurait dû faire autrement. J’attendais le bon moment pour t’en parler. Cet abruti ne cesse de menacer Amani. Il dit vouloir l’attraper et la vendre pour une chasse. Tu n’aurais pas dû y aller. Ils font tout l’inverse de ce que nous faisons ici.

– Ils capturent des félins ! Ils les font se reproduire ou bien ont recours à l’insémination ! Mais merde, c’est une ferme d’élevage, rien de plus, Wilson ! Comment pensais-tu que j’allais réagir en apprenant ça ?

– Mal.

– Il a remarqué que je venais fouiner. Si Amani n’était pas venue me chercher, je serais où, à cette heure-ci ? Cet homme est le mal incarné, ça se voit dans ses yeux. Il est capable du pire, tu le dis toi-même ! Et je ne parle même pas de son fils !

Elle est si énervée qu’elle tremble de tous ses membres. La fatigue ne doit pas l’aider à se contrôler.

– Tu ne veux pas entrer et boire quelque chose pour reprendre des forces, s’il te plaît ?

– Non, répond-elle fermement. Si j’entre chez toi, c’est pour que tu me dises toute la vérité, sinon ce n’est pas la peine.

Je me retourne et observe un instant ma maison avant de lui intimer de me suivre.

Dans le bureau, je referme la porte derrière nous. Pas le temps de lui proposer quelque chose à boire, elle se sert elle-même un verre de whisky qu’elle avale cul sec avant d’en prendre un second.

– Bien, déclare-t-elle en s'asseyant derrière mon bureau, je suis prête.

– Lorsque mes parents ont construit Savannah, un autre centre a vu le jour. Celui de John et sa femme. Il portait un nom différent avant. Comme nous, ils étaient expatriés, mais venaient de France. Mes parents ont pensé qu'en travaillant avec eux, ils pourraient se serrer les coudes, alors petit à petit, ils sont devenus amis. John avait cette même envie que ma mère d'aider les animaux. Sa femme était comme mon père, un peu plus effacée, mais elle l'aimait tellement qu'elle aurait fait n'importe quoi pour le rendre heureux. Elle avait laissé tomber son travail en France, avait quitté sa famille et l'avait suivi en Tanzanie.

Jessy me regarde avec attention en avalant de temps en temps une gorgée d'alcool.

– Au début, tout se passait bien. Les animaux étaient recueillis dans un centre ou dans l'autre et soignés puis relâchés. Il n'y avait aucune animosité ni jalousie, bien au contraire. Puis un jour, cet homme du nom de Tuck est arrivé et a fait des propositions totalement inconcevables pour des personnes comme nous, qui ont ouvert des centres d'aide pour les animaux. John a accepté. Ma mère l'a chassé, un fusil pointé dans sa direction. Depuis ce jour, John a radicalement changé. Il a coupé les ponts avec nous. Ma mère a pu revoir une seule fois Isabelle, sa femme, enceinte de quatre mois. Il avait même réussi à l'éloigner de nous. D'après mes informations, elle a accouché ici et est restée quelque temps avant de quitter la Tanzanie avec son enfant. Ma mère avait lié une amitié très forte avec elle, elle ne s'en est jamais remise et n'a plus eu aucune nouvelle. Nous ne savons pas ce que sont devenus Isabelle ni son enfant que nous ne connaissons pas. Elle s'est éloignée de John par peur, certainement. Je le soupçonne d'être dans le coup de l'incendie de Savannah, mais je ne peux rien prouver.

– Oh, je ne savais pas, murmure Jessy, les lèvres tremblantes.

– C'est pour ça, je devais t'expliquer. Tu ne dois plus t'approcher de lui, surtout à présent. Il sait que tu es au courant de ses manigances.

– Pourquoi cet endroit n'est pas fermé ?

– Je n'arrive pas à réunir assez de preuves pour le faire tomber et je le soupçonne de distribuer des pots-de-vin. Mais un jour nous y parviendrons.

– C'est dégueulasse, murmure Jessy, les yeux remplis de larmes.

Je fouille un instant dans la boîte en métal qui contient mes photos et lui en tends une.

– Tu vois, là, ce sont mes parents, John et sa femme. Nous sommes devant la grille de Wild Tooth. Mes parents les avaient aidés à la mettre en place. Samson a pris la photo.

Une larme roule sur sa joue, suivie par une seconde, puis de nombreuses autres.

– Ne pleure pas, s'il te plaît. Je ne pensais pas que ça te mettrait dans un tel état.

Elle se relève, me rend le cliché et me regarde dans les yeux. La tristesse se reflète dedans. J'ai mal pour elle.

– Je préfère m'en aller et rentrer en France. Peu importe ce que tu diras, peu importe la façon dont tu t'excuseras. Je ne suis pas prête à accepter les mots que tu as prononcés plus tôt dans la journée et découvrir qu'un tel camp existe non loin d'ici sans que rien soit fait pour le fermer… je ne peux pas le supporter.

Résigné, je sens une douleur intense me tordre le ventre et embrumer mon cerveau. Impossible pour moi de m'expliquer ; quant à John, je ne peux rien y faire. Je ne peux pas non plus retenir quelqu'un contre sa volonté.

– Si c'est ce que tu souhaites, renoncé-je sans rien trouver à lui répondre, alors je demanderai à Samson de regarder demain par quel vol tu peux rentrer.

– Merci.

Sans rien ajouter, elle tourne les talons et ouvre la porte. Une main posée sur la poignée, elle s'arrête, fait volte-face et me dit :

– Je ne suis pas une poupée avec laquelle tu peux t'amuser, Wilson. Je suis un être humain comme tout le monde. Moi aussi j'ai des sentiments et malheureusement, moi aussi je suis tombée amoureuse de toi.

Elle sort de mon bureau. Amani l'attendait sur le pas de la porte. La lionne me lance un regard désapprobateur, comme si elle comprenait ce qu'il se passe, puis la suit.

Ses derniers mots m'achèvent. J'ai cette femme dans la peau, je la désire plus que tout et la rendre heureuse serait ce que je pourrais accomplir de meilleur dans ma vie.

Au lieu de ça, j'ai tout gâché.

Et elle ne me pardonnera jamais.

CHAPITRE 47

JESSY

Épuisée, je rejoins mon lodge.

– Jessy ! m'interpelle Samson en me prenant dans ses bras. Je suis content que vous n'ayez rien. Nous avons eu si peur.

J'essuie mes joues et lui assure que je vais bien. Je l'informe également de mon départ et lui demande de me trouver un vol le plus rapidement possible dès demain matin.

– D'accord, je m'en charge, répond-il, attristé. Vous me manquerez et je regrette que ça se soit passé ainsi.

– J'aurais préféré que vous me disiez ce que trafiquait John, mais ce n'est pas votre faute.

Il relâche son étreinte et je rejoins ma chambre, accompagnée d'Amani. La solidarité féminine semble être son fort. Elle monte même sur la terrasse, et se poste devant ma porte.

Je m'agenouille devant elle, les mains posées de chaque côté de sa tête, et la regarde dans les yeux.

– Merci. Tu m'as certainement sauvé la vie tout à l'heure avec ce taré de John. Je ne te remercierai jamais assez.

Je ne m'y attendais pas, mais elle pose son front contre le mien. Les paupières closes, elle reste un instant ainsi. Touchée par ce geste si affectueux, je me laisse aller contre elle. Les larmes reviennent.

– Tu es une des plus belles rencontres que j'aie faites ici, murmuré-je avant de la relâcher. Reste ici autant que tu le souhaites.

J'entre dans ma chambre et attrape mon téléphone. Peu importe l'heure, j'ai droit à une explication.

– Jessy ? s'exclame ma mère, la voix embrumée par le sommeil. Tu as vu l'heure ? Tout va bien ?

– Tout dépend de ce que tu appelles bien ! m'agacé-je.

– Que se passe-t-il ? Tu pleures ?

– J'ai tout découvert, maman. Wild Tooth, ce qu'y fait mon salopard de père, les animaux vendus pour la chasse, mais également le fait que tu étais amie avec les parents de Wilson, surtout avec sa mère, et que tu connais parfaitement Savannah.

– Oh.

– C'est tout ce que tu trouves à dire, maman ?

Ma colère s'amplifie. Nous sommes si fusionnelles, ma mère et moi, que je ne l'imaginais pas me faire un tel coup un jour !

– Je suis désolée. Je ne pensais pas que tu te rendrais réellement en Afrique et lorsque tu m'as appris la nouvelle en me montrant ton billet d'avion, il était déjà trop tard.

– Tu te moques de moi ?

– Non, ma chérie. Je voulais te protéger. Je n'avais aucune envie que tu le rencontres et je savais que ses agissements te feraient souffrir.

– Te rends-tu compte ? J'imaginais que ce type était un justicier, volant au secours des animaux. Je l'idolâtrais pour ça ! Tu pensais réellement qu'en venant ici, je ne le rencontrerais pas ?

– J'ai prié pour, en tout cas.

– Et depuis quand tu pries, toi ?

– La question n'est pas là. Tiens-toi loin de lui, ma chérie.

– C'est exactement ce que je vais faire puisque je rentre dans quelques jours en France. Satisfaite ?

– Et ton rêve de soigner les animaux de la savane ? Ne gâche pas tout à cause de lui.

– Trop tard. Le patron est un vrai connard et m'a prise pour une imbécile ! Crois-moi, je dois rentrer, mais tu m'as menti. Tu m'as abandonnée sur ce coup-là alors que tu savais tout. Il me faudra un peu de temps pour digérer tout ça. Je dois te laisser. Bonne nuit.

– Non, ma chérie, attend avant de raccrocher !

– Quoi ?

– Je suis vraiment désolée.

– Il a une femme et un fils de vingt-deux ans, lâché-je de but en blanc. Il a refait sa vie sans se soucier de nous.

– Oh ! Je ne pensais pas qu'il aurait refait sa vie.

– Si, avec une femme du pays. Ils semblent former le parfait trio.

– Je suis navrée que tu aies dû subir leur rencontre.

– Et moi, de te l'apprendre ainsi.

– Je ne ressens plus rien pour John depuis des années, alors ne t'inquiète pas pour moi. Sache que je suis présente pour toi et que je t'aime. Informe-moi de ton arrivée, s'il te plaît.

– D'accord. Moi aussi je t'aime, maman. Au revoir.

Je raccroche sans attendre de voir ce qu'elle répondra. Ma mère a certainement pris la meilleure décision en nous éloignant de cet être abominable, elle m'a élevée seule et aimée comme deux parents. Je n'ai jamais manqué de rien, elle a fait de moi ce que je suis et pour ça, je ne peux pas lui en vouloir.

Mais elle m'a menti, elle aussi.

Stop.

Clac !

Discrètement, je ressors, caressant Amani au passage, en lui demandant de m'attendre ici.

Je rejoins le box de nuit de Tembo. L'éléphanteau est assoupi, mais se relève lorsque j'approche. Je me glisse près de lui pour lui offrir quelques gratouilles derrière une de ses oreilles, comme il l'aime tant.

– Tu vas me manquer, mon beau. Ne m'en veux pas, j'ai décidé de partir. Plus rien de bon ne me retient ici. Je t'avais promis d'être présente pour toi, je ne le pourrai pas, mais je prendrai de tes nouvelles auprès de Samson. Ce n'est pas un abandon, d'accord ? Tu te souviens, je t'ai parlé de mon père un jour. Il vit ici, je l'ai retrouvé et ce qu'il fait est à l'opposé de mes idéaux. Je l'imaginais sérieux, un brin sexy, sauvant les animaux en détresse. Il n'en est rien. À la place ? Il les offre en pâture à des pourritures fortunées pour les tuer. Je suis dégoûtée par l'espèce humaine parfois. J'espère que Wilson réussira à te soigner et que tu pourras rejoindre tes semblables. Être libre est la meilleure chose qui pourrait t'arriver.

Je le prends dans mes bras rapidement afin de ne pas trop faire durer l'instant, sinon mon petit cœur ne va pas tenir longtemps.

– Adieu, Tembo, je ne t'oublierais jamais.

Je le laisse retourner dans les bras de Morphée en souhaitant qu'il rêve d'une vie d'éléphanteau paisible ici, dans la savane, puis sors. Je préférais le quitter tout de suite pendant que j'en avais encore la force plutôt qu'au moment de mon départ qui sera déjà suffisamment pénible.

Sous la douche, l'eau coule longtemps sur moi. J'espère qu'elle atténue le bruit de mes pleurs. Inconsolable, je m'écroule au sol et reste ainsi plusieurs minutes.

Cette pourriture de père a, sans le vouloir, saccagé ma vie depuis que je suis née, mais le découvrir ainsi… entouré de sa famille, dans un business interdit et normalement puni sévèrement par la loi, qui va à l'encontre de toutes mes convictions, me répugne. Je le considérais déjà comme un simple géniteur, mais désormais, je le raye de ma vie.

Il n'est rien pour moi.

Tu as gagné papa, tu ne reverras plus jamais ta fille.

CHAPITRE 48

JESSY

Trois jours plus tard, je m'apprête à quitter Savannah. Il est très tôt, le soleil est à peine levé. Un des employés va m'accompagner jusqu'à Arusha. Je m'envolerai pour la France. Samson souhaitait m'emmener, mais je lui ai demandé de ne pas le faire. Les adieux auraient été trop compliqués pour moi. Je connais peu la personne qui conduira et ce sera mieux ainsi. Par chance, le chemin à prendre ne passe pas devant Wild Tooth.

Samson m'a trouvé un vol, mais j'ai dû attendre trois longs jours, recluse dans mon lodge. Impossible pour moi de voir du monde, impossible de participer à n'importe quelle tâche et de partager un instant de plus avec Wilson.

Il n'a d'ailleurs pas insisté et n'a pas cherché à me parler. La seule qui ait eu le droit de me rejoindre était Amani.

Je ferme soigneusement mon sac et regarde à deux reprises si je n'ai rien oublié. Tout est OK. Je m'apprête à gagner l'extérieur lorsqu'on frappe à la porte.

– Jessy, c'est moi, annonce Neema.

Je m'empresse d'ouvrir, elle tombe dans mes bras, suivie de près par Samson.

– Tu ne pouvais pas partir sans nous dire au revoir.

– Non, je n'y aurais pas manqué.

Je la serre fort contre moi avant de faire de même avec Samson.

– Vous êtes devenus mes amis et resterez pour toujours dans mon cœur. Je vous appellerai ou vous écrirai de temps en temps, d'accord ? Il me faudra des nouvelles d'Amani et de Tembo.

Neema hoche la tête, les joues baignées de larmes.

– Ne pleure pas, s'il te plaît, sinon je ne vais plus pouvoir m'arrêter, dis-je en éventant mon visage alors que Samson sourit.

– Je n'oublierai jamais cette folle aventure et tout ce que j'ai pu vivre ici. Vous êtes une des plus belles choses qui me soit arrivée. Neema, sois heureuse avec Juma. Je vous souhaite le meilleur pour les années à venir. Dis-lui que s'il fait du mal à mon amie, je rapplique *illico* en Tanzanie pour lui botter les fesses.

Elle glousse avant de passer son foulard sous ses yeux.

– Samson, vous méritez le meilleur également. Trouvez-vous une jolie petite Tanzanienne, je suis certaine que vous en prendrez grand soin et l'aimerez comme elle le mérite. Vous êtes une belle personne. Prenez soin également de votre patron.

– Oui, Jessy.

Je saisis leurs mains dans les miennes et les serre le plus fort possible.

– Prenez soin tous les deux de Wilson, il n'a plus que vous et cet endroit. Vous êtes sa famille. Et puis si de temps à autre il vous prend l'envie de lui rappeler tout ce qu'il a perdu avec Super Jessy, faites-le, ne vous privez pas !

Tous deux sourient avant de me serrer de nouveau dans leurs bras.

– Je t'ai préparé ça pour le voyage, m'informe Neema. Quelques fruits et de l'eau.

– Oh merci, tu es un ange ! réponds-je en acceptant la nourriture que je range dans mon sac. Vous allez me manquer.

Samson propose d'emporter ma valise jusqu'au véhicule. J'accepte volontiers et m'empare de mon sac à dos. Tous les deux sortent, je m'apprête à refermer la porte, mais un dernier regard sur la pièce me retient.

Cette pièce où j'ai essuyé une attaque de léopard et où Wilson m'a fait l'amour…

Je tourne la clé en la laissant sur la serrure.

Lorsque je me retourne, la savane se réveille. Cette vue me rappelle mon arrivée ici et aujourd'hui, je la trouve plus belle que jamais. Le soleil commence à monter haut dans le ciel, des couleurs chatoyantes animent les herbes hautes en cette fin du mois de juin et la chaleur chatouille déjà mon visage. Les animaux marchent au rythme de la vie paisible d'ici. Dépassée par mes émotions, je sens une larme rouler sur ma joue et tomber sur mon tee-shirt.

Neema entoure mes épaules de son bras et appuie sa tempe contre la mienne pour regarder le paysage avec moi. Sans un mot, nous partageons ce dernier moment avant de partir, main dans la main, et rejoindre le véhicule.

Lorsque j'arrive du côté de la sortie, plusieurs employés nous ont rejoints pour me saluer. J'apprécie leur présence, mais remarque l'absence de Wilson.

Amani passe devant eux et s'assoit face à moi. Je m'agenouille à sa hauteur et la caresse.

– C'est le dernier bonjour mêlé à un au revoir que je peux t'offrir, ma belle. Prends soin de ton maître, il aura besoin de toi. Je ne t'oublierai jamais. Je ne pensais pas pouvoir un jour ressentir et partager une telle amitié avec une lionne. Je garderai toujours en mémoire que tu m'as certainement sauvé la vie.

Comme la dernière fois, elle avance légèrement la tête et pose son front contre le mien. Je l'ai déjà vue partager ce geste une fois avec Wilson. J'imagine qu'il est important pour elle. Je me délecte un instant du moment et ferme les yeux, tout comme elle. Son souffle chaud, mais calme, se répercute contre ma peau. Une connexion que je n'avais encore jamais connue avec elle opère à ce moment et m'emporte dans un tourbillon de sentiments si forts qu'ils en sont presque douloureux.

Je me détache d'elle, parce qu'il le faut si je ne veux pas rater mon avion.

– Je t'aime Amani, murmuré-je à son oreille, ne l'oublie jamais.

Comme si elle comprenait, elle frotte le côté de sa tête contre la mienne avant de reculer.

– Merci à tous, dis-je en pleurant, la voix chevrotante. Vous resterez pour toujours dans mon cœur, sachez-le.

J'adresse un dernier regard à Neema et Samson avant de jeter un coup d'œil en direction de la demeure.

Je ne sais pas ce que j'espère exactement. Que Wilson vienne et me regarde partir de loin ? Qu'il tente de me rattraper puisqu'il n'a pas essayé une seule fois en trois jours ?

Mais mon sexy patron n'apparaît pas sur le perron de sa maison. Il reste désespérément absent.

Je monte à bord du véhicule, la grille s'ouvre. Mon cœur fait des bonds dans ma poitrine, des sanglots me submergent. Je demande à Isaac d'accélérer sur-le-champ. J'adresse un ultime signe de la main par la fenêtre lorsque j'entends Samson hurler. Il appelle Amani.

Elle nous suit. La voiture accélère, elle fait de même. Je la regarde dans le rétroviseur espérant qu'elle arrête sa course folle, mais elle cavale déjà sur plusieurs mètres sans penser une seconde à rentrer à Savannah.

– Stop Isaac ! Arrête-toi.

Il freine et la voiture s'arrête dans un panache de poussière. Je n'ai pas le temps de descendre que la lionne nous rejoint et se redresse, appuyée contre la fenêtre.

– Amani, non !

Je la caresse par la fenêtre du 4 × 4 et la prends dans mes bras pour un adieu.

– Tu dois retourner auprès de Wilson, ma belle. Tu entends ? Allez va ! Rentre à Savannah ! crié-je en pointant mon index dans cette direction. Maintenant !

Elle descend ses pattes avant de l'encadrement de la fenêtre et recule légèrement. Je lui adresse un dernier regard, la voiture s'ébranle et avance. Dans le rétroviseur, je la vois attendre. Perdue. Jusqu'à ce qu'elle fasse demi-tour et rentre.

Note à moi-même : la prochaine fois, préfère disparaître en catimini, ça évitera des adieux atroces à tous.

J'abaisse mes lunettes de soleil sur mon nez, une main posée sur mon cœur douloureux, et pleure durant les heures de route qui nous séparent de mon avion.

Cette fois-ci, je suis en position inverse.

Dépassée par la situation. C'est moi qui les abandonne lâchement.

CHAPITRE 49

WILSON

Elle est partie.

Je n'ai pas pu lui dire adieu, c'était bien trop fort, émotionnellement, pour moi de la voir m'échapper ainsi. Alors je l'ai regardée s'éloigner par la fenêtre suivie par ma lionne, empreint d'un terrible sentiment d'abandon.

D'un pas décidé et en évitant le regard des autres, je me rends au lodge qu'elle a occupé, accompagné d'une bouteille de whisky qui ne me quitte pas depuis cette nuit. Pourquoi ? Je ne le sais pas exactement. L'alcool atténue la blessure qui lacère mon cœur à chaque minute.

Je découvre les clés sur la serrure et entre. Tout est rangé, en ordre, elle a même fait le lit.

Après avoir posé la bouteille sur le sol, je m'avance jusqu'au matelas, attrape d'un poing ferme les draps et respire son odeur. Elle me manque déjà.

Un sanglot s'échappe de ma gorge. Je ne peux retenir plus longtemps le chagrin qui m'accable. Des larmes embuent mes yeux lorsque je remarque un papier sur la petite table.

Je m'approche, trouve une lettre ainsi que deux dossiers et une clé USB. Sur le papier, mon prénom est inscrit. Dans le premier dossier, elle a écrit Tembo. Je découvre un dossier complet sur l'opération que nous avons programmée. Le matériel nécessaire, les médicaments, la marche à suivre… tout. Sur le second dossier, il est écrit au feutre : « Internet et réseaux sociaux (pour toi qui ne sais pas comment faire, suis chaque étape et ton site sera un vrai bijou) ». Sous la clé USB, un papier m'indique que je peux me servir comme je le souhaite de ses photos pour agrémenter mon site internet et ainsi me rappeler quelques bons souvenirs.

Un léger sourire fend mes lèvres au travers de mes larmes. Elle a pensé à tout.

Je prends les papiers, récupère ma bouteille et fonce tout droit vers ma chambre. Sur mon passage, je rencontre Samson à qui je demande de faire passer le message de ne pas me déranger jusqu'au lendemain. Quand c'est comme ça, il sait que je le laisse aux commandes de Savannah.

Enfermé à double tour dans ma chambre, je tire le rideau pour me retrouver dans la pénombre. J'attrape mon PC portable et m'assois par terre, accompagné de mes trouvailles et de ma bouteille.

J'ouvre la lettre et entame ma lecture :

Cher Wilson

Notre rencontre était improbable, la vie a voulu nous mettre sur le même chemin. Que pourrais-je dire, mis à part que tu es la meilleure chose qui ait traversé mon existence depuis bien longtemps ? Pourtant à mon arrivée, je pensais tout le contraire. Je te trouvais renfermé, égoïste, prétentieux, puis je t'ai doucement apprivoisé. Apprendre à te connaître était une nouvelle porte, un nouvel espoir en la gent masculine que je ne voyais plus d'un bon œil. Puis tu m'as fait découvrir ta sensibilité, ton métier, ta tendresse, ta vie et tous tes projets. Cette relation incroyable que tu as avec Amani m'a d'abord surprise puis j'ai compris tout ce qu'elle peut apporter en la partageant à mon tour avec elle. Prends soin d'elle comme elle prend soin de toi, elle le mérite également.

Tu es une belle personne Wilson, ne l'oublie jamais. Tes parents seraient fiers de toi. Continue à diriger Savannah d'une main de maître comme tu sais le faire et à te battre pour tes valeurs. Je te fais confiance pour ça.

Je sais que tu n'as pas pensé un mot de tout ce que tu m'as dit et que tu n'avais aucune envie de me sortir ainsi de ta vie. Tu croyais m'avoir si facilement ? C'est raté. Je peux lire en toi comme dans un livre ouvert, Wilson. Seulement, je souhaite qu'un jour tu me le dises de vive voix.

En attendant de peut-être te retrouver, je te prie de me pardonner pour tout ce que je ne t'ai pas encore avoué.

Prends soin de toi, Wilson, et de tous ceux qui composent ta vie.

Je t'embrasse tendrement

Jessy

Putain…

J'avale une rasade d'alcool qui se déverse et brûle ma trachée.

Que veut-elle dire par : « Tout ce que je ne t'ai pas encore avoué ? »

Je meurs de l'avoir laissée partir. Quel con je fais ! J'en suis terriblement amoureux, mais j'ai trop peur de la perdre.

J'appuie sur le bouton pour allumer mon ordinateur. En attendant qu'il daigne se mettre en marche et accepte la clé USB, j'avale quelques gorgées de whisky. Mon but ? Être totalement soûl d'ici ce soir afin de tout oublier un instant dans ma vie.

Après de longues minutes, les photos s'affichent enfin sur l'écran. La première est de Tembo. Ce petit éléphanteau, en plus d'être docile, est plutôt photogénique. Plusieurs clichés du centre apparaissent. Elle a immortalisé tout le monde en plein travail, même Neema dans sa cuisine ! Sans que personne s'en aperçoive.

Un cliché de nous deux, proches l'un de l'autre, enfonce un peu plus le poignard qui vit dans la plaie béante de mon cœur.

Je tombe sur une photo de moi en train de sourire en bavardant avec Samson. Je ne m'étais pas rendu compte à quel point j'étais heureux ce jour-là. Si mes souvenirs sont bons, je lui expliquais que j'allais emmener Jessy faire un safari. Ça me faisait tellement plaisir de lui offrir ce cadeau que je ne me suis pas aperçu qu'elle nous photographiait.

Avant, j'étais un être terne, qui ne pensait qu'à son travail et à remplir sa mission. Cette femme a tout changé.

C'est elle.

Elle qui m'a rendu ce sourire.

Elle m'a redonné vie.

A fait battre mon cœur en le ravivant.

M'a repoussé dans mes retranchements.

Et a reconnecté toutes les terminaisons nerveuses de mon corps à mon cerveau.

Grâce à elle, j'ai de nouveau pensé, réfléchi, sans être obnubilé par Savannah.

Elle m'a offert une nuit et pour la première fois de ma vie j'ai découvert ce qu'était le partage, l'amour, ce qu'était de faire plaisir à l'autre sans s'arrêter à une baise d'un soir.

Putain, cette femme m'a reconnecté à la vie et a su me laisser entrevoir un avenir meilleur.

Elle était triste et chamboulée par sa dernière relation. C'est une sensible, Jessy, une écorchée de la vie dont je ne connais pas encore tous les secrets.

Et moi, qu'ai-je fait ? J'ai tout foutu en l'air sur de simples paroles que je ne pensais même pas.

Je n'ai pas pris soin d'elle comme elle le méritait. Je l'ai abandonnée comme un lâche à ses pires démons.

Une rasade d'alcool pour oublier un peu plus quel con je fais.

Aujourd'hui ? Je suis de nouveau seul.

Ouais…

Elle est partie.

À suivre…

Composition et mise en pages
Nord Compo à Villeneuve-d'Ascq